L'ALCHIMISTE DE SANT VICENS

De la même autrice

La Damoiselle d'Aguilar, Pygmalion, 1996
La Chamane aux yeux bleus, Pygmalion, 1999
Le Destin des jumeaux Fabrègues, Presses de la Cité, 2004
La Transbordeuse d'oranges, Presses de la Cité, 2005
Les Herbes de la Saint-Jean, Presses de la Cité, 2006
Les Enfants d'Élisabeth, Presses de la Cité, 2007
Les Deux Vies d'Anna, Presses de la Cité, 2008
Les Ombres du pays de la Mée, Presses de la Cité, 2008
La Croix des outrages, Presses de la Cité, 2009
L'Ermitage du soleil, Calmann-Lévy, 2010
Les Héros perdus de Gabrielle, Calmann-Lévy, 2011
Les Ailes de la tramontane, Calmann-Lévy, 2012
La Guerre des cousins Buscail, Calmann-Lévy, 2013
Les montagnes chantaient la liberté, Calmann-Lévy, 2014
Ceux du Château, ceux du Moulin, Calmann-Lévy, 2015
Trois Gouttes de sang grenat, Calmann-Lévy, 2016
Les Anges de Beau-Rivage, Calmann-Lévy, 2017
Le Bal des poupées, Calmann-Lévy, 2018
Le Front dans l'azur, Calmann-Lévy, 2019
Nous étions trois, Calmann-Lévy, 2020
Le Cabanon à l'étoile, Calmann-Lévy, 2021

Hélène Legrais

L'ALCHIMISTE DE SANT VICENS

CALMANN LEVY
territoires

COUVERTURE
Maquette : Le Petit Atelier
Photographie : © Karina Vegas/ Arcangel Images

ISBN 978-2-7021-8519-3

À Julie, qui prouve tous les jours que la différence
fait partie intégrante de la vie, de nos vies …

1

Le rire perlé cascada à nouveau sous le couvert des arbres, de l'autre côté de la haie. Dans les intervalles, on percevait une basse sourde qui insistait, provoquant un nouveau jaillissement de gaîté provocante. Aguichante. Irritante au plus haut point.

Excédé, il prit néanmoins le temps de poser, parallèlement au bord supérieur de son sous-main en cuir vert olive, le beau stylographe à la plume en or que ses collègues lui avaient offert pour son départ à la retraite, repoussa sa chaise et alla refermer la fenêtre d'un geste sec. Non mais !

André Escande détestait tout ce qui venait déranger son monde bien rangé. Et il détestait encore davantage devoir ainsi le défendre des agressions qui le mettaient à mal. Parce qu'à l'arrivée, c'était lui, André qui n'importunait personne, qui était quand même le perdant.

Ce mois de juin était particulièrement chaud, raison pour laquelle il avait laissé le battant à l'espagnolette. Privé de ce courant d'air rafraîchissant, il avait déjà l'impression d'étouffer. Il résista cependant à la tentation de desserrer sa cravate, pas question de se laisser aller ! S'efforçant d'ignorer les gouttes de sueur qui commençaient à couler le long de son épine dorsale, mouillant sa chemise, il alla se rasseoir derrière son bureau. Il s'appliquait à relire les dernières lignes qu'il avait tracées de son écriture régulière, nette et anguleuse, bien moulée et vigoureuse à la fois, quand un nouvel éclat de rire le fit sursauter. Il en lâcha son beau stylo qui laissa échapper un jet d'encre en signe de protestation. Le crachat macula ses notes de violet – il n'employait jamais une autre couleur – et il se leva d'un bond en jurant :

— *Me cago en Déu !*

Il fallait qu'il soit contrarié pour laisser ainsi remonter le catalan de son enfance, que l'école de la République lui avait appris, à grand renfort de punitions humiliantes, à enfermer à double tour dans les oubliettes de sa mémoire. Devenu professeur certifié puis agrégé, il avait lui-même puni certains de ses élèves, des « pancus[1] » mal dégrossis, tout juste débarqués de leur campagne, pour moins que ça !

André Escande froissa rageusement la feuille tachée qu'il laissa tomber dans la corbeille vide. Le sacrifice qu'il avait consenti s'avérait inutile : les vitres closes ne parvenaient pas à contenir l'humeur badine des traîne-savates d'à côté !

— Quelque chose ne va pas, mon ami ?

Il ne l'avait pas entendue pousser la porte. C'était bien de Suzanne : la discrétion d'une petite souris. Et l'art de tomber à propos… il allait pouvoir défouler sa contrariété sur elle. Elle n'en prendrait pas ombrage, elle était là pour ça. Elle l'écouterait sans dire un mot, la tête légèrement penchée sur la droite, l'incitant par cette

1 Terme familier pour « pensionnaires ».

inclination compatissante à poursuivre jusqu'à ce qu'il ait déversé tout le fiel qui l'étouffait et gâtait son humeur.

Et, ce matin, il l'étouffait tellement qu'André Escande n'en trouvait même plus ses mots. Le bras tendu vers la fenêtre désormais fermée, la main tremblante, il éructait :

— C'est eux… Eux encore ! Eux toujours !

Dans son indignation, il en bégayait presque.

Suzanne ne demanda pas qui étaient ces « eux », ce pronom aussi pluriel qu'indéfini désignait toujours les mêmes : son mari en avait une fois de plus après leurs voisins de Sant Vicens. Comme quasiment tous les jours. La tirade qui allait suivre, elle la connaissait par cœur. À un ou deux mots près, elle ne variait pas.

— À croire qu'ils n'ont rien d'autre à faire de leurs journées que de me gâcher les miennes, ces soi-disant « artistes », ces imposteurs, ces jean-foutre, ces parasites…

Ça y est, il était lancé. Le train était sur les rails. Suzanne pouvait presque en entendre le roulement saccadé et rythmé. Il montait en puissance.

— Ces fainéants, ces *esclafacanyes*[1] !

André Escande s'interrompit pour reprendre son souffle. La main sur la poignée de la porte, Suzanne patientait. Son mari ne se rendait jamais aussi vite. Il fallait un point d'orgue à sa tirade. Un point plus que final. Définitif. Et pas en catalan, évidemment.

Un regard autour de lui. Avisant l'épais volume ouvert sur son bureau, il s'en saisit et le brandit à deux mains – il était lourd –, grandiloquent.

---

1 Littéralement « écraseur de roseaux » en catalan : se dit de quelqu'un qui ne fait rien d'utile.

— Ces jouisseurs, ces débauchés !

Il attendit deux secondes, les bras levés, le temps que les mots résonnent dans la pièce. Puis il reposa soigneusement la Bible sur sa liasse de notes. Voilà. Maintenant il avait fini.

Suzanne, qui avait de longues années d'entraînement derrière elle, réussit à rester impassible. Jouer les Moïse invoquant les Tables de la Loi quand on se prétendait athée, il y avait pour le moins de quoi s'en amuser, mais son mari était imperméable au second degré.

Elle se contenta de commenter en souriant, indulgente :

— Il faut bien que jeunesse se passe…

Qu'avait-elle dit là ? Elle regretta aussitôt cet adage, inoffensif en apparence, qui lui avait échappé. Il était censé clore la « conversation » – quoique, jusqu'ici, il s'agissait plutôt d'un monologue –, mais il eut l'effet contraire. Sans le vouloir, elle avait remis une giclée d'huile sur le feu de la colère de son époux. Qui redémarra aussitôt au quart de tour :

— Nous, c'est dans les tranchées que nous avons passé notre jeunesse. À verser notre sang pour la patrie. À mourir pour la France.

« Nous », toujours. Les années, les décennies, même, avaient eu beau passer, les événements les plus funestes pour l'humanité se succéder, il n'employait jamais que le pluriel quand il en appelait aux mânes de la Grande Guerre. D'aucuns avaient moins de scrupules quand il s'agissait d'évoquer, à tort ou à raison, ce qu'ils avaient enduré. Le « je » plein de gloriole était vite de sortie !

La guerre d'André Escande avait été courte. Du moins celle passée au front. Il n'était pas d'un naturel belliqueux, détestant tout conflit, mais il avait fait son devoir – il n'aurait pas imaginé agir autrement – et, répondant à la mobilisation générale, s'était présenté à la Citadelle de Perpignan pour endosser l'uniforme. Au vu de son niveau d'études, on l'avait illico envoyé faire ses classes d'aspirant officier. Il les avait effectuées sans enthousiasme mais avec le sérieux et la rigueur qu'il mettait à tout ce qu'il faisait. Il n'avait donc rejoint son régiment d'artillerie qu'en novembre 1914… et pour moins d'un mois. Ce solide terrien, fils de vigneron aux larges épaules et au profil de médaille, qui aurait sans doute brillé sur les terrains de rugby s'il n'avait pas jugé le sport futile et donc sans intérêt, avait en effet un talon d'Achille : il ne supportait pas le froid humide. L'arrivée des premiers frimas en Belgique, les longues journées à piétiner près des canons dans la boue glacée, le gel qui raidissait la couverture dans l'abri, la nuit, avaient eu raison de lui. Victime d'une double pneumonie, il avait été évacué vers une ambulance[1] puis, son état s'aggravant, vers un hôpital à l'arrière, dans la Nièvre. Il avait bien failli ne pas revoir son Roussillon natal mais il s'était finalement rétabli et, après une convalescence morne à Perpignan où la douceur de l'hiver l'avait aidé à se remettre sur pied, il avait été exempté de combattre en première ligne pour « faiblesse des poumons ». Ses supérieurs avaient jugé que les dons du jeune agrégé en mathématiques seraient mieux employés dans les bureaux de l'intendance, et le sous-lieutenant Escande avait passé le reste du conflit à calculer le nombre de cartouches, d'obus, de cercueils et de boîtes de « singe » nécessaires au quotidien des poilus.

1 Poste de secours.

Une tâche obscure, répétitive et surtout sans risque dont il évitait de parler. Certes, il avait passé quatre ans sous les drapeaux, mais bien à l'abri derrière ses registres. Et sa pneumonie, même double, ne pouvait être considérée comme une blessure de guerre. Pas de quoi être fier. Après ça, il avait toujours évité les commémorations et les associations d'anciens combattants où on passait son temps à parler des « marmites des Alboches » qui vous tombaient sur « le coin du carafon », des trous d'obus qu'on partageait avec les rats et des intestins qui débordaient des cadavres éventrés. Au collège, c'était pire. Comment ne pas se sentir un planqué quand on a pour collègue celui que les livres d'Histoire appelaient « l'aspirant Buffet ». Le héros du fort de Vaux, rien de moins. Ce Bourguignon n'avait pas vingt ans quand il s'était porté volontaire auprès du commandant Raynal pour rendre compte auprès de l'état-major de la situation désespérée du fort assiégé, privé d'eau et de nourriture en juin 1916. Courant, rampant, Léon Buffet avait réussi à traverser un déluge de feu et toutes les lignes. Il était arrivé épuisé, le visage brûlé par des éclats de grenade et des jets de flamme, pour faire son rapport. Alors qu'on lui suggérait d'aller se restaurer et se reposer, il s'était à nouveau porté volontaire pour refaire le périlleux chemin en sens inverse afin d'apporter un message à son supérieur hiérarchique et rejoindre ses camarades. Dieu seul sait par quel miracle il s'en était sorti. Mais la réussite de sa mission n'avait pas suffi. Le 7 juin au matin, le sous-lieutenant Léon Buffet, commandant ce qui restait de la 7e compagnie, faisait partie des deux cent cinquante survivants à déposer les armes et à sortir du fort de Vaux entre deux rangées de soldats allemands faisant la haie d'honneur, avant de partir en captivité. Il avait reçu la médaille militaire et la Légion d'honneur pour sa bravoure. Après la guerre, il était devenu enseignant et avait accepté un poste de professeur de mathématiques à Perpignan. Réservé et même timide, il n'évoquait jamais ses exploits de jeunesse… et aucun de ses confrères ne se serait risqué à parler des siens qui auraient paru bien dérisoires à côté. De ce point de vue-là au moins, André Escande avait la paix. Et chaque année, lorsque le 11 novembre approchait, il faisait comme les autres : il envoyait ses élèves solliciter « monsieur Buffet » afin que celui-ci leur raconte son histoire, sa modestie dût-elle en souffrir. Par honnêteté intellectuelle, une qualité qu'on ne pouvait nier à André Escande, et aussi parce qu'au fond de lui, il avait un peu honte, Suzanne en était convaincue. Il ne l'aurait avoué pour rien au monde mais, après trente-quatre ans de mariage, elle était sûre de son fait. Et cette faille, cette blessure d'amour-propre si bien cachée l'attendrissait encore aujourd'hui. C'était comme la discrète ébréchure, l'usure du temps qui gauchissait la perfection marmoréenne d'une statue juste ce qu'il fallait pour la rendre moins froide, plus émouvante, plus « humaine ». Cette précieuse faiblesse, que Suzanne seule percevait, rachetait à ses yeux la rigidité souvent éprouvante, le culte de la raison et de la logique, l'aversion pour toute fantaisie qui guidaient la vie de son époux et donc, par ricochet, la sienne. Elle avait même accepté d'être dépossédée de son prénom de baptême.

— Sybille ? s'était-il exclamé lorsqu'on les avait présentés au terme d'une conférence fort ennuyeuse où ses parents l'avaient traînée. Vous n'avez pas une tête à vous appeler Sybille !

Paralysée par ce jugement péremptoire, elle s'était furtivement demandé si le jeune agrégé la trouvait trop commune pour porter un prénom aussi original... avant de se rendre compte que c'était, au contraire, ce dernier qui posait problème. Les traits crispés de dégoût, la main s'agitant près de sa tempe comme on le faisait pour indiquer que quelqu'un était mentalement instable, André Escande avait enchaîné :

— Vous n'avez rien d'une de ces soi-disant prophétesses illuminées qui prédisaient l'avenir aux gogos de la Grèce antique, perchées sur leur trépied, environnées de vapeurs de soufre !

Le temps qu'elle se figure l'image qui le révulsait, il avait asséné :

— Et pourquoi pas Pythie, tant qu'on y est ? Non, désormais vous serez Suzanne, cela vous sied mieux.

Et d'ajouter :

— Regardez, moi je m'appelle André, ce qui veut dire « homme »... rien de plus évident ! Voilà qui convient parfaitement.

De retour à la maison familiale, elle s'était empressée d'aller chercher la signification de « Suzanne » dans le gros almanach rangé dans le buffet et avait découvert qu'il voulait dire « rose » ou « lys » en hébreu. Et la vertu incarnée, si on en croyait la Bible. Elle en avait déduit qu'à sa manière, maladroite et abrupte certes, André Escande avait voulu lui faire un compliment. La naïve et impressionnable jeune fille aux rêves romantiques avait été touchée. Conquise. Et « Suzanne » elle était restée.

Depuis, elle avait appris à connaître celui qui était devenu son époux trente-quatre ans auparavant. En général donc, il ne s'étendait pas sur cette fraternité des tranchées que ceux de sa génération invoquaient à tout bout de champ mais qu'il avait lui-même fort peu connue. Il se contentait d'en appeler à ces heures douloureuses avant de se taire comme si ce souvenir lui était encore trop pénible. Ce qu'il était d'une certaine manière.

— Ils feraient mieux de trouver une façon plus intéressante et utile de la passer, cette jeunesse ! Je ne vois pas en quoi... lutiner de jeunes écervelées sert la société !

« Lutiner. » Fallait-il qu'il soit excédé pour laisser échapper un terme aussi frivole. D'ailleurs il avait hésité, buté dessus, comme si sa bouche répugnait à le prononcer avant de s'y résoudre, n'en trouvant pas de plus approprié sur l'instant. Le Ciel lui en était témoin, André Escande n'avait jamais « lutiné » qui que ce soit de sa vie, et ne serait-ce que l'imaginer dans cet exercice, lui, toujours si solennel, si terre à terre, semblait à Suzanne du plus haut comique. Elle s'abstint néanmoins cette fois de la moindre remarque, elle n'avait nulle envie de risquer une autre tirade. Elle hocha donc la tête pour approuver avec une feinte gravité qui devait convaincre son mari de son adhésion et tira lentement le battant derrière elle comme on tire le rideau à la fin d'une pièce de théâtre, le laissant seul avec ce « lutiner » sans doute tout surpris de rester en suspens dans la pièce austère, tapissée de livres plus savants les uns que les autres où il ne figurait pas même une fois.

Mais Suzanne savait ménager ses effets. Au moment de fermer la porte pour de bon, alors qu'il ne restait qu'un mince espace encore ouvert, elle marqua une pause, juste le temps de proposer calmement :

— Mettez de la distance et venez donc vous installer sur la terrasse, mon ami. Vous y serez plus au calme pour travailler. Et plus au frais !

Et sur ces dernières paroles, elle tourna la poignée tel un robinet, interrompant le flot de protestations que son invitation avait fait naître : ce n'était quand même pas à lui de céder, celui qui le chasserait de son bureau sous son propre toit n'était pas encore né, et ainsi de suite.

Il y viendrait. Dans un quart d'heure. Vingt minutes tout au plus. Afin que sa « migration » ne paraisse pas liée à l'incident qui avait suscité sa colère. Question de dignité. Il franchirait la porte-fenêtre, la mine très affairée, concentrée, poserait sans un mot, l'air dégagé – enfin, ce qu'il pensait être un air dégagé –, la Bible et ses liasses de notes à l'encre violette sur la table installée près de la haie de cyprès, s'assiérait sans se presser, chausserait ses lunettes, tirerait son beau stylo-plume de la poche de poitrine de son veston et se mettrait à écrire comme s'il avait prévu depuis le début de poursuivre sa tâche en extérieur.

Elle, Suzanne, s'abstiendrait comme à son habitude de tout commentaire, ne saluerait même pas d'un petit sourire son arrivée, car ce serait la remarquer. Elle allait même faire mieux : elle ne serait pas là.

Le laissant maronner derrière le battant désormais clos, elle traversa la maison à pas menus qu'elle s'efforçait de rendre le moins sonores possible. Elle parvenait même à ne pas faire claquer ses talons sur le carrelage immaculé. Fruit d'un long entraînement.

La terrasse dallée semblait coupée en deux par une diagonale parfaite. Une partie, écrasée de soleil, irradiait d'un blanc que la proximité de l'autre, ombragée par les cyprès taillés au cordeau, rendait aveuglant par contraste. Suzanne cilla en passant le seuil de la baie vitrée. L'été s'annonçait torride. Elle traversa rapidement la moitié surchauffée et contourna la haie pour rejoindre sa roseraie.

Elle employait le possessif car elle avait dû l'arracher de haute lutte. À sa façon, patiente, discrète mais obstinée. Elle pouvait l'être quand elle le voulait. Si elle avait écouté son mari lorsqu'ils avaient fait construire la maison, au milieu des vignes, dans un quartier excentré de Perpignan, tout le terrain autour aurait été bétonné. Au moins, c'était net. Et facile d'entretien. Un seau d'eau, un coup de balai et tout était propre. Pas de feuilles à déblayer, pas de gazon à tondre. Devant cette menace de désert minéral, Suzanne s'était résolue à réagir. Ni affrontement ni scène, ce n'était pas son genre. Aujourd'hui encore, elle se félicitait de la façon dont elle avait géré le problème. Elle avait argumenté avec habileté : autant rester en ville et prendre un appartement avec terrasse, ce serait encore plus pratique ! André serait plus près du lycée, évidemment, mais aussi du médecin et du dentiste, de la poste et de toutes les administrations, de la bibliothèque... sans parler du marché couvert de la place de la République et des magasins, mais ça, c'était plutôt pour elle. C'était lui qui avait choisi l'exil à la campagne pour fuir le bruit, l'agitation et surtout ses semblables, il lui fallait en accepter les « contraintes ». On ne peut pas effacer la nature, juste l'apprivoiser. André ne s'était pas laissé facilement convaincre, mais le raisonnement était logique, cohérent, un cartésien comme lui ne pouvait que s'incliner. Il avait néanmoins posé ses conditions : pas de plantes exubérantes, de fleurs envahissantes aux couleurs criardes ni d'herbes folles, mais un jardin au carré, aux allées bien tracées, aux bordures de buis bien taillées, aux plates-bandes bien dessinées. Sans aller jusqu'au jardin à la française, leur bout de terrain n'était pas assez vaste, il fallait que rien ne dépasse. Dans son obsession du contrôle, il était même allé plus loin : seulement des roses, la reine des fleurs depuis l'Antiquité – le *rosa, rosa, rosam* psalmodié par les apprentis latinistes en témoignait –, une ancienneté qui lui conférait valeur et dignité. Et uniquement des couleurs pastel : blanc ou rose. Rose pâle bien évidemment, pas de fantaisie fuchsia, bonbon, magenta ou mauve. Ayant ainsi ordonné, organisé, discipliné le désordre luxuriant qu'il redoutait, l'avoir réduit à un cadre limité, parfaitement maîtrisé, André Escande avait donné son aval. Cet espace corseté n'était pas celui dont Suzanne rêvait, mais depuis quand les rêves devenaient-ils réalité ? Était-ce souhaitable, d'ailleurs ? Elle garderait pour elle son bien nommé « jardin secret ». Avec sagesse, elle s'était donc contentée de cette victoire sous condition ; elle savait par expérience qu'elle n'obtiendrait pas plus. Elle avait mis à contribution les pépiniéristes perpignanais afin de dénicher le maximum de variétés de rosiers correspondant aux critères exigés, cherchant l'originalité dans la taille, la forme, la nuance, la texture, à défaut de pouvoir le faire par la couleur. Elle se disait parfois, amusée, qu'après des années de plantations et de soins, le jardin ressemblait aujourd'hui à une corbeille de mariage, de celles, d'autant plus imposantes que les familles s'élevaient dans l'échelle sociale, qu'on plaçait devant l'autel pendant la cérémonie et ensuite au côté du jeune couple au sourire figé chez le photographe. Comme une revanche, car celle de leurs noces avait été des plus sobres, sa famille portant encore le deuil de son frère Pierre, tué au front en Argonne. Mais malgré cette joliesse que certains pouvaient trouver un peu fade, aujourd'hui elle était très fière de sa, oui, « sa » roseraie.

Suzanne se baissa pour ouvrir le coffre métallique installé contre la façade. Elle en sortit un panier long à fond plat acheté à un vannier gitan de la place Cassanyes, une paire de gants et un sécateur. En attendant que son mari se décide à abandonner son bureau pour s'installer sur la terrasse, elle avait le temps d'inspecter les massifs à l'affût du rameau rebelle qui en perturbait l'harmonie, observer le renflement plein de promesses des boutons en essayant de deviner quand ils s'ouvriraient pour laisser échapper la soie froissée des pétales, et caresser du bout de ses doigts la chantilly vaporeuse des fleurs posée sur le jardin comme autant de petits nuages.

Elle avait déjà fait le tour des Blanche Moreau, respiré le délicieux parfum aux notes de citronnelle des Madame Hardy et pénétrait dans le carré neigeux des Albas pour admirer sa préférée, la « Cuisse de nymphe » dont les fleurs nacrées se teintaient d'une délicate touche chair évoquant la peau diaphane des jeunes filles, quand un raclement sur les dalles de la terrasse lui indiqua que son époux avait enfin rendu les armes. Instinctivement, elle jeta un coup d'œil sur les parterres pour s'assurer de leur harmonie symétrique. Seules les Madame Legras de Saint-Germain n'étaient pas encore fleuries, ce serait pour plus tard dans l'été, et leur feuillage faisait une tache gris-vert au milieu du rose et du blanc. Pourquoi s'inquiétait-elle ? André ne venait jamais jusqu'ici. Pour lui, l'essentiel était qu'aucune teinte trop éclatante ne transperce la dentelle des voilages de la fenêtre de leur chambre. Avec un demi-sourire, Suzanne se pencha sur sa petite extravagance : la Rosa gallica versicolor zébrée de rose vif et de rose dragée. Une rose ancienne qui datait du XVIe siècle. Si son mari l'avait vue, il aurait frôlé l'attaque… mais il n'aurait rien pu dire, elle avait respecté le code couleur ! De l'autre côté de l'écran des cyprès, le bruit avait cessé : André s'était installé à la table qu'elle lui avait préparée, à l'ombre, et s'était remis au travail. Le calme était revenu. Elle tendit l'oreille, qu'elle avait fine malgré son âge. Le calme ? Pas tout à fait. Derrière la clôture, sur la droite, un petit sifflotement suivait le rythme sec et saccadé d'un sécateur. Elle se dirigea vers la pergola autour de laquelle s'enroulaient les lianes des New Dawn rose tendre. Au-dessous, elle avait fait installer un banc en pierre. Quand elle y était assise, sous l'arceau fleuri qui parfumait le bleu du ciel, les oiseaux gazouillant sur les branches, elle se sentait à l'abri, isolée du monde entier. Et surtout des règles rigides qui régissaient sa vie depuis son mariage. Elle avait même un moment caressé l'idée de faire l'achat d'une balancelle pour se laisser bercer mollement et se livrer à une activité que son mari réprouvait, car inutile et frivole : rêvasser. Mais contrairement au banc, on ne pouvait pas monter sur une balancelle. Sauf à vouloir se casser la margoulette bien sûr. Or elle avait très vite remarqué que l'endroit était un poste de guet idéal pour observer ce qui se passait « à côté », chez leurs voisins de Sant Vicens. Et encore mieux quand on était en hauteur. Non pas qu'elle soit curieuse, comme certaines commères de quartier qui passaient leur vie à épier ce qui arrivait chez les autres. Mais elle s'ennuyait parfois tellement dans cette existence réglée et pastel ! Alors elle se faufilait au fond de la roseraie et grimpait sur le banc pour prendre une grande respiration, une bouffée de couleurs, de gaîté, de fantaisie... Dans sa jeunesse, quand elle était pensionnaire à Notre-Dame-de-Bon-Secours, elle remportait tous les ans le premier prix de gymnastique, et à soixante ans, contrairement à sa sœur par exemple, pourtant plus jeune qu'elle, qui souffrait d'arthrose aux genoux, elle n'avait rien perdu de sa souplesse. N'ayant pas eu d'enfant, son corps ne s'était pas alourdi et elle se hissait sans difficulté sur son perchoir.

Toujours pas d'André Escande à l'horizon. Posant panier, gants et sécateur, elle releva un peu sa jupe en gabardine de coton bleu marine qui l'entravait, prit appui sur l'assise en pierre et, d'un coup de reins, se redressa... pour tomber nez à nez avec Firmin Bauby qui la regardait avec son habituel grand sourire de gnome jovial, au pied de la haie de séparation, flanqué de son inséparable briard.

— Bien le bonjour, madame Escande. Quelle belle journée, n'est-ce pas ?

Affable, comme toujours. Le phrasé du maître de Sant Vicens était un peu affecté. Il arrondissait les voyelles à la fin des mots. Sa chemise et son pantalon blancs, sans un faux pli, avivaient encore les couleurs chatoyantes de la brassée de roses qu'il serrait entre ses bras. Prise en flagrant délit d'espionnage, Suzanne bredouilla quelques mots convenus sur l'été qui s'annonçait chaud. Pas sûr que son voisin ait tout compris mais peu lui importait, il continuait à faire la conversation tout seul :

— Quand accepterez-vous une invitation à déjeuner ? J'ai horreur de manger seul, voyez-vous, et je serais vraiment ravi de vous recevoir, votre époux et vous...

Nouveau bredouillis inintelligible. Elle n'allait quand même pas lui rapporter la manière dont son mari avait accueilli les invitations précédentes. Elle, pour sa part, aurait adoré découvrir enfin le mas et l'intérieur de la belle maison de maître, à la façade aussi blanche que la tenue de son propriétaire, qu'on apercevait à travers les pins, mais l'idée seule de pénétrer dans cet « antre de perdition » révulsait André Escande. Bauby n'insista pas, mais il n'était pas homme à se laisser décourager, il essaierait encore et encore... En attendant, toujours sourire, il lui tendit le bouquet multicolore :

— Même si vous avez sans conteste les plus belles roses du quartier, s'excusa-t-il galamment, permettez-moi de vous offrir quelques-unes des miennes.

Instinctivement, elle jeta un coup d'œil derrière elle, s'attendant presque à voir son mari traverser le jardin où il ne mettait jamais les pieds, alerté par on ne sait quel pressentiment. Mais rien ne bougeait du côté des cyprès.

— Vous avez bien un endroit à vous où il reste un vase vide, suggéra finement son généreux voisin, comme s'il devinait son conflit intérieur.

La lingerie. C'est ainsi qu'elle nommait, comme avant elle sa mère et encore avant sa grand-mère, la petite pièce du premier étage où elle s'installait pour ses travaux de couture. La grande table était idéale pour épingler le patron d'une robe ou d'un manteau sur le tissu acheté au Paradis de la Soie avant de le couper. Les roses de monsieur Bauby feraient un très bel effet sur la commode où elle rangeait ses coupons, ses fils et ses aiguilles, son dé et sa paire de ciseaux, la craie pour marquer les ourlets et les épingles pour les fixer. Les fleurs s'y épanouiraient rien que pour elle. Sans réfléchir davantage, elle tendit la main et prit le bouquet. Oubliant dans sa précipitation de remercier son voisin, elle se détourna et sauta au bas de son banc. Elle se sentait à la fois excitée et coupable. Pour un peu, elle se serait prise pour un gangster ! Impossible de rentrer par la baie vitrée sans être vue par son mari ; elle décida de faire le tour de la maison et de passer par la porte d'entrée.

Elle longeait silencieusement le couloir en direction de l'escalier, les roses chamarrées serrées contre son cœur, quand André sortit de la cuisine, un verre d'eau fraîche à la main. Il fronça les sourcils, réprobateur.

— Vous, vous avez encore discuté avec le poissonnier !

2

« Le poissonnier. »

Dans une autre bouche, ce terme pour désigner leur fantasque voisin aurait pu être méprisant, voire carrément injurieux, mais pas dans celle d'André Escande pour qui le gagne-pain de Firmin Bauby, si concret et prosaïque, si utile à la population, était la seule chose qui rachetait ses divagations artistiques et ses débordements luxurieux.

C'étaient eux surtout qui nourrissaient les ragots dans tout Perpignan. Ses « penchants », disait pudiquement Suzanne en rougissant, ses « tendances particulières », écrivaient les journalistes pour ne pas choquer leurs lecteurs, les moins prudes parlaient de ses « vices », les plus véhéments des défenseurs de la morale et de la « normalité » allant jusqu'à évoquer ses « saloperies sodomites » avec une grimace de dégoût, le plus souvent des hommes qui en rajoutaient dans le roulement de mécaniques viril pour ne surtout pas être confondus avec un de ces « invertis ». Bref, les épithètes malsonnantes ne manquaient pas et elles étaient souvent de sortie, le maître de Sant Vicens ne cachant pas ses préférences et assumant sa vie privée avec un naturel que d'aucuns prenaient pour de la provocation.

Mais de cela, André Escande n'avait cure. Il méprisait la sexualité. Une perte de temps et de contrôle. Un vertige des sens qui égarait la raison. Tout ce qu'il détestait. Jeune, il avait vécu ces pulsions comme un mal nécessaire, inhérent à cette période de la vie où le corps vous taraude pour se reproduire. Il s'était appliqué à les faire taire, avec méthode, comme il faisait tout dans sa vie, se plongeant dans la résolution des équations les plus ardues pour occuper son esprit et ignorer les élans qui enfiévraient ses reins. Petit à petit, ceux-ci s'étaient faits plus discrets, plus rares, et l'agrégé de mathématiques s'était félicité d'avoir dompté sa libido et supprimé ainsi ce qui pouvait perturber le fonctionnement optimal de son cerveau.

Suzanne ne s'en plaignait pas. Les femmes n'étaient pas soumises aux mêmes tentations et désirs que les hommes et voyaient arriver avec soulagement le moment où l'âge calmerait les ardeurs de leurs maris ; c'était bien indiqué dans un livre qu'André lui avait offert au moment de leurs fiançailles. Sa sage et discrète épouse n'avait pas eu à attendre aussi longtemps. D'une certaine façon, il lui avait fait là un beau cadeau, c'est ce qu'il se plaisait à penser. C'est dire à quel point il se désintéressait des coucheries des uns et des autres, admises ou pas, c'est le terme qu'il employait. Contrairement à la plupart de ses contemporains, André Escande n'aurait jamais qualifié ces relations de « contre-nature ». Du point de vue de la science, le seul qui comptait à ses yeux, c'était faux. Un jour au lycée, un de ses confrères n'avait-il pas, revue spécialisée à l'appui, affirmé que certains animaux avaient des comportements homosexuels ? Ce ne serait donc ni une maladie ni une question d'éducation.

D'après ce qu'il en savait – il était difficile d'échapper aux nombreux articles qui relayaient complaisamment tous les « événements » organisés dans l'atelier de céramique dont la renommée était désormais, en ce début d'été 1953, internationale –, Bauby était issu d'une famille de juristes de Prades descendant d'un ancien président du Conseil souverain du Roussillon, sous l'Ancien Régime. Rien de plus sérieux et respectable *a priori*. Mais le petit Firmin avait une âme d'artiste. Loin de s'en offusquer et le remettre sur la voie royale et familiale des études de droit, ses parents l'avaient laissé donner libre cours à sa créativité. À douze ans, il avait redessiné leur immense jardin, jonchant les parterres de vases et de statuettes d'argile brisés qu'il avait façonnés lui-même. Ensuite ses parents lui avaient abandonné le vaste grenier de la maison que Firmin, âgé d'une quinzaine d'années, avait transformé au gré de sa fantaisie et des histoires qu'il aimait à se raconter en hacienda espagnole avec hamac pour le farniente puis en intérieur oriental à l'ornementation précieuse. C'est là qu'il avait réalisé ses premières peintures sur soie. Il avait du goût, elles avaient plu tout de suite. En pleine guerre, à dix-sept ans à peine, donc trop jeune encore pour être mobilisé, il avait exposé ses œuvres dont certaines avaient trouvé preneurs jusqu'en Amérique du Sud, en Argentine et au Brésil. Tout Firmin Bauby était déjà là : tandis que le monde de la Belle Époque sombrait dans le chaos et la boue meurtrière des tranchées, il peignait des coussins, des paravents et des abat-jour d'un pinceau léger aux multiples couleurs. Le beau contre la barbarie. La frivolité pour oublier la folie tragique des temps. Enfin, c'est ce que disait la légende colportée par la presse. André Escande réprouvait bien sûr cette futilité, cette insouciance à l'heure même où tant de jeunes gens avaient vu leur vie fauchée, et il ne voyait pas de quoi s'extasier… mais la stupeur atterrée devant une telle hécatombe et le soulagement peut-être un peu lâche lorsque les combats avaient enfin cessé induisirent une décennie où cette attitude devint la règle. Durant ces années justement nommées « folles », il fallait s'étourdir, ne rien prendre au sérieux, repousser les limites, être aussi léger et pétillant que les bulles du champagne qui coulait à flots. Une période faite sur mesure pour le talentueux et effervescent Firmin. Comme il se devait quand on cherchait la consécration, il était « monté à Paris » pour travailler dans la décoration et avait plongé avec frénésie, délice et volupté dans ce tourbillon. Au sein de cette Babylone moderne, cette ville interlope, interart, intersexe, il avait goûté à tout et à tous. La mort de son père avait sonné la fin de la récréation. Il était revenu au pays et, pour gagner sa vie, avait importé à Perpignan un concept anglais, c'était la grande mode, un *fish and chips*, du poisson et des frites, quoi ! Évidemment, cette fantaisie exotique n'avait pas marché, les Catalans n'étaient pas prêts, mais, faisant preuve d'un surprenant pragmatisme – rare chez les artistes – qui lui avait valu le respect d'André Escande à défaut de son adhésion, Bauby avait décidé d'oublier les *chips* pour ne garder que le *fish* : il avait ouvert une poissonnerie, puis deux, puis trois… Aujourd'hui, il en possédait cinq. Plus des parts dans une flottille de bateaux de pêche à Port-Vendres et une trentaine de camions frigorifiques qui livraient le poisson jusqu'au sud des Pyrénées. L'artiste avait le sens des affaires, ce n'était pas si fréquent. Et la lucidité de se rendre compte qu'il ne se ferait jamais une place au panthéon de l'art : il avait du talent, à sa manière, mais pas de génie. Il avait alors décidé d'utiliser l'argent du poisson pour permettre à ceux qui en avaient de l'exprimer sans contrainte. Il était devenu mécène. André Escande ne pouvait que saluer la démarche, aussi rationnelle que responsable… même si elle l'obligeait à un voisinage des plus encombrants.

Son verre d'eau à la main, il désigna le bouquet aux couleurs flamboyantes dans les bras de son épouse :

— Je vois que l'histrion a voulu vous amadouer…

Instinctivement, elle serra les fleurs contre elle, comme s'il avait eu l'intention de les lui arracher. Mais il n'esquissa pas un geste, se contentant d'ajouter, dédaigneux :

— Je parie qu'il nous a encore invités à déjeuner. Les restes de sa bonne éducation auraient déjà dû lui faire comprendre, après tant d'essais infructueux, que nous n'étions pas intéressés.

D'ordinaire, Suzanne aurait fait mine d'abonder dans son sens d'un hochement de tête qui n'engageait à rien, mais ce « nous » qui l'englobait sans que son mari ait pris la peine de lui demander son avis la piqua au vif.

— Parlez pour vous, mon ami, répliqua-t-elle d'un ton égal mais ferme. Mon éducation – et elle insista sur le « mon » – me commanderait au contraire de l'accepter !

André Escande en resta sans voix. Une performance qu'elle salua d'un sourire.

— Je vous rassure, je ne vous infligerai pas la vue de son cadeau…

Et elle passa devant lui, portant le bouquet devant elle comme un trophée, avant de disparaître dans l'escalier qui montait au premier. La porte de la lingerie claqua, faisant sursauter André Escande.

Il était si peu habitué à ce que sa femme réagisse, exprime une opinion au lieu d'épouser la sienne, qu'il en resta un moment interdit, son verre toujours à la main. Oh, on était loin des scènes dont parfois il percevait les échos dans les maisons du quartier, à grand renfort de cris, de larmes et de vaisselle cassée, mais cette amorce d'affirmation de soi, cet embryon de révolte le sidérait. Il s'en retourna, songeur, à sa table sur la terrasse. Songeur et en colère. Leur turbulent voisin était décidément un fauteur de troubles !

André Escande se rassit, but deux gorgées d'eau et jeta un coup d'œil morne à la Bible ouverte devant lui. Il la referma d'un geste sec. Il n'était bon à rien aujourd'hui avec toutes ces contrariétés.

Pourtant, quand il avait fait construire cette maison après la guerre dans le faubourg de Saint-Gaudérique, en prévision de sa retraite, il avait cru trouver son havre de paix. Il était las du centre-ville, de son tumulte et de son agitation permanente, le klaxon des voitures, la cloche du tramway, les cris des vitriers, des tondeurs de chiens et des marchands ambulants, le bruit strident des lames sur la meule du rémouleur, les femmes qui s'interpellaient aux fenêtres, la foule sur les trottoirs, sans parler des visites importunes sous prétexte qu'on « passait dans le quartier »... Comme s'il ne voyait déjà pas assez de monde dans la journée au lycée. Et même dans son cher « bahut », entre les militants marxistes, les doux rêveurs, les aigris qui passaient leur temps à récriminer et à se plaindre, sans oublier les pontifiants qui n'aimaient rien tant que de s'écouter parler, il se serait bien passé de côtoyer certains de ses collègues ! C'est dans ces moments-là qu'il appréciait d'autant plus la compagnie harmonieuse et silencieuse des chiffres, des fractions et des racines carrées, des fonctions numériques, des courbes paraboliques et des angles droits, des sinus et des cosinus… Suzanne disait avec un sourire indulgent qu'il devenait de plus en plus misanthrope. Ce qui était sûr, c'est que, pragmatique comme toujours, il avait décidé de mettre un peu de distance entre ses sources d'agacement et lui. Un peu mais pas trop. Il avait grandi au milieu des vergers et estimait avoir eu sa dose. Qu'aurait-il à y faire aujourd'hui ? La campagne, c'était pour ceux qui travaillaient la terre, l'aristocratie des mains laborieuses qu'il respectait infiniment… et ce d'autant plus qu'il s'en était extirpé pour franchir un palier et devenir un « intellectuel ». Si bon nombre d'enseignants rêvaient de passer leur retraite à cultiver leurs carottes et leurs choux, ce n'était évidemment pas son cas. Saint-Gaudérique, à la limite sud de Perpignan, lui avait paru le compromis idéal : en dehors mais pas trop loin. Le terrain qu'il avait acheté était voisin d'un mas avec ses bâtiments et caves en *cairó*[1], briques rouges et galets de rivière, qui lui rappelait son enfance et prouvait qu'on n'était plus en ville. C'était parfait.

Mais il était méfiant et ne s'était pas contenté de sa première impression. Il fallait toujours étudier le dossier à fond. Il était allé consulter le cadastre et le registre du commerce. C'est ainsi qu'il avait découvert que l'ancien mas Cargolès, en ruine, avait été rebaptisé « Sant Vicens », restauré et transformé en atelier de poterie par un certain Louis Antico. On y produisait de la céramique traditionnelle et utilitaire : des cruches

1 Brique pleine traditionnelle catalane.

et des *cantirs*[1], des boutons, des têtes de poupées... *A priori* rien de fantaisiste et encore moins d'artistique. Une entreprise respectable et utile avec une activité qui n'était pas bruyante. Tout ce qui plaisait à André Escande. Ils feraient des voisins discrets des plus acceptables.

Rassuré, il n'y avait plus prêté attention. La construction de la villa puis leur installation alors même qu'il enseignait encore l'avaient beaucoup occupé. Et de toute façon, il n'était pas du genre à épier ce que faisaient les autres. Les premiers mois, il n'avait rien soupçonné. Sant Vicens lui était même sorti de l'esprit. Il y avait bien de belles voitures qui passaient la grille de temps en temps, le genre de véhicules qui laissaient suspecter de riches propriétaires, mais André Escande n'avait pas d'imagination. « La folle du logis », suivant la formule d'un philosophe du XVIIe siècle[2], n'avait pas sa place dans le sien !

Jusqu'à ce matin-là, à la table du petit déjeuner. Il finissait son café, son cartable en cuir posé à côté de lui, prêt à sortir prendre l'autobus vers le centre-ville pour rejoindre l'ancien collège communal devenu depuis peu lycée d'État. On lui avait donné le nom du grand homme du département, François Arago, dont la statue sur la place voisine pointait du doigt la haute porte à double battant que franchissaient quotidiennement des centaines de garçons, de la 6e aux classes de philo et mathélem. André Escande savourait donc les dernières gorgées du breuvage amer, car il le buvait sans sucre, en

1 Gargoulette catalane, autre forme de cruche.

2 Nicolas Malebranche, 1638-1715.

prenant bien garde de ne pas tacher sa chemise blanche, quand Suzanne, qui parcourait le journal, assise de l'autre côté de la table, s'était étonnée :

— Tiens, il y a un grand article sur nos voisins de Sant Vicens !

Il avait failli en avaler de travers. S'étranglant à moitié, il avait reposé son bol.

— Ne se passe-t-il rien d'intéressant dans le monde que les journalistes se passionnent pour une fabrique de cruches ? lâcha-t-il, dédaigneux, en s'essuyant les lèvres du coin de sa serviette.

Les sourcils froncés, Suzanne poursuivait sa lecture :

— Il n'y est pas question de simple poterie de ménage mais d'art de la céramique. Et d'artistes qui viennent s'y initier, créer à l'invitation de…

Elle s'interrompit, perplexe, comme si elle doutait de ce qu'elle voyait.

— Antico, compléta-t-il, agacé, c'est bien le nom du propriétaire ?

Pour toute réponse, elle lui avait tendu la page de *L'Indépendant*.

C'est là, entre son bol vide et son cartable en cuir, qu'André Escande avait vu mentionné pour la première fois le nom de Firmin Bauby. Et découvert son histoire. Dans l'article, l'homme interviewé par le journaliste, présenté comme le fondateur de Sant Vicens, racontait qu'il avait donné ce nom au mas en hommage au saint patron des vignerons, certes, mais aussi et surtout à son parrain, Firmin Vicens, celui à qui il devait d'avoir rencontré, gamin, Gustave Violet dans son atelier de Sant Marti sur les hauteurs de Prades. Dans une perpétuelle recherche de formes et de couleurs, le grand sculpteur se consacrait alors à la terre cuite, statues d'argile et plaques de céramique émaillée. Le gamin qu'il était avait été fasciné par ces mains qui mélangeaient sensuellement la terre et l'eau pour faire naître, comme Dieu au commencement du monde, des corps et des âmes. Le feu attisé par l'air leur insufflait la vie. Cette action conjuguée des quatre éléments avait quelque chose de magique ! Cette rencontre, disait Bauby, avait décidé de son avenir.

Escande ne connaissait pas grand-chose à l'art mais il faisait confiance à la pierre. Solide. Immuable. L'architecture passait par les mathématiques, la géométrie. Encore fallait-il faire le tri : comme pour le reste, la fantaisie, les fioritures, les sinuosités végétales, les mignardises mièvres du rococo ou de l'Art nouveau, celui qu'on appelait justement « nouille », l'indisposaient. Mais les statues stylisées, hiératiques, les beaux immeubles, Art déco de préférence, aux lignes épurées, aux angles bien nets, défiaient le temps, impavides. Les saisons se succédaient, les générations aussi, rien n'avait de prise sur eux. Pas un frémissement, pas un flottement ni une hésitation, pas un élan… le monde de ses rêves était minéral. Et les monuments aux morts dus au ciseau de Gustave Violet y occupaient une place spéciale. Partout ces hommages aux poilus tombés au front s'étaient multipliés dans les années vingt. Le moindre village avait le sien. Escande ne pouvait qu'y souscrire. Mais, marqué sans doute par ce qu'il avait vécu, sa guerre « manquée » en quelque sorte, il supportait mal l'exaltation martiale du soldat triomphant. Gustave Violet avait choisi pour sa part de mettre en avant le deuil des familles éprouvées, la douleur de ceux qui restaient, leur accablement face à la perte d'un fils, un mari, un frère, un père. Le monde d'après.

Après la fin des combats. Celui dans lequel Escande se reconnaissait. Alors voir le nom de Violet invoqué par cet inconnu qui s'avérait être son voisin l'avait intrigué. Et empêché d'exploser.

Parce qu'il bouillonnait de colère, ce matin-là : il se sentait floué, trahi. Et furieux contre lui-même. Il pensait avoir pris toutes les précautions, avoir tout vérifié. Pourquoi le registre du commerce et des sociétés, qui ne passait pas pour laxiste, mentionnait-il un autre nom ? Cela n'avait aucun sens.

Il était si perturbé qu'il en avait oublié son cartable en quittant la maison. Il avait dû faire demi-tour pour revenir le récupérer et bien sûr il avait raté son autobus. Il était arrivé en retard au lycée pour la première fois de son existence, d'élève comme de professeur. Il ne connaissait pas encore ce « Bauby » mais il lui en voulait déjà. Les 3e qui l'attendaient dans la cour étaient si stupéfaits qu'ils n'en avaient même pas profité pour chahuter. Comment ça, le père « Pile à l'heure », celui dont on disait qu'il avait avalé une montre à gousset, n'était pas là au moment où la cloche avait sonné le début des cours ? Il lui était sans doute arrivé quelque chose de grave, ce n'était pas possible autrement ! Ils en étaient venus à parier qu'il était mort, carrément, quand André Escande avait enfin passé le portail. Il les avait entendus – car il avait aussi l'ouïe fine – évoquer avec jubilation une possible attaque cardiaque sur le trottoir… n'avait-on pas perçu les échos d'une sirène d'un camion de pompiers tout à l'heure ? À moins qu'une voiture ne l'ait renversé ?

— Désolé de vous décevoir, messieurs, je me porte bien, n'avait-il pu s'empêcher de les couper avec une ironie glaciale. Il va vous falloir patienter et me supporter encore un peu…

Ils étaient entrés en classe la mine déconfite, certains que leur professeur de mathématiques allait leur faire payer cher leur joyeuse effervescence. Ils ne se trompaient pas. Il les avait fait plancher pendant deux heures, enfin, un peu moins vu son retard, sur des exercices particulièrement ardus de trigonométrie qui les avaient vite calmés.

Mais l'article du journal tournait toujours dans sa tête. À la récréation, il s'en était ouvert à son collègue de mathématiques Maris. Ce n'était pas dans ses habitudes. Même s'il appréciait celui que les élèves surnommaient « Aramis » à cause de sa distinction naturelle, son élégance et son visage racé qui n'auraient pas déparé dans un film de cape et d'épée – il fallait avouer que c'était plus valorisant que « Pile à l'heure » –, leurs échanges se limitaient d'ordinaire à des considérations pratiques sur les emplois du temps ou les dernières frasques du cancre de service. Toujours aussi gentleman, Maris n'avait montré aucune surprise devant cette entorse aux règles de son vieux bougon de collègue mais, il était navré, il n'avait pas la réponse. C'est Vieil, le professeur de philo, qui la leur avait donnée. À sa manière paisible, sans paraître s'émouvoir une seconde des raisons pour le moins peu banales qu'il exposait : le dénommé Firmin Bauby avait déposé en préfecture le dossier de création de son atelier de poterie en 1941. Dossier aussitôt recalé, l'administration de Vichy n'appréciant ni son homosexualité assumée ni ses frasques débridées qui lui avaient valu quelques démêlés avec la justice. Voyant qu'il n'arriverait jamais à rien avec les partisans du maréchal et du « Travail, Famille, Patrie », Bauby avait trouvé un moyen de contourner l'obstacle : il avait demandé à un ami potier, dûment marié et père de famille, de représenter le dossier en son nom. Louis Antico. Et le projet avait été accepté.

Tout s'expliquait. Cela ne changeait rien au fait qu'André Escande allait devoir subir une mitoyenneté beaucoup moins tranquille qu'il ne le pensait en achetant le terrain, mais il avait au moins la satisfaction de comprendre d'où venait sa méprise. Il n'avait pas fait d'erreur : qui aurait pu imaginer un tel tour de passe-passe avec l'administration ? C'est ainsi qu'avait commencé sa cohabitation avec son jovial et envahissant voisin.

Dès lors, il avait suivi de loin, par la presse, la renommée grandissante de Sant Vincens et les initiatives audacieuses que le maître des lieux finançait avec les bénéfices de ses poissonneries. En pestant à chaque article, bien sûr. Sauf l'été précédent, lorsque Gustave Violet s'était éteint. Pauvre. Il n'était pas un homme d'affaires comme Bauby. Pourtant il était le plus grand sculpteur du département, après Aristide Maillol bien sûr. Mais on disait qu'il distribuait ses statues à qui venait le visiter dans son atelier. André Escande ne comprendrait jamais ces écervelés d'artistes : le premier devoir d'un homme n'était-il pas de gagner son pain quotidien ? Voilà qui était concret, réel. Et le reste n'était que littérature, comme disait il ne savait plus quel poète[1].

Il avait néanmoins apprécié l'hommage que lui avait rendu Firmin Bauby : il avait consacré toute une aile du mas à une rétrospective des œuvres de celui qui lui

1 Paul Verlaine.

avait fait découvrir la céramique et sa vocation. André Escande ne pouvait que saluer cette fidélité. C'était une qualité qu'il appréciait. Mais qui ne suffisait pas à lui faire oublier le reste.

La reliure de cuir fauve aux lettrages dorés de sa Bible et les feuillets couverts de ses notes le narguaient sur la table. Il ne se sentait pas le courage de s'y replonger. L'accrochage de tout à l'heure avec Suzanne l'avait contrarié. Comme tout ce qui perturbait le bon ordonnancement de sa vie bien réglée. Et puis cette chaleur! Il essuya ses lunettes embuées, passa un doigt entre son cou trempé de sueur et le col de sa chemise qui ne l'était pas moins pour se donner un peu d'air. Il luttait contre l'envie de desserrer sa cravate. Mais c'eût été la capitulation ultime. La perte de sa dignité. La dégringolade vers le marcel maculé d'auréoles comme celui que son père portait pour la fenaison. Ses muscles saillaient tandis qu'il faisait aller sa faux en un large geste semi-circulaire. C'était tout ce que le jeune André avait voulu fuir. Il garderait sa chemise fermée jusqu'au dernier bouton et son nœud de cravate. Les pointes acérées des cyprès trouaient le ciel sans nuage comme autant de lances dressées, au garde-à-vous. Immobiles. Il n'y avait pas un souffle de vent. La roseraie, invisible derrière ce rempart, embaumait de toutes ses fleurs. Une odeur lourde et sucrée qui l'écœurait. Il se leva brusquement, rafla livre et documents, récupéra le verre vide et s'en retourna à l'ombre à l'intérieur de la maison. Un bourdonnement lui parvenait du premier étage: dans la lingerie, Suzanne accompagnait le tic-tac de la machine à coudre qu'elle actionnait du pied en fredonnant, les yeux sans doute fixés sur le vase où s'épanouissait le bouquet chatoyant du « poissonnier ». Il tendit l'oreille.

— Je chante, je chante soir et matin…

Évidemment. Son épouse avait un faible pour les sornettes de celui qu'on surnommait « le fou chantant ». Je vous demande un peu ! Dire qu'André Escande avait eu en classe cet hurluberlu de Trenet. En 5e, en 1924. En même temps que le petit Simon[1] qui était devenu, lui, écrivain. Trenet n'était pas bon élève. Toujours dans la lune. Combien de fois l'avait-il collé pour l'avoir surpris à dessiner ou à griffonner des vers sur son cahier de brouillon pendant le cours au lieu de résoudre le problème de robinet et de baignoire qui fuyaient ! Des punitions qui ne servaient pas à grand-chose, le gamin arrivant le jeudi ses aquarelles sous le bras. On aurait pu attendre mieux du rejeton d'une famille d'architectes reconnus à Perpignan ; les immeubles construits par son grand-père et son oncle abondaient dans les nouveaux quartiers. Mais le père de Charles, quoique notaire pour sa part, jouait à l'artiste avec son violon et fréquentait la bande de saltimbanques menée par Albert Bausil qu'il avait très tôt présentée à son fils. Son influence avait été désastreuse. Le jeune homme avait fini par se faire virer du collège à quinze ans après avoir traité le surveillant général de « gros plein de soupe » ! Il avait poursuivi ses frasques, se faisant même arrêter à Vernet-les-Bains où Bausil et lui avaient eu la brillante idée de se déguiser en fantômes, nus sous des draps, pour effrayer les clients de l'hôtel Mustapha-Ier et les promeneurs dans les jardins

1 Claude Simon, figure du Nouveau Roman, prix Médicis en 1967, prix Nobel de littérature en 1985.

du Casino, causant un vif émoi dans la paisible station thermale. Une plainte pour outrage aux bonnes mœurs avait été déposée et l'affaire avait fait les choux gras de la presse locale. Trenet avait préféré quitter Perpignan pour « monter » à Paris – lui aussi – et il était devenu chanteur de variété. Avec ses mines extasiées et ses yeux écarquillés de ravi de la crèche, il était même devenu la coqueluche des jeunes... et des moins jeunes, si on en croyait le nombre de ses ritournelles que Suzanne connaissait par cœur. Il était, paraît-il, le grand rival du sirupeux Tino Rossi. André Escande n'aimait que la musique classique. Bach surtout, qui, point contre point, mélodie contre mélodie, composait en mathématicien. Mais les airs tressautants aux paroles sans queue ni tête de son ancien élève qui voyait des facteurs s'envoler et la tour Eiffel partir en balade[1] le laissaient stupéfait, sans voix.

— Elle n'a laissé qu'un plat d'riz pour moi, me dit un laquais chinois...

Oh pitié! Suzanne disait que Trenet était influencé par le jazz à qui il avait emprunté l'art de la syncope. Si cela continuait, c'est lui, André Escande, qui allait en faire une, de syncope! Dire que l'été ne faisait que commencer...

---

1 « Y a d'la joie », chanson écrite en 1936.

3

L'impressionnante façade de trois étages en briques rouges, rythmée de façon parfaitement symétrique par des rangées de fenêtres aux boiseries blanches de part et d'autre du grand portail d'entrée en pierre, le dominait de toute sa hauteur, l'obligeant à renverser la tête en arrière, une main retenant son chapeau de feutre. Il avait plu pendant la nuit et l'eau avait « débarbouillé » les bâtiments tout neufs, avivant le contraste des couleurs. Pour son inauguration, en présence de monsieur le ministre s'il vous plaît, le nouveau lycée s'était fait tout beau. « Nouveau », cet adjectif faisait ricaner la moitié de Perpignan : on en parlait depuis pas loin de cinquante ans et cela en faisait presque dix-huit qu'il était en travaux. Le nombre de jeunes gens du département qui poursuivaient désormais leurs études après le certificat jusqu'au baccalauréat si convoité ne cessait d'augmenter, et il ne fallait pas être grand clerc pour se rendre compte que les locaux vétustes datant de la Révolution française de l'ancien collège Pi, devenu Collège communal sous l'Empire, étaient à présent bien trop petits. Et impossible de « pousser les murs », coincés comme ils étaient entre le tribunal, la place Arago et celle du Pont-d'En-Vestit. L'idée de construire ailleurs un nouvel établissement, plus vaste, avait donc germé longtemps avant. Il avait été envisagé de l'implanter dans le quartier Saint-Jacques, puis dans les locaux de l'ancien hôpital Saint-Jean, rue Foch, mais c'est finalement le terrain Dieudé aux Quatre Cazals, au confluent entre la Basse et le Ganganell, qui avait été choisi. La première pierre avait été posée au début de l'année 1936 et les Perpignanais avaient vu bientôt surgir de terre un squelette géant comme ceux qu'on pouvait admirer au Muséum d'histoire naturelle, baleine ou animal préhistorique, mais en cent fois, mille fois plus grand. Un monstre, ou plutôt ce qu'il en restait, avec sa cage thoracique à claire-voie de béton armé et les vertèbres hélicoïdales de ses escaliers. Puis le monstre avait retrouvé ses écailles, écarlates, et semblait sur le point de se réveiller. Les travaux allaient bon train et le gros œuvre était terminé quand la guerre avait éclaté. Pendant cinq ans, les Perpignanais avaient contemplé un monstre endormi, à qui il manquait les organes et surtout le cœur. À présent terminé, il vivait et avait belle allure, il fallait l'avouer. *L'Indépendant* avait publié une photographie prise en survolant le site avec un petit avion. On y distinguait bien le plan en fourche à quatre dents, la belle façade servant de base et les autres bâtiments, perpendiculaires, délimitant les trois cours de récréation. Spacieux et fonctionnel. Moderne. Tout ce qu'André Escande aimait. Pourquoi alors, au moment de monter les marches vers la porte monumentale, avait-il une pensée pour le vieux bahut décrépit qu'il avait tant de fois voué aux gémonies ? Il n'était pas sentimental et la nostalgie lui était à peu près étrangère. C'était peut-être simplement parce qu'il n'aurait pas l'occasion de faire cours dans les nouveaux locaux. De se les approprier.

Il avait d'ailleurs été très étonné de recevoir une invitation. Depuis qu'il avait pris sa retraite, l'année précédente, il n'avait plus remis les pieds rue Porte-de-l'Assaut. Écouter les anciens collègues radoter sur le dernier chahut en classe, les nouvelles énormités relevées sur les copies, très peu pour lui. Il en avait fini avec tout ça et il en était ravi. Aussi, quand l'enveloppe gaufrée à l'en-tête de l'inspection d'académie était arrivée au courrier, il avait hésité à l'ouvrir. Il l'avait posée sur le buffet de la salle à manger et était retourné à ses occupations. Il pourrait toujours prétendre ne pas l'avoir reçue. Une lettre, ça peut se perdre, non ? Mais c'était compter sans Suzanne. Dès qu'il avait eu le dos tourné, et sous prétexte de faire la poussière, elle avait récupéré l'enveloppe tout en maniant négligemment le plumeau et sorti la belle invitation sur papier glacé.

— Quelle belle idée, s'était-elle exclamée. Inaugurer le nouveau lycée le jour du centenaire de la mort de François Arago dont il porte le nom !

Furieux, il revenait sur ses pas pour lui intimer l'ordre de se mêler de ses affaires, quand elle avait enchaîné, lisant le carton :

— Monsieur Marie, ministre de l'Éducation nationale et des Sports, présidera la cérémonie et dévoilera une plaque... des arrière-petits-fils du grand savant seront aussi présents... Mon ami, vous ne pouvez pas refuser et rater une telle occasion ! Vous le regretteriez, je vous assure.

Il ouvrait la bouche pour protester, mais elle était lancée :

— Vous ne pouvez être insensible à un tel symbole : comme Arago qui y a été élève, vous faites partie de l'ancien collège où vous-même avez été et élève et enseignant, il a abrité toute votre vie, pourrait-on dire… et ensemble, vous allez passer le relais au nouveau lycée. Quelle plus belle façon de mettre un point final à votre carrière ?

Elle savait être persuasive quand elle le voulait. Il s'était laissé convaincre. Par curiosité. Un peu par vanité aussi. Suzanne, qui le connaissait bien, avait su toucher un point sensible.

La réception du ministre était prévue à 15 h 30. Il avait ronchonné pendant tout le repas de midi, comme à chaque fois qu'il était nerveux. Non qu'il s'en privât les autres jours, mais au moins s'en dispensait-il à table, ce dont son épouse lui savait gré. Après s'être lavé méticuleusement les mains et les dents, il avait noué une cravate bordeaux sur une chemise blanche au col empesé, enfilé ses chaussures scrupuleusement cirées « à miroir » par son épouse et passé son plus beau costume de laine peignée, gris anthracite. Enfin, Suzanne, solennelle, avait épinglé sur sa poche de poitrine le beau ruban violet qui retenait les Palmes académiques. Il y avait eu une grosse averse pendant la nuit et le ciel, gris et chargé, restait menaçant, il avait hésité à prendre son pardessus mais Suzanne, qui tenait à ce qu'on voie bien la décoration dont elle était aussi fière que lui, le lui avait vivement déconseillé : ce début d'octobre était très doux, il aurait tôt fait de transpirer et de se sentir mal à l'aise pendant la réception. S'il craignait de se faire surprendre par la pluie, qu'il prenne la voiture ! D'ailleurs, cela ferait du bien à la 203 de sortir un peu du garage. André Escande n'aimait pas conduire en ville ; les automobilistes y étaient par trop indisciplinés. Il y avait des règles, que diable, le code de la route n'était pas fait pour les chiens ! Il fulminait à chaque carrefour embouteillé, chaque changement de direction intempestif, chaque priorité refusée... même quand ce n'était pas à lui. Mais ceux qui l'exaspéraient le plus, c'étaient ceux qui « oubliaient » de mettre leur clignotant. À croire qu'ils avaient peur de l'user ! Ou que les Français étaient soudainement devenus tous télépathes. Lis dans mon esprit et tu sauras ce que je m'apprête à faire ! Il en revenait d'humeur encore plus sombre et revêche. Mais aujourd'hui, Suzanne n'en démordait pas : on ne prenait pas l'autobus avec des Palmes. Son époux n'y voyait pour sa part aucun problème, mais elle, issue de la bourgeoisie contrairement à lui, connaissait les usages, ce qui était de bon ton et ce qui ne se faisait pas.

— Aujourd'hui est un jour spécial. Il faut être à sa hauteur.

Il s'était incliné.

Il s'était surpris à faire un détour pour passer devant le vieux collège, qui ne savait pas encore que ses jours étaient comptés. L'instant d'avant, il filait sur le quai le long de la Basse, cette rivière canalisée qui traversait le centre de Perpignan, mais à hauteur des tables en terrasse et des grandes verrières du Palmarium, c'était comme si le volant de sa Peugeot avait tourné tout seul. André Escande ne voulait pas s'arrêter ; seulement un regard à la dérobée, une pensée en guise de salut. Mais la clochette du tramway se dirigeant vers la rue de la Barre l'avait obligé à stopper. Juste à hauteur du bâtiment de l'internat. Les plus âgés y avaient retrouvé leur dortoir une semaine plus tôt, le 1er octobre, tandis que les « petits » faisaient leur rentrée dans le nouvel établissement. Tout excités, si on en croyait le journal. Ça y est, la voie était libre. Il avait embrayé et la

203 s'était engouffrée dans la rue Foch en cahotant sur les rails. Au rond-point Saint-Martin, un camion en travers bloquait la circulation. Il y avait des voitures dans tous les sens et, du haut de son podium-tourelle qu'on appelait familièrement une « cocotte-minute » – car, à l'instar du nouvel autocuiseur qui faisait fureur, « ça siffle quand c'est prêt » –, le policier en charge de la circulation s'époumonait au sifflet tout en agitant son bâton tel un sémaphore en folie. Finalement, l'un reculant, l'autre avançant, le poids lourd avait réussi à franchir l'obstacle et le flot des voitures s'était écoulé, le gardien de la paix ayant rempli son office s'était calmé et la Peugeot avait pu tourner vers le boulevard des Pyrénées. Il avait trouvé une place après le pont, ce qui lui avait permis d'embrasser la façade d'un regard avant de la longer en comptant ses pas pour en calculer la longueur.

Une rumeur sur la gauche. Reconnaissable entre toutes. Après plus de quarante ans d'enseignement, il ne pouvait pas se tromper. Un coup d'œil furtif lui fit découvrir la colonne en approche le long du quai. Deux par deux. Les « grands » arrivaient du vieux bahut, classe par classe, sous la surveillance d'un enseignant ou d'un pion. On les entendait chahuter et s'esclaffer jusqu'à ce que, d'un aboiement, leurs cerbères les rappellent à l'ordre. Et puis ça recommençait. La transhumance du « troupeau » allait prendre un certain temps. Ensuite il faudrait les faire ranger, ce qui ne serait pas une mince affaire : de la 6e aux sections de philo et mathélem, sans oublier l'association des Anciens, ils seraient près de cinq mille à envahir le grand corps désert pour lui donner un avant-goût de ce qui l'attendait quand le déménagement serait terminé.

André Escande se hâta de gravir les marches pour les devancer.

— Ah vous voilà, mon vieux ! C'est un plaisir de vous revoir…

Son jeune collègue Boutet venait à sa rencontre à grandes enjambées, la main tendue. Toujours ce port de tête d'hidalgo qui allait si bien avec l'enseignement qu'il dispensait. André Escande lui rendit sa poignée de main en marmonnant ce qui pouvait passer pour un salut. « Mon vieux », et puis quoi encore ? Ce n'était pas le « vieux » qui le choquait. Le professeur de mathématiques à la retraite assumait son âge, vénérable sans aucun doute pour quelqu'un qui avait au bas mot trente-cinq ans de moins. « Vieux » d'accord, mais certainement pas le sien ! C'était quoi, cette familiarité ? De toute sa carrière, André Escande n'avait jamais manqué de respect de la sorte à un de ses aînés. La nouvelle génération avait de ces manières ! Il aurait bien dit le fond de sa pensée à Boutet, sans mâcher ses mots, mais c'était jour de fête, de célébration, et il ne voulait pas l'assombrir par un accès de mauvaise humeur.

Il passa donc outre et, son carton d'invitation à la main, traversa le grand hall vitré. Le bruit de ses pas résonnait jusqu'au plafond, très haut, dans le couloir carrelé lavé de frais. Tout était neuf, récuré, astiqué, lustré. Des plantes vertes avaient été disposées à intervalles réguliers. Un panneau sur un support métallique indiquait que les invités devaient tourner à droite vers la cour d'honneur. Elle grouillerait bientôt d'élèves. Les « petits » devaient encore être parqués dans la leur. Le temps que les autres arrivent et s'alignent en suivant les instructions de leurs surveillants, il y en avait pour au moins vingt minutes, peut-être même une demi-heure. André Escande n'aimait déjà pas les mondanités, il n'avait nulle envie de patienter en faisant la causette. Échanger impressions et commentaires sur l'ouverture du 40e salon de l'Auto au Grand Palais à Paris avec la Frégate de Renault et l'Aronde de Simca, la parution des décrets refondant le Code du vin, la défaite des footballeurs du PFC à Lyon, la victoire du XIII catalan face à Bordeaux et celle, écrasante, de l'USAP devant Bègles, très peu pour lui... surtout s'il devait en prime encaisser d'autres « mon vieux » qui le hérisseraient. Puisqu'il était dans la place, il décida de partir à la découverte du monstre encore somnolent. Il tourna à gauche et commença à gravir lentement l'escalier.

Les marches n'étaient pas encore creusées par les cavalcades de générations de garçons turbulents, la rambarde usée par des glissades pourtant interdites, le revêtement des murs écaillé, aucune bagarre n'y avait encore laissé de traces, aucune main malhabile griffonné un gros mot, dans une orthographe approximative, que l'homme d'entretien aurait du mal à effacer. Ça sentait la javel et la peinture fraîche, pas ce mélange subtil de poussière de craie, de colle et d'encre, de buvard mâché, de transpiration, de bâton de réglisse, de cuir usé et de relents de fumée des poêles Godin en fonte, cette odeur si caractéristique du vieux bahut. Elle viendrait avec le temps. Comme la patine d'un meuble. André Escande longea la galerie extérieure qui desservait les classes. Les portes étaient ouvertes, il passa une tête à l'intérieur. Le tableau noir, la carte de France multicolore, le tableau des poids et mesures, l'estrade, le bureau et les pupitres, tout semblait à peine sorti des cartons. Ça avait quelque chose de factice. Comme un décor de théâtre.

À l'extérieur, la rumeur enflait : la cour se remplissait. Les trois coups n'allaient pas tarder à être frappés. André Escande ressortit sur la galerie et se dirigea vers l'autre escalier, tout au bout. En dessous de lui, il reconnaissait certains de ses confrères étagés sur les marches de la salle des fêtes pavoisée de drapeaux tricolores : la brosse pâle de Marez, le professeur d'histoire-géo originaire d'Arras, pour une fois sans sa blouse blanche, le poivre et sel soigneusement peigné en arrière de Vieil le philosophe, le chapeau de bon père de famille de Calveyrac, *lo Pounet*[1] spécialiste des belles lettres, la chevelure léonine et le nœud papillon de Desbarrats, le front haut sous les cheveux bruns et les lunettes de Combès, le profil distingué de Jean Vieilledent, l'ancien proviseur qui venait juste de passer la main et contemplait son œuvre... André Escande descendit les rejoindre sans se presser.

La venue d'André Marie à Perpignan était organisée à la minute près. Le préfet, le conseil général au grand complet, les parlementaires du département et Félix Depardon, le maire de la ville, l'attendaient sur le quai quand son train était entré en gare à huite heures trente-six. Le 11e bataillon de parachutistes de choc de Mont-Louis et le 34e régiment d'infanterie coloniale lui avaient rendu les honneurs. À neuf heures tente, le ministre de l'Éducation nationale et des Sports était à la préfecture, à dix heures au conseil général où

1 « Le petit. »

Emmanuel Arago avait remis au département un portrait de son arrière-grand-père par Ary Scheffer. À onze heures quarante-cinq, visite au pas de charge du palais des rois de Majorque puis du musée Rigaud avant de rejoindre l'hôtel de ville. À douze heures quarante-cinq, il déposait une gerbe au pied de la statue du grand homme sur la place qui portait son nom et avait été inaugurée en 1879 par un de ses prédécesseurs, illustre s'il en est, Jules Ferry. Le ministre avait certainement l'estomac dans les talons mais avait dû encore subir, stoïque, un défilé militaire, musique en tête, avant de pouvoir profiter du déjeuner officiel à la préfecture.

Et à quinze heures trente pile, comme prévu, il franchissait la porte du nouveau lycée.

André Escande appréciait en général que tout soit bien cadré, mais pas à cette cadence effrénée ! Cela dit, c'était peut-être une question d'habitude : l'ancien président du Conseil semblait très à son aise tandis qu'il dévoilait la plaque sous les applaudissements.

Et à présent, ils étaient tous entassés dans la salle des fêtes pour écouter les inévitables discours sans lesquels il ne saurait y avoir de cérémonies réussies. Il faisait une chaleur de four ; Suzanne avait eu raison de le dissuader de prendre son pardessus. Maureille, l'inspecteur d'académie, en était à son deuxième feuillet, et André Escande prenait son mal en patience en écoutant d'une oreille distraite son collègue Combès lui expliquer à voix basse que le syndicat des instituteurs et les conseillers municipaux communistes avaient boycotté la visite ministérielle pour protester contre les aides accordées à l'enseignement privé, ce qu'ils estimaient être une atteinte à la laïcité. À rester debout, immobile, ses pieds lui faisaient mal et sa gorge était sèche comme du carton. Vivement qu'on en termine et qu'on en arrive au vin d'honneur !

Les fines bulles chatouillaient sa langue et son gosier. Pour cette occasion très spéciale, l'intendance avait renoncé au sempiternel mousseux qui arrosait les départs à la retraite, comme le sien l'année précédente, pour du champagne, et André Escande savourait. Une flûte vint frapper délicatement la sienne.

— À la nôtre, mon cher… et à la santé de ce fichu Napoléon qui ne nous avait pas trouvés dignes d'avoir un lycée d'État !

Ah, Desbarrats et son aversion pour l'empereur ! Sa tête de Turc, son « ennemi intime » comme il disait, reprochant au « Corse » pêle-mêle sa folie guerrière, le rétablissement de l'esclavage, la condition à laquelle il avait réduit la femme… et bien sûr le fait que Perpignan ait dû se contenter d'un collège communal pendant près de cent cinquante ans. En ce jour solennel, le professeur d'histoire-géographie qui arborait fièrement son nœud papillon un peu suranné savourait sa revanche. André Escande l'aimait bien. C'était un des rares qui échappaient à ses critiques acerbes. Peut-être parce qu'il le rejoignait dans sa propension à déboulonner les statues, à remettre en cause les images d'Épinal qui peuplaient les manuels scolaires et imposaient, de Vercingétorix à de Gaulle, une incarnation épique du pouvoir. André Escande n'aimait pas les héros : ils l'étaient toujours aux dépens de la masse des anonymes qui ne demandaient qu'à travailler en paix sans s'occuper de ce que faisaient leurs voisins. C'était sans doute ce qui l'avait empêché d'être pétainiste en 1940. La déclaration grandiloquente du « vainqueur de Verdun » de « faire don de sa personne à la France » lui avait donné la nausée. Lui qui aimait tant l'ordre et les règles, ce qui le vouait selon ses collègues à embrasser la cause de la Révolution nationale, s'en était tenu farouchement à l'écart. Il n'était pas allé plus loin. Desbarrats, lui, avait rejoint un réseau qui aidait ceux qui étaient persécutés par Vichy et les nazis à franchir la frontière. On l'avait su par la bande après la Libération, mais l'enseignant, lui n'en avait jamais parlé. Pas un mot. Conformément à ce que son patronyme laissait augurer[1], c'était un homme de conviction, intègre, droit. Élégant tant physiquement que moralement. Ah, même plus jeune d'une vingtaine d'années, ce n'était pas lui qui aurait donné du « mon vieux » à son ancien collègue !

— Le lycée ne vous manque pas trop ? Faire la classe, guider ces jeunes cerveaux vers la lumière ?

André Escande faillit s'étrangler avec sa dernière gorgée.

— Surtout pas ! Je me suis suffisamment échiné à les extirper des ténèbres dans lesquelles ils se complaisaient. Et pour quoi ? Au mieux voir s'allumer de petites chandelles à la lueur vacillante qui s'éteignaient au premier courant d'air ! Je me suis battu, j'ai fait mon temps. À présent, je savoure ma retraite.

Son collègue n'avait pas l'air convaincu.

— Et vous ne vous ennuyez jamais ? Ne me dites pas que vous passez vos journées à résoudre des équations pour le plaisir !

Il avait esquissé un demi-sourire comme si cette perspective était du plus haut comique. André Escande se

---

1 « Desbarrats » vient de *barrats*, « fortifications » en gascon.

demandait bien pourquoi… ce pouvait être distrayant, après tout. Il y avait de pires passe-temps.

— En fait, mon cher Desbarrats, j'étudie la Bible.

La stupéfaction se peignit sur le visage habituellement impassible du professeur d'histoire-géo. Jamais, durant toutes les années où ils avaient travaillé côte à côte, il n'avait entendu son collègue parler religion. Ni bondieusard ni bouffeur de curés, celui-ci fuyait les discussions passionnées qui enflammaient parfois la salle des professeurs. Réflexion faite, il s'était exprimé une fois, une seule, à ce sujet, admettant que l'être humain avait besoin de rites symboliques pour rythmer son année, jalonner son existence, et que ces repères lui permettaient d'affronter puis apprivoiser les épreuves. Un cadre formel qui aidait à soutenir un moral en plein désarroi. Desbarrats avait apprécié cette vision pragmatique qui traduisait un athéisme modéré, sans revendication ni anathème. Se pourrait-il que cet esprit cartésien, sentant la mort approcher à petits pas, ait ainsi renié toutes ses convictions pour chercher dans la religion une consolation ultime, un remède contre sa peur ? La vieillesse est un naufrage !

— Si vous y trouvez du réconfort, hasarda-t-il, hésitant.

Escande parut soudain prendre conscience de la conclusion à laquelle était arrivé son collègue.

— Qu'il n'y ait pas de malentendu, se récria-t-il, je parle d'une étude scientifique qui dépouille tous ces textes de leur religiosité. L'Ancien Testament raconte l'histoire de l'origine du peuple hébreu, écrite tardivement par des hommes qui ont recueilli la tradition orale, ce qui restait dans la mémoire collective de lointains événements dont l'écho avait traversé les siècles, et qui l'ont interprétée à travers les connaissances de leur temps. Ce qui m'intéresse, c'est de défaire tout cet édifice construit au fil des générations en ôtant une à une les « pierres » et les « poutres » entassées les unes sur les autres pour retrouver, ou du moins en déduire la réalité originelle qui se cache dessous.

Le professeur d'histoire-géo se sentit bêtement rassuré : non, « Escande la Raison » ne radotait pas, son intellect était intact et ses convictions aussi.

— Voilà qui est très intéressant. Mon cher, je suis intrigué... pouvez-vous me donner un exemple ?

Le visage d'André Escande se détendit. Finalement, cette corvée officielle s'avérait plus agréable qu'il ne le redoutait.

— L'épisode de Caïn et Abel est le plus évident : le cadet, berger, tué par son aîné, agriculteur. Pour moi, cet assassinat illustre la lutte multiséculaire entre les populations nomades et sédentaires, lutte qui se termine immanquablement en faveur des seconds, au Proche-Orient comme en Amérique du Nord, et ce depuis que le monde est monde. À partir de cette hypothèse, je suis en train de faire une compilation.

Desbarrats en oubliait son verre de champagne. Il hochait la tête, approuvant la démonstration.

— Le postulat me semble pertinent, commenta-t-il, songeur. J'aimerais beaucoup en discuter plus avant avec vous. Pensez-vous pouvoir expliquer ainsi toute la Genèse ?

Si on exceptait Suzanne qui acquiesçait de toute façon à tout ce qu'il disait, Escande n'avait jamais eu l'occasion jusqu'ici d'exposer ses idées à quiconque. Avoir un public aussi réceptif le galvanisait.

— J'ai découvert récemment les théories d'un jésuite qui est également docteur ès sciences : le père Teilhard de Chardin, son nom vous dit peut-être quelque chose. Juste des bribes au hasard de notes, d'articles. À ma connaissance, il n'a pas écrit de livre, ce qui est bien regrettable[1]. C'est donc un religieux mais aussi un paléontologue de renommée internationale, qui a fait des fouilles jusqu'en Chine. Ce qui pourrait paraître contradictoire mais ne l'est pas pour lui. Il dit chercher à établir une convergence entre la foi chrétienne et la vision scientifique que nous avons actuellement, ce qui est plutôt fait pour me plaire, vous l'imaginez bien. Sa façon de repenser le dogme du péché originel est anticonformiste et lui a d'ailleurs valu quelques déboires avec le Vatican. Même si je ne la partage pas, pour d'autres raisons, elle reste par trop empreinte de morale spirituelle, elle m'a ouvert des horizons… de quoi réinterpréter le mythe d'Adam et Ève !

Desbarrats n'en revenait pas de le voir aussi prolixe, lui si peu bavard d'ordinaire. Finalement, parler tous les jours devant un auditoire captif, bien obligé d'écouter ce qu'il avait à dire, manquait sans doute plus à son ancien collègue qu'il ne voulait l'avouer. Pourquoi donc avait-il pris sa retraite ? Rien ne l'y obligeait. Il semblait en forme et venait de faire la brillante démonstration que son cerveau était toujours aussi affûté. Quelle perte pour le lycée ! Il en fit la réflexion à voix haute.

---

1 Ses écrits seront publiés après sa mort, en 1955.

— Je dois vous avouer, cher ami, que je vous imaginais comme Molière mourir sur scène… enfin, rester jusqu'au bout dans votre classe, à enseigner.

André Escande prit le temps de poser son verre sur la table derrière eux et de rajuster ses lunettes.

— Pour tout vous dire, moi aussi !

— Qu'est-ce qui vous a fait changer d'avis ?

Le retraité leva les yeux au plafond comme s'il le prenait à témoin de l'énormité de ce qu'il s'apprêtait, à contrecœur, à exposer.

— La théorie des ensembles ! Bourbaki et ses disciples, qui prétendent révolutionner les mathématiques… enfin, « la » mathématique, selon leur expression, soi-disant pour montrer son « unité ».

Sa voix mettait des guillemets comme pour prendre certains mots avec des pincettes.

— Ils gagnent du terrain, vous allez voir qu'ils vont remporter la partie et convertir jusqu'au ministère. Dans peu, ce sera au programme, je vous le dis ! J'ai décidé que cette « révolution » se ferait sans moi. Je leur laisse leurs ensembles en forme de ballons… j'ai même entendu un de leurs adeptes parler de « patatoïdes », vous imaginez un peu. Je ne prêterai pas la main à ce sabotage en règle !

Desbarrats s'apprêtait à argumenter que leur laisser le champ libre ne pouvait que précipiter leur victoire, quand Picasso se glissa dans la conversation sans y avoir été invité.

« Picasso », c'était le surnom que lui donnaient ses élèves, parce qu'il était un chantre du cubisme et s'obstinait tous les ans à essayer de les initier à la décomposition en éléments géométriques de la représentation d'une pomme ou d'un vase. Armand Tarrius, professeur de

« dessin d'imitation » – c'était le terme employé par l'administration, ce qui ne manquait pas d'ironie en l'occurrence –, était un enthousiaste qui se moquait comme d'une guigne des convenances et des règles du savoir-vivre.

— Vous habitez toujours à Saint-Gaudérique, Escande ? À côté de Sant Vicens ?

Oh non, pas encore !

— Est-ce que vous l'avez vu, cet été ? Il a séjourné chez les Lazerme, dans leur hôtel particulier de la rue de l'Ange, avec Maya, la fille qu'il a eue avec Marie-Thérèse Walter…

Quand Tarrius disait « il », c'était évidemment du maître dont il était question – qui d'autre ? –, et il était intarissable.

— Un de mes amis l'a croisé sur la place Arago, le veinard ! Dire que j'étais allé passer quelques jours de vacances sur la plage à Canet… je m'en veux ! Et il paraît qu'il est allé observer en connaisseur la fabrication de la céramique chez Firmin Bauby. Quand Vallauris rencontre Sant Vicens, vous imaginez ? Vous étiez là pour ce moment historique ?

Le ministre salua les deux « principaux », l'ancien et le nouveau, Auguste Segalen, avant de s'éclipser : il était attendu au cercle démocratique par les radicaux républicains et les radicaux-socialistes, puis à la préfecture avant de reprendre le train pour Paris. Il y avait beau temps que les élèves avaient été libérés, seuls le corps enseignant et quelques élus bavardaient encore en terminant les petits fours. Indifférent à tout ce qui l'entourait, Tarrius, volubile, était au comble de l'excitation.

— Quelle chance vous avez, mon vieux !

Misère, encore un…

— Picasso l'été, Lurçat au printemps et en automne, je vous envie de les côtoyer. D'après ce qu'on dit de Bauby, il a dû vous inviter, non ?

C'en était trop. Même ici, il fallait que Sant Vicens le poursuive.

— Les barbouilleurs, c'est votre rayon, « mon vieux », pas le mien !

André Escande salua d'un signe de tête Desbarrats qui était resté, comme lui, muet pendant ce monologue exalté, remit son chapeau et, tournant les talons, planta là ses collègues. Il était plus que temps que cette journée se termine et qu'il retrouve sa retraite studieuse et paisible.

4

Le silence la réveilla une fois encore. Décidément, elle ne s'y faisait pas. Les yeux clos dans la chambre obscure, l'esprit encore embrumé par le sommeil, elle ignorait pourquoi mais elle était en alerte. Elle tendit l'oreille. Pas un brin de vent. Pas un bruissement de feuillage. Pas un miaulement. Ni aucun des cent petits bruits qui annonçaient d'ordinaire le retour du jour. Ceux qui la tiraient de ses rêves et la ramenaient en douceur à la réalité avant même que le réveille-matin se mette à carillonner. Là, rien. Un néant ouaté. Étouffé. Comme si elle était devenue soudain sourde. L'angoisse lui serra la gorge. C'était stupide, évidemment. André se retourna dans le lit avec un grognement sourd, emportant l'édredon avec lui. Le froid qui mordit son mollet finit de la faire émerger.

Les aiguilles phosphorescentes indiquaient presque six heures et demie. Un peu tôt pour un dimanche. Suzanne tendit la main vers la lampe de chevet à l'abat-jour plissé. Mais elle eut beau appuyer sur le bouton de l'interrupteur en forme de poire, l'ampoule ne s'alluma pas. Allons bon, le courant était coupé ! Et bien sûr, les bougies se trouvaient dans la cuisine. André lui avait pourtant dit de prendre ses précautions en allant se coucher, mais, perturbée par la situation, elle avait oublié. Elle ferait bien de s'en occuper avant que son époux ne s'en rende compte. Précautionneusement, pour ne pas le réveiller, elle s'assit au bord du lit et, du bout du pied, chercha ses pantoufles sur la carpette. Les ayant trouvées et chaussées, elle se leva pour chercher à tâtons sa robe de chambre en laine des Pyrénées qu'elle enfila par-dessus sa chemise de nuit ; le tissu moelleux et douillet la réchauffa aussitôt. Dire que quand André la lui avait offerte pour son dernier anniversaire, elle avait trouvé ce cadeau trop prosaïque et s'était intérieurement dit qu'elle aurait préféré un bouquet de fleurs ! Ce matin, elle bénissait le manque absolu de romantisme de son mari. Ainsi équipée, elle entreprit de traverser la chambre, les deux mains en avant, bras tendus telle une somnambule. Surtout ne rien heurter, ne rien renverser. Les semelles de ses chaussons glissaient sans bruit sur le parquet ciré. Ses yeux scrutaient les ténèbres, en vain. La vue, le premier des cinq sens, le plus prégnant, celui qui s'imposait au cerveau, lui faisant défaut, elle résolut de s'en remettre aux autres. Fermant les paupières, elle se concentra. Ses doigts rencontrèrent le bois du battant de la porte. Elle le tira vers elle sans appréhension ; les gonds étaient parfaitement huilés, André y veillait. Être maniaque avait, qui l'eût cru, de bons côtés. Elle longea le couloir vers la porte d'entrée, la paume appuyée sur le papier peint gaufré. Elle aurait dû compter les pas jusqu'à la console qui supportait le miroir rectangulaire. Son époux aurait préféré qu'il n'y ait pas de meuble du tout dans le corridor – droit et fonctionnel comme une coursive de bateau, c'était son terme –, mais il avait fini par trouver pratique de pouvoir ajuster sa cravate et son chapeau devant en sortant et de poser ses clés dessus en rentrant. Pourquoi n'avait-elle jamais eu l'idée de mesurer la distance séparant leur chambre de cette fichue console ? Ah, elle était là. Du majeur, elle suivit l'arête de la tablette. Arrivée au bout, Suzanne s'immobilisa : juste en face, il devait y avoir la porte de la cuisine. Les yeux toujours fermés, elle prit une grande inspiration et s'efforça de visualiser la pièce où elle passait une bonne partie de ses journées. Où avait-elle rangé son balai hier soir après avoir nettoyé le carrelage ? Elle avait toujours été mauvaise aux jeux qui nécessitaient de se souvenir des cartes précédemment posées ou des images à reproduire. Grand Dieu, comment faisaient ceux qui étaient nés aveugles et n'avaient aucune référence pour imaginer ce qui les entourait ? Elle avançait prudemment à pas glissés, craignant à chaque instant de se cogner contre une chaise ou la huche à pain. Elle fut soulagée de trouver le buffet Mado à sa place. Les bougies étaient dans le petit placard de gauche. Elle en prit trois, autant de verres facettés pour leur servir de bobèches, et posa le tout sur la table. Il ne restait plus qu'à aller chercher les allumettes sur la gazinière et son oubli serait effacé, ni vu ni connu. C'est à ce moment-là qu'elle trébucha contre le petit tabouret qu'elle rangeait toujours contre le mur ; elle montait dessus pour atteindre les vitres coulissantes en haut du buffet. Instinctivement, elle ouvrit les yeux. Tout aurait dû être noir, mais ce n'était pas le cas. Du rectangle de la fenêtre, au-dessus de l'évier, émanait une clarté laiteuse qui découpait les équipements et les meubles en masses sombres, en ombres chinoises. Elle retourna chercher le tabouret et grimpa dessus.

La neige ne tombait plus. Le ciel était d'encre, les nuages voilaient la lune et les étoiles, les lampadaires du quartier, privés d'électricité, étaient éteints, mais tout ce blanc, partout, semblait palpiter d'une lumière intérieure. Ça avait quelque chose d'irréel. Les rosiers avaient disparu, la couche était si épaisse qu'aucune bosse même ne trahissait leur présence dessous. La pergola se donnait des airs de kiosque à musique à toit pointu. Le jardin était figé, enveloppé, emmitouflé sous une fourrure immaculée, les formes des buissons et des haies émoussées, augmentées, transformées par la magie des flocons duveteux qui tombaient sans interruption depuis le jeudi. Debout sur son tabouret, en robe de chambre et pantoufles, Suzanne contemplait son monde qu'elle ne reconnaissait pas, métamorphosé qu'il était par ce sortilège glacé. Du plus loin que remontaient ses premiers souvenirs d'enfance, jamais elle n'avait vu autant de neige à Perpignan. Un petit saupoudrage de sucre sur le gâteau des toits de temps en temps, juste de quoi blanchir les palmiers de la place Arago et les platanes de la Promenade, permettre aux gamins de confectionner un bonhomme joufflu avant d'improviser des descentes en luge sur des bouts de carton dans les rues en pente de Saint-Jacques et Saint-Mathieu, et rappeler que l'hiver pouvait aussi ressembler à ça. Ceux du Pays catalan étaient habituellement lumineux et doux, sauf bien sûr quand la tramontane sifflait et mordait les joues et les oreilles tel un serpent. Mais à l'abri derrière les vitres chauffées par le soleil, il faisait bon. La plupart des arbres méditerranéens ne perdaient pas leurs feuilles, ils restaient verts et, dès la fin janvier, la floraison éclatante des amandiers puis des mimosas donnait un avant-goût du printemps. Mais ce mois de février 1954 était différent. Un grand froid s'était abattu sur toute la France, et cette fois il n'avait pas épargné le Roussillon. Le thermomètre était descendu jusqu'à -6 °C et peinait même à remonter au-dessus de 0 dans la journée. Il avait gelé pendant six jours et on disait qu'à Collioure, les embruns se solidifiaient sur les rochers. Ce qui n'était rien à côté de ce que subissaient les régions plus septentrionales. Si on en croyait le journal, une banquise recouvrait la mer du Nord à Dunkerque ! Il faisait -13 °C à Paris et -18 °C à Nancy. Ce n'est pas possible, les stations météorologiques font un concours, ironisait son mari, incrédule. C'était à qui annoncerait la température la plus basse ! Mais ce n'était pas une plaisanterie : cette vague glaciale faisait de nombreuses victimes. Le cœur de Suzanne se serrait en lisant dans *L'Indépendant* le nom des enfants morts de froid dans les sordides baraquements sans chauffage où leurs familles étaient logées : Joëlle, trois mois, dans un taudis de Belfort, Nadine, trois semaines, dans le Pas-de-Calais, sa famille avait été expulsée de son logement peu avant sa naissance, et le petit Jacky, deux mois et demi, retrouvé sans vie dans son berceau à Bar-le-Duc, sa sœur Paulette, cinq ans, ayant eu les extrémités des membres gelées. Le 1er février, l'abbé Pierre lançait un déchirant appel au secours sur les ondes de Radio Luxembourg. On ne parlait que de cette « insurrection de la bonté » qui voyait les nantis apporter vivres et couvertures, et parfois même proposer des hébergements aux plus pauvres. Le reste de l'actualité était relégué au second plan : la prise de pouvoir du président René Coty, le relèvement des bas salaires annoncé par le gouvernement Laniel, les combats en Indochine et le Viêt-minh qui se rapprochait de Diên Biên Phu, l'affaire Charpentier qui faisait remonter à la surface les relents nauséabonds des règlements de comptes pendant l'Occupation... et même l'annonce loufoque du mariage prochain de Charles Trenet avec Doris Duke, une riche héritière américaine, qui avait fait lever les yeux au ciel à son époux. Plus rien n'existait que ce froid exceptionnel, meurtrier.

Et puis jeudi dernier, le 4, les flocons avaient commencé à tomber sur les Pyrénées-Orientales. D'abord juste quelques papillons, puis de plus en plus dru, blanchissant la terrasse et l'allée jusqu'au portail. André avait jugé inutile de sortir la pelle : demain, ils auraient fondu. Mais trompant son pronostic, ils avaient continué à tomber, encore et encore. Sans interruption. Une neige épaisse, lourde, mouillée. Le journal disait qu'une dépression centrée sur les Baléares envoyait de l'air glacial chargé d'humidité. Tout le secteur compris dans le triangle Barcelone-Carcassonne-Montpellier se retrouvait pris dans la tempête. Et Perpignan était au centre.

Le vocabulaire des communiqués météorologiques, pour le moins alarmiste, avait de quoi inquiéter, et Suzanne avait fait quelques provisions supplémentaires, par précaution. Ses bottines de chevreau n'étaient pas idéales pour marcher sur les trottoirs verglacés ; elle ne sentait plus ses pieds, trempés, à son retour. Si elle pouvait éviter de ressortir faire les courses un jour ou deux, ce serait aussi bien. Elle n'y avait pas renoncé de gaîté de cœur : c'était sa récréation, le seul moment de la journée où elle croisait des gens, où elle pouvait échanger quelques nouvelles et recueillir les derniers potins du quartier en faisant la queue chez le boulanger ou le boucher. Tout en déposant dans son panier quelques carottes, une branche de céleri, une botte de poireaux et un beau chou vert pour l'*ollada*[1] d'hiver, la marchande de légumes la remerciait de son amabilité : « Ce n'est pas si fréquent pour une dame comme vous », lui confiait-elle, sans doute échaudée par certaines attitudes hautaines voire méprisantes. Suzanne en rougissait, sans oser répondre que c'était elle en fait qui aurait dû lui dire merci, ainsi qu'à tous les commerçants qui lui donnaient cette respiration quotidienne, cette bouffée de vie !

Son mari, lui, se frottait les mains de satisfaction. Dix-huit mois auparavant, il avait fait remplacer le vieux poêle à charbon par une chaudière au fuel et installer des radiateurs en fonte dans toutes les pièces de la maison. Son beau-frère, invité à venir admirer cette installation dernier cri qu'on appelait « chauffage central », s'était gaussé : était-ce bien nécessaire dans une région où les hivers étaient si courts et si cléments ? Il y aurait eu certainement mieux à faire avec cet argent ! Aussi André Escande triomphait-il. Il s'était enfermé pour travailler dans son bureau en disant :

— Nous sommes parés ! Il ne nous reste plus qu'à attendre tranquillement que ça s'arrête au chaud. Et au calme ! Ces précipitations inattendues ont tout mis à l'arrêt… y compris nos bruyants voisins de Sant Vicens !

Sauf que les câbles électriques avaient fini par céder sous le poids de la neige et que, privée de courant, la chaudière s'était éteinte. Toujours debout sur son tabouret, Suzanne frissonna. Prenant appui sur le bord de l'évier, elle remit pied à terre et tendit la main

1 Prononcer « ouillade », sorte de potée catalane.

vers le radiateur ; effectivement, il était froid. L'heure n'était plus à la rêverie, il fallait agir et pour cela réveiller l'homme de la maison, qui dormait toujours du sommeil du juste bien au chaud sous l'édredon. Elle craqua une allumette, la passa sous une bougie pour faire fondre un peu la cire et lui permettre de tenir droit dans le verre, et alluma enfin la mèche. La flamme en amande s'éleva timidement, dissipant la phosphorescence fantasmagorique qui baignait la pièce. Autour d'elle, l'obscurité se fit plus dense dans la cuisine qui retrouva ses couleurs. L'ombre de la carafe palpitait sur la façade en pin du buffet. Suzanne posa à côté les deux autres lumignons pour y voir un peu plus clair. Heureusement, elle avait fait passer le café la veille au soir. Elle en versa dans une casserole et le mit à chauffer sur la gazinière. Puis elle sortit les bols, les cuillères, les serviettes, le sucrier, pour elle, et le pot de confiture d'abricot. Le réfrigérateur ne fonctionnait plus, évidemment, mais vu la température, son contenu ne risquait rien pour l'instant ; elle prit le beurre et le posa sur la table. En revanche, il ne restait plus qu'un quignon ; heureusement, elle avait ses biscottes. Les aiguilles de la pendule ovale pointaient vers le 7 et le 12, il était temps d'aller réveiller le dormeur…

André Escande détestait tout imprévu, tout ce qui dérangeait son quotidien bien organisé, bien réglé, aussi s'était-il levé de fort mauvaise humeur. Suzanne y était pourtant allée en douceur, murmurant son prénom à son oreille jusqu'à ce qu'il ouvre un œil vitreux. Il avait cherché à tâtons ses lunettes sur la table de chevet. La découvrir une bougie à la main dans la chambre glaciale lui avait fait retrouver instantanément ses esprits. Depuis, il sacrait dans sa barbe, vouant pêle-mêle aux gémonies ce fichu mauvais temps, ce froid polaire qui lui mettait la goutte au nez – avait-on idée, sous ces latitudes ? –, ces lignes électriques qui ne tenaient pas le choc, cette stupide chaudière au mazout incapable de fonctionner sans électricité, sans oublier le pain trop sec. Suzanne s'était habillée. Disparaissant presque sous la superposition d'un pull-over, un gros gilet et un grand châle tricoté qui lui battait les talons, elle attendait patiemment qu'il trouve une solution. Si seulement il l'avait écoutée lorsqu'avec l'architecte ils avaient dressé les plans de la maison et qu'elle avait suggéré qu'une cheminée ferait joli dans le salon et leur permettrait de passer des soirées douillettes au coin du feu... mais bien sûr, il serait mort plutôt que de l'avouer. Le jour s'était levé, blafard, et par la baie vitrée irisée par le gel, on apercevait les cyprès émergeant de la neige telles des épées dardées vers le ciel noyé de brume dont quelques lambeaux en écharpes vaporeuses restaient accrochés aux pointes. En d'autres circonstances, il aurait apprécié ce dessin épuré, réduit à quelques lignes. Un lavis à l'encre de Chine. Mais son impuissance le rendait fou. Il avait bien sûr vérifié le tableau électrique, mais le disjoncteur était à sa place et les fusibles intacts ; la panne venait de l'extérieur. Que faire, alors ? La patience n'était pas son fort. Il sentait la frustration monter en lui et se retenait pour ne pas exploser. Il éternua, trois fois. Il ne manquerait plus qu'il tombe malade, en plus ! Il sortait de la poche de son pantalon de flanelle gris un grand mouchoir à carreaux pour se moucher quand il entendit son épouse, toujours engoncée dans son armure en tricot, suggérer :

— Quand nous avons emménagé, n'aviez-vous pas rangé de vieux outils et appareils dans la cave ?

Descendre l'escalier aux marches de bois plutôt raides, courbé en deux pour ne pas heurter du front le bord de la trappe, n'était déjà pas une mince affaire en temps normal, mais à la lueur tremblotante d'une bougie qu'il avait du mal à tenir avec ses mitaines, c'était encore pire. En plus, il n'était pas familier des lieux. Il n'y venait que pour choisir une bonne bouteille quand ils avaient des invités, c'est dire si c'était rare. Et bien sûr, il avait complètement oublié le bric-à-brac qui garnissait les étagères du fond. Le lumignon à hauteur des yeux, André Escande les inspecta sans conviction, par acquit de conscience. Pour pouvoir assurer à sa femme qu'il avait cherché partout. Il alla jusqu'à s'accroupir pour essuyer la poussière d'un emballage en carton. L'étiquette indiquait « poêle pétrole Aladdin ». Il y avait même un bidon presque plein derrière. Euréka !

Hisser les deux en haut de l'escalier ne fut pas chose aisée, mais bientôt l'appareil en tôle verte ronflait au milieu du salon. Il s'en dégageait une odeur désagréable, mais à la guerre comme à la guerre… L'atmosphère de la pièce se réchauffa peu à peu et Suzanne avait déjà abandonné le châle trop grand pour elle. Assise bien droite dans le fauteuil bridge qu'elle préférait à la bergère, elle restait pourtant songeuse, la mine soucieuse.

— C'est fou ce qu'il y a comme vieilleries, en bas, soliloquait-il en tendant ses mains à la douce chaleur qui émanait du poêle. J'ai aperçu un rouleau de moustiquaire et vos vieux après-ski. Vous les aviez achetés quand vous étiez montée avec votre père voir des amis de la famille en villégiature pour Noël au grand hôtel de Font-Romeu. Ça fait combien… vingt-cinq ans ? Vous aviez pris le petit train jaune, vous vous souvenez ? Moi, j'étais resté à Perpignan, je ne supporte pas le froid humide.

Tout à l'évocation de ce souvenir, il n'avait pas remarqué le changement de physionomie de sa femme. Elle se leva, soudain ragaillardie.

— Pourriez-vous redescendre me chercher ces chaussures, mon ami ?

Il se retourna, interloqué.

— Que voulez-vous en faire ? Vous n'allez quand même pas sortir avec une telle épaisseur de neige ! À vue de nez, il n'y a pas loin d'un mètre…

Elle haussa les épaules.

— Raison de plus pour être bien équipée ! Je dois aller acheter du pain. Vous vous êtes assez plaint d'avoir failli vous casser une dent sur celui qui restait ce matin.

Il ouvrait la bouche pour réitérer son objection, mais elle ne lui en laissa pas le temps.

— Je vous demande juste de prendre une pelle et de me frayer un chemin jusqu'à la rue. Je m'occupe du reste.

Le quartier, et sans doute toute la ville autour, était méconnaissable. Un chaos en noir et blanc. Les congères amassées par les rafales de vent dépassaient par endroits les deux mètres, bloquant les portes. Agrippée au garde-corps de la fenêtre, une femme en larmes criait qu'elle avait peur tandis que d'en bas, son mari qui l'avait précédée l'exhortait à sauter du premier étage dans le tas de neige. Des badauds emmitouflés se joignaient à lui pour l'encourager. Dans le jardin contigu, les mimosas en fleurs avaient cédé sous le poids de la gangue glacée qui les enserrait, le toit de l'appentis voisin aussi. Des hommes pelletaient avec acharnement pour ouvrir une tranchée au milieu de la rue. D'étranges champignons cotonneux avaient poussé de chaque côté : les voitures garées le long du trottoir, sans doute, mais on n'en voyait plus rien. Les gamins hilares, les seuls peut-être à se réjouir en ce dimanche de catastrophe, grimpaient dessus pour s'offrir des glissades périlleuses qui leur arrachaient des cris de plaisir. Au bout du chemin Saint-Gilles, dont on devinait à peine la trace à travers le parc scintillant de glace, Sant Vicens ressemblait au château de la Belle au bois dormant, figé pour cent ans.

Posant ses après-ski en cuir et peau de phoque l'un après l'autre dans l'étroit sentier creusé entre deux murs de neige, Suzanne avançait à pas prudents mais déterminés. Elle avait enfilé deux paires de bas l'une sur l'autre et des chaussettes de son mari roulées aux chevilles ; sa jupe en tweed, la plus chaude de sa garde-robe, et son manteau d'épais lainage ne la protégeaient que jusqu'à mi-mollet. Elle regrettait de ne pas avoir gardé le fuseau bleu marine qu'elle avait acheté à l'époque à Font-Romeu. Si elle avait admiré les skieurs qui dévalaient les pentes en télémark, le genou plié, elle ne s'était pas senti l'âme assez aventurière pour les imiter, et comme de toute façon il n'était pas question pour André de séjourner à la montagne l'hiver, elle l'avait donné à une collecte de vêtements. Elle s'en mordait les doigts aujourd'hui. Mais il en aurait fallu bien plus pour l'empêcher d'aller aux nouvelles. Elle avait donné le pain comme prétexte à son mari, et elle avait bien l'intention de faire quelques courses sur le chemin si elle trouvait un magasin ouvert, elle avait d'ailleurs glissé son filet à provisions, roulé en boule, dans sa poche, mais ce n'était pas ce qui l'incitait à se risquer dehors par un temps pareil : elle s'inquiétait pour Éliette, la cadette de sa sœur et sa filleule. Elle était enceinte de six mois et son mari était absent : courtier en vin, il était à Paris et n'avait pu revenir comme prévu en fin de semaine, les trains étant bloqués par la tempête. La savoir seule, angoissée sans doute, dans leur petit appartement derrière le groupe scolaire Romain-Rolland, près de la place Cassanyes, était insupportable. Même si elle pouvait compter sur des voisins secourables, Éliette avait besoin de sa famille. Ses parents habitaient à Saint-Assiscle, derrière la gare, la maison des Escande était la plus proche. Suzanne s'était cependant bien gardée de partager ses réflexions avec son mari : André Escande aurait raillé sa « sensiblerie ridicule » ; tout ce qui avait trait à la grossesse, l'accouchement, les nouveau-nés, le mettait mal à l'aise – c'était des « affaires de bonnes femmes » – et il s'en protégeait par une indifférence méprisante. Allons donc, les mères enfantaient depuis que le monde était monde, il n'y avait pas lieu de faire tant de chichis ! Elle avait donc trouvé un prétexte très terre à terre pour justifier sa sortie.

Elle pressa le pas autant que le sol glissant le lui permettait. En temps normal, c'était déjà une trotte de rejoindre le quartier de *Les Coves*[1], mais avec cette neige collante et mouillée, le trajet allait lui prendre plus d'une heure.

Des silhouettes glissaient à sa rencontre le long de l'avenue. Quand la première se rapprocha, Suzanne

1 En catalan, « les grottes » qui ont donné leur nom au secteur.

discerna un homme vêtu d'un grand pardessus tirant après lui une luge en bois sur laquelle il transportait un sac de charbon. Mais il fut vite rattrapé par un groupe de skieurs poussant vigoureusement sur leurs bâtons. Elle s'écarta pour les laisser passer et ils s'éloignèrent à vive allure. Elle se remettait en route quand une voix l'interpella :

— Mais c'est ma charmante voisine !

En pantalon de golf et pelisse en peau de mouton retournée, un bonnet de grosse laine enfoncé jusqu'au ras des sourcils, Firmin Bauby progressait plus difficilement que ses prédécesseurs. L'effort le faisait transpirer, mais il affichait son habituel sourire jovial de farfadet.

— Ces jeunes gens sont difficiles à suivre, plaisanta-t-il en s'arrêtant à la hauteur de Suzanne. Remarquez, la chasse n'en est que plus excitante.

Il lui décocha un clin d'œil entendu qui la fit rougir.

— Brrrr, je suis transi, fit-il en s'ébrouant. Moi qui ai horreur du froid, je suis servi ! J'en connais un qui va devoir me réchauffer...

Il gloussa en tirant son bonnet sur les oreilles.

— Vous venez de loin ? balbutia-t-elle, pour se donner une contenance et changer de conversation.

D'un large geste de son bâton, il indiqua une direction derrière lui.

— J'ai fait le tour de mes poissonneries, je voulais constater les dégâts.

Elle l'interrogea du regard, attendant la suite.

— Rien de grave, fort heureusement. D'ailleurs, je suis passé ensuite au siège de *L'Indépendant* pour faire publier une annonce : « L'Albe » et « La Nouvelle Poissonnerie » seront ouvertes aujourd'hui et les jours suivants, et normalement approvisionnées. À ce propos, si vous voulez que je vous rapporte des sardines, un bout de baudroie ou une belle dorade, n'hésitez pas... Tant que les rues ne sont pas plus praticables, vous devriez rester tranquillement chez vous, ma chère.

N'eût été la sollicitude qui se lisait sur son visage, Suzanne aurait pu prendre sa dernière phrase comme un reproche. Dans la bouche d'André, ça en aurait été un, c'est sûr ! Sans y avoir réfléchi, elle se retrouva à lui parler d'Éliette et de son futur bébé, de son mari absent, de ses parents sans doute dans l'incapacité de venir jusqu'à elle...

— Je vous le confirme, c'est un enfer, opina-t-il. Par la force des choses, j'ai été obligé de faire presque le tour du centre-ville, et on se croirait en temps de guerre après un bombardement !

Et de décrire avec force moulinets de bâtons les automobiles abandonnées par leurs propriétaires dans tous les sens en travers des rues et transformées en igloos, les gens juchés sur les toits de leurs immeubles rue de la Cloche-d'Or faisant tomber des blocs de neige dans la rue au grand dam des passants qui les prenaient sur la tête, les palmiers de la place Arago à terre malgré les efforts des employés municipaux qui avaient tout tenté pour les soulager de leur fardeau neigeux à l'aide de longues perches, les glaçons flottant à la surface de la Basse, le pourtour des grandes halles métalliques du marché de la République ruiné...

— Les tramways sont à l'arrêt et, d'après ce qu'on m'a dit à *L'Indépendant*, la toiture de leur garage, rue Traverse-de-Pia, s'est effondrée sur eux. On a seulement pu sauver deux trolleybus. D'autres couvertures de garages ont cédé sous le poids. La verrière de celui de Citroën, à l'angle de la rue Foch et du boulevard Mercader, a écrasé les voitures qui étaient en dessous. Une poutrelle tombée de près de vingt mètres de haut a coupé en deux une puissante 11 CV dont un médecin venait de faire l'acquisition.

Nouveau moulinet intempestif qui obligea Suzanne à baisser la tête.

— Le sémillant jeune sportif qui file là-bas comme une flèche, sans pitié pour mes vieilles jambes de quinquagénaire, a voulu aller voir par lui-même, mais des gardiens de la paix interdisent le passage. Cela dit, ajouta-t-il avec un petit rire satisfait, je connais certains journalistes, j'ai fait jouer mes relations, voyez-vous, et j'ai vu la photo qui paraîtra demain… c'est un enchevêtrement inextricable, une vraie vision d'apocalypse ! Et les garages Peugeot et Simca ont subi le même sort. De même que celui des véhicules des PTT. On parle de cinq cents véhicules détruits, vous imaginez ? Un fort en maths du journal a calculé, ne me demandez pas comment, qu'il est tombé sur Perpignan un million et demi de tonnes de neige en une seule nuit.

Plus il parlait et plus Suzanne se décomposait en pensant à Éliette. Firmin Bauby, tout à son récit, finit par remarquer son anxiété. Il arrêta de jouer les moulins à vent.

— Mais la bonne nouvelle, c'est qu'*a priori*, cette tempête n'a pas fait de victime. Les pompiers ont réussi à sauver deux jeunes enfants pris sous les décombres de leur maison. Et une jeune femme enceinte de Villelongue-de-la-Salanque a pu être opérée d'urgence à l'hôpital ; on a envoyé un chasse-neige afin de frayer un chemin à l'ambulance. Vous voyez, votre nièce ne risque rien ! Et la situation ne peut que s'améliorer maintenant que la neige a cessé de tomber. Le préfet a demandé l'intervention des Ponts et Chaussées en urgence. Trois puissants chasse-neige à turbine arrivent de Cerdagne pour dégager les artères principales. Dans deux, trois jours, tout sera revenu à la normale ! Quand mon ami Lurçat va venir, comme chaque année, prendre ses quartiers de printemps à Sant Vicens pour créer de nouvelles merveilles, il ne restera aucune trace, je suis sûr qu'il aura même du mal à me croire quand je le lui raconterai…

D'un geste qui se voulait apaisant, il lui tapota le haut du bras sans lâcher son bâton.

— Allez passer un peu de temps auprès de votre Éliette, ça va vous faire du bien à toutes les deux, et dites-vous que ça vous fera un joli souvenir à raconter au petit enfant qui va naître !

Le sourire revint sur le visage de Suzanne. À rester ainsi sur place à écouter son bouillonnant voisin, les pieds dans la neige, elle sentait le froid s'insinuer sous sa jupe et dans ses après-ski. Il était temps qu'elle se remette en marche. Lui aussi, apparemment. Plissant les yeux sous son bonnet, le bout du nez tout rouge, il scrutait l'avenue. Son visage s'illumina.

— Ah, mon jeune ami s'est enfin rendu compte que je ne parvenais pas à suivre son rythme effréné et il s'est arrêté au tournant pour m'attendre, n'est-ce pas charmant ? Allons, encore un effort et ensuite je vais m'écrouler dans mon fauteuil auprès du feu de cheminée. Je sens que je vais avoir de ces courbatures, demain ! À moins qu'un petit massage…

Cette perspective égrillarde parut lui redonner un peu d'énergie. Il appuya sur ses bâtons, ses skis crissèrent sur la neige et se remirent à glisser. Elle le suivit des yeux, amusée malgré elle. Elle n'aurait pas dû, bien sûr, une dame respectable aurait même fait semblant de ne pas les comprendre, mais ses allusions coquines la divertissaient.

— J'ai failli oublier, honte à moi !

Il s'était arrêté et retourné, agitant son sempiternel bâton pour attirer son attention.

— Avez-vous besoin d'aide pour déblayer votre toit et votre jardin ? À partir d'un certain âge, ça devient un des douze travaux d'Hercule !

Elle faillit refuser poliment, André détestant toute intrusion dans son « sanctuaire », mais le souvenir de son visage grimaçant tandis que, pelletée après pelletée, il s'efforçait de dégager l'allée pour lui permettre de sortir ce matin la retint.

— Avec vos courbatures, ça va être difficile, répondit-elle d'un ton léger.

D'un coup de menton, il désigna la silhouette athlétique au bout de l'avenue, goguenard.

— Je vais vous envoyer Henri Oreiller[1], ça lui apprendra à me distancer ainsi. La jeunesse ne respecte rien !

Pour une fois, André serait d'accord avec lui.

---

1 Premier champion olympique français de ski alpin, médaille d'or de descente et de combiné aux J.O. de 1948 à Saint-Moritz.

5

Une deuxième robe blanche… C'était son jour de chance !

S'agrippant d'une main à la pergola, elle sauta au bas de son poste d'observation habituel et traversa la roseraie sans un regard pour les boutons qui s'épanouissaient. Elle n'avait pas une minute à perdre. Son mari était comme à son habitude enfermé dans son bureau, aux prises avec une pile de livres empruntés à la bibliothèque municipale. D'après ce qu'elle avait compris, il collectait les récits parlant d'un déluge dans les mythologies du monde entier. La veille au soir, il était venu s'asseoir à table tout excité. Le mot « excité » était sans doute exagéré quand il s'agissait d'André Escande, on était bien loin des manifestations démonstratives de leur voisin, mais l'étincelle dans son regard et les explications qu'il tenait, une fois n'est pas coutume, à lui donner tout en mangeant prouvaient son contentement.

— Vous rendez-vous compte que dans le *Mahabharata* indien, Manu, le premier homme, échappe aussi au déluge en construisant un bateau ?

Elle avait opiné en portant une cuillère de soupe à sa bouche pour éviter d'avoir à faire un commentaire. Sa trouvaille le mettait d'excellente humeur et c'était ce qui importait. Autant faire en sorte que cela dure le plus longtemps possible.

Suzanne se glissa silencieusement dans le couloir et monta sans un bruit jusqu'à son refuge du premier étage. C'était dans la lingerie qu'elle gardait son costume de « tante de la mariée » : une élégante robe vert amande, des gants, des chaussures basses et un sac noirs, un petit chapeau à voilette de la même couleur et du plus bel effet sur ses cheveux gris. Discret et de bon ton. André ne remarquait jamais ce qu'elle portait, et encore moins les vêtements suspendus dans l'armoire de leur chambre, du moment qu'ils étaient bien rangés, mais il suffisait d'une fois. Elle se changea rapidement et redescendit l'escalier à pas de loup. Le tic-tac paisible de la pendule de la cuisine mesurait cette matinée de printemps ensoleillée. Elle tendit l'oreille en passant devant le bureau. Rien ne bougeait. Elle ajusta sa voilette devant la glace rectangulaire de l'entrée et sortit, toute guillerette.

C'était son plaisir secret et coupable. Si Firmin Bauby réunissait à Sant Vicens l'élite artistique du moment pour les créations de céramiques les plus avant-gardistes, il tenait aussi à ce que la population s'y sente chez elle. Depuis quatre ans, en décembre, il installait une magnifique crèche à l'intérieur d'un foudre[1] que tous les Perpignanais pouvaient venir admirer, s'extasiant devant les personnages de céramique sortis d'abord des mains d'un couple d'artistes, Viusa et Gali, et désormais de Conrad Paris. Les pensionnaires de Notre-Dame-de-Bon-Secours, en manteaux et chapeaux bleus, venaient y faire leur

1 Tonneau de très grande capacité, équivalent à plusieurs tonneaux. Il sert au stockage d'alcools.

promenade dominicale. Et à la belle saison, il ouvrait son parc explosant de mille fleurs multicolores à tous ceux qui recherchaient un joli cadre pour des photos : les écoles de danse, les groupes folkloriques et surtout les mariages. Juchée sur son banc, Suzanne aimait regarder les noces endimanchées poser en groupes autour des nouveaux époux un peu raides, un peu gauches. Vus d'ici, ils ressemblaient à ces couples miniatures qu'on piquait au sommet des pièces montées. Et puis les voir de loin ne lui avait plus suffi. Elle rêvait de se mêler à eux, de partager un peu de ce bonheur, de profiter des sourires et de cet amour qui flottait dans l'air. C'était son côté fleur bleue.

Durant leurs fiançailles, André lui avait dit qu'elle avait une « âme de midinette ». Elle n'avait pas su comment le prendre. À l'époque, c'était peut-être une remarque attendrie, du moins elle voulait le croire, mais aujourd'hui ce serait sûrement un reproche. Il ajouterait même « à votre âge, c'est ridicule ». Et pourtant. Son petit cœur de vieille « jeune fille de la ville, simple, sentimentale ou frivole », comme il était écrit dans le dictionnaire, palpitait toujours quand elle voyait une robe de mariée. Lorsqu'elle entendait les klaxons joyeux des voitures qui se garaient à l'entrée du parc, elle se faufilait discrètement jusqu'à la pergola et profitait du spectacle du haut de son banc. Elle ne distinguait pas les visages, mais toutes ces taches de couleurs virevoltant autour de la fleur blanche enjuponnée d'organdi, comme autant d'abeilles autour de leur reine, la ravissaient. Parfois, il y en avait plusieurs en même temps, et Suzanne s'amusait à essayer de deviner à quelle noce appartenait chacun. C'est ce qui lui avait donné l'idée.

Les automobiles rutilantes sous le soleil de mai étaient décorées de nœuds en voile accrochés aux essuie-glaces et aux poignées des portières. On voyait nettement la différence entre les deux cortèges : d'un côté des grosses berlines cossues et des coupés décapotables taillés pour la vitesse, de l'autre quelques petites Renault 4 CV et Simca 6. Deux niveaux sociaux, deux mondes qui se côtoyaient sans se connaître, sans se mélanger, mais le même décor pour immortaliser ces instants précieux dont on disait qu'ils représentaient « le plus beau jour d'une vie ». Elle s'assura d'une main que son chapeau était bien en place, lissa le shantung de sa robe et se faufila entre les voitures pour rejoindre les groupes qui s'égaillaient entre les massifs de laurier-rose et les cactées du jardin de rocaille. Sa tenue n'était peut-être pas assez sophistiquée pour le clan des « robes longues » mais la richesse du tissu compensait et convenait parfaitement à la « cousine un peu éloignée » ; la simplicité de la coupe lui permettait en revanche de ne pas détonner parmi les « 4 CV ». C'était ça, l'astuce : que chaque famille pense qu'elle était une invitée de l'autre noce. Tout le monde la saluait poliment sans s'inquiéter outre mesure de son identité. Les photographes respectifs des deux mariages s'efforçaient de rassembler leurs troupes tout en s'assurant l'angle de vue le plus avantageux sans qu'un intrus se glisse dans le fond. Suzanne les plaignait, ce n'était pas un travail facile ! En habituée des lieux, elle contourna le massif d'amaryllis orange pour se rapprocher des cyprès taillés en arceaux, une alcôve romantique au milieu de laquelle chantait une fontaine. C'était là, en général, que se prenaient les portraits en pied des jeunes époux. C'était le tour des « 4 CV ». Le marié paraissait un peu emprunté dans son costume flambant neuf. Ses pantalons étaient trop longs et « cassaient » sur ses chaussures, mais sa bouche était sensible sous sa fine moustache. Sa dulcinée était charmante dans sa robe courte évasée à l'encolure bateau, ses boucles brunes coiffées d'une guirlande de fleurs en tissu retenant un petit bout de voile. Avec ses joues roses, elle avait un petit air de Blanche-Neige. Sur son nuage, elle jetait autour d'elle des regards émerveillés, comme étonnée qu'un tel bonheur puisse lui échoir. Suzanne avait-elle ressenti la même extase candide lorsqu'André Escande l'avait menée jusqu'à l'autel ? Elle n'avait qu'un souvenir vague de cette journée. Tellement de gens autour d'elle, tellement d'appréhension. Sur la photo de mariage qui trônait dans leur chambre, elle esquissait un sourire timide, sans doute à la demande du photographe. À l'époque, on posait en studio, au milieu des corbeilles de fleurs, tout était artificiel. Elle avait souvent sondé le regard de la demoiselle de bonne famille qu'elle était, cultivée mais ignorante de tout. Il semblait hésitant, presque apeuré. Sans une once de l'espérance qui illuminait aujourd'hui celui de « Blanche-Neige ». Certes, les temps avaient changé, plus de trente ans avaient passé et les jeunes filles d'aujourd'hui étaient sans doute un peu plus au fait des choses, mais valait-il mieux se nourrir d'illusions et risquer ensuite de tomber de haut, ou ne rien attendre pour ne pas être déçue ? Après les fiançailles, Suzanne avait essayé d'interroger sa mère, mais celle-ci s'était contentée de répondre :

— Ne vous étonnez de rien et faites ce que vous demande votre mari.

Ce qui ouvrait un large éventail de perspectives toutes aussi floues et donc effrayantes les unes que les autres.

Aussi avait-elle été très reconnaissante quand André lui avait offert un livre, une sorte de guide : *Pour toi, fiancée et jeune épouse*, édité en France par Casterman. Allongée sur le lit virginal qu'elle allait bientôt quitter, elle s'était plongée dedans, décidée à suivre à la lettre toutes les instructions qui y seraient données. D'entrée, elle s'était reconnue dans la jeune fille à qui s'adressait l'auteur : « Elle n'a que des connaissances élémentaires et fort dénuées de psychologie sur les éléments physiques de l'amour : ceux-ci l'attirent peu et elle n'en comprend pas l'importance du point de vue conjugal. Elle apprécie avant tout les éléments sentimentaux de l'amour. » Son côté « midinette », en quelque sorte. Elle avait donc poursuivi en confiance. Il était écrit que l'homme était naturellement bâti pour le désir et que c'était à sa promise de l'aider à se contrôler en ne lui permettant pas de gestes d'intimité dépassant « le baiser chaleureux et un tendre enlacement ». Elle se souvenait encore des termes exacts. Suzanne n'avait pas eu à déployer beaucoup d'efforts pour ce faire, car André n'avait jamais tenté d'aller plus loin. Naïvement, elle en avait conclu qu'elle avait trouvé, sans le vouloir vraiment, la bonne attitude, et elle en était fière. Aussi avait-elle attendu avec impatience et confiance ce que le livre appelait « le grand jour ». En revanche, il ne disait rien de la nuit de noces. Suzanne s'était donc raccrochée au conseil de sa mère : elle s'en était remise à son nouvel époux. Le soir venu, après le banquet, celui-ci avait fait son devoir, sans grands transports, mais peut-être était-il aussi embarrassé qu'elle. Entre la douleur et le sang, ce n'était pas un grand souvenir. Elle avait espéré une révélation, elle allait devoir attendre… elle l'attendait encore. Non, à vrai dire, elle n'attendait plus depuis longtemps. Après cette lune de miel laborieuse, André avait progressivement espacé ses tentatives, estimant apparemment avoir fait ce qu'on attendait de lui. Suzanne avait compris pourquoi on parlait de « devoir conjugal » ! Il s'était félicité à haute voix de constater qu'ils avaient tous deux la même conception de ce que devait être une union harmonieuse : « Ne sommes-nous pas bien ainsi ? », répétait-il en hochant la tête, satisfait. Troublée, elle s'était tournée vers son vade-mecum habituel. Était-ce normal qu'elle se sente déçue ? Le livre mettait en garde contre « une vision trop idyllique » du mariage et prônait « une vie sexuelle modérée ». Il rassurait même les jeunes femmes désarçonnées par les appétits de leur époux : « Prenez patience, l'âge, les soucis, les ambitions professionnelles se chargeront de les émousser. » Devait-elle se considérer comme chanceuse d'avoir évité ces assauts libidineux que devaient subir tant de femmes ? C'est ce que paraissait penser son guide. Mais sans rapports, comment avoir des enfants ? « L'homme porte moins d'intérêt à la paternité », affirmait l'auteur, visiblement sûr de lui. Il en renvoyait aussitôt la responsabilité sur la femme : « À la jeune épouse de faire naître en lui, s'il en est besoin, le désir de l'enfant. » Force était de constater qu'elle n'avait pas su s'y prendre ; c'était sa faute s'ils n'avaient pas fondé de famille. Elle ne méritait pas de devenir mère. À défaut, Suzanne s'était efforcée de devenir la meilleure des épouses, en pratiquant les vertus féminines que le livre assurait être « celles qu'apprécient avant tout les maris : la douceur et la chaleur de l'accueil », car « les hommes aiment leur tranquillité et leur paix, c'est leur faiblesse ! » Pour cela en revanche elle était très douée, c'était au moins une satisfaction.

Suzanne avait cependant gardé tout au fond d'elle-même, bien enfoui, le regret de ce qui aurait pu être. La « Belle au bois dormant » ne s'était jamais réveillée, le prince n'avait pas franchi la barrière de ronces des certitudes qui dirigeaient sa vie. « Blanche-Neige » serait-elle plus chanceuse ? Elle le lui souhaitait du fond du cœur.

Elle était encore là. De derrière les arcades qui abritaient la terrasse du premier étage, Firmin Bauby observait, amusé, sa voisine qui se mêlait une fois de plus à une noce à laquelle elle n'était pas conviée. Une transgression qui lui plaisait. La digne et raisonnable madame Escande pouvait donc se comporter à l'occasion comme une gamine espiègle qui aimait se déguiser !

Il avait mis du temps à la débusquer. Quand le parc était envahi, comme c'était le cas aujourd'hui, par des mariés et leurs familles, il avait l'habitude de les observer discrètement. Moins pour s'assurer qu'ils ne faisaient pas de dégâts et ne piétinaient pas les plantations – le jardinier était là pour ça – que pour profiter de cette joyeuse effervescence. La vie n'était pas toujours drôle, les épreuves n'épargnaient personne et ces petites bulles de champagne périodiques la lui rendaient plus légère. Il laissait errer son regard sur les différents groupes, appréciant la jeunesse, les postures, l'élégance et, en artiste qu'il était, la palette des couleurs… Il avait fini par remarquer cette « touche » de vert amande qui revenait régulièrement, mais pas tout le temps. Intrigué, il s'était demandé qui pouvait être cette femme d'un certain âge apparentée à autant de Perpignanais, avant de se rendre compte qu'elle n'apparaissait que lorsqu'il y avait plusieurs mariages en même temps. Mais pourquoi ? Firmin Bauby adorait les énigmes, il ne pouvait résister à celle-là. De samedi en samedi, il avait donc guetté la « dame en vert » avec son chapeau à voilette. Il l'avait observée se glisser entre les invités, échangeant parfois un salut poli mais ne se mêlant à aucun groupe. Il en avait conclu qu'elle était là en spectatrice. Ce n'est que bien plus tard, au printemps suivant, lorsque la saison des mariages et des séances photos en extérieur avait repris, qu'à force de la regarder il avait fini par reconnaître, à sa grande surprise, sa discrète voisine. Il la connaissait reine d'une roseraie pastel, petit lutin trottinant dans la neige pour voler au secours de sa nièce enceinte, il la découvrait agent secret espionnant les noces jumelles… voilà qui était excitant ! Avant même d'y avoir réfléchi, il descendait l'escalier, bien décidé à la prendre en flagrant délit et à éclaircir le mystère.

Au milieu des arceaux de cyprès, « Blanche-Neige » avait cédé la place à « Jackie Kennedy ». Taffetas de soie ivoire, corsage ajusté, décolleté portrait, jupe longue et ample, voile bordé de dentelle. La comparaison s'arrêtait là. La jeune mariée n'était pas vilaine mais elle était loin d'avoir la classe et le port de tête de la resplendissante héritière devenue depuis peu l'épouse d'un sénateur qu'on présentait comme le futur président des États-Unis. Comme disait André en parlant des cancres de sa classe : « On ne fait pas d'un mulet un cheval de course ».

— Tante du marié ou de la mariée ?

La voix dans son dos la fit sursauter et son cœur s'emballa. Elle se sentait comme un enfant pris la main dans le pot de confiture. Lentement, elle se retourna et se retrouva face à face avec le maître des lieux. Il fixait sur elle un regard amusé et elle comprit qu'il était inutile qu'elle invente une explication plausible à sa présence : elle était découverte.

Elle choisit la franchise.

— J'aime les mariages.

À travers sa voilette, elle vit que Firmin Bauby appréciait.

— Et on en profite mieux quand on n'est pas impliqué, vous avez bien raison. Pas d'énervement, pas d'enfants à surveiller, pas de vieux radoteur qui vous tient la jambe, pas de cousine qui vous oblige à prendre sur vous pour ne pas répondre à ses persiflages, personne pour vous taper sur les nerfs puisque personne ne vous connaît... Vous avez trouvé la formule magique !

Il accompagna sa dernière phrase d'un geste tourbillonnant de la main, comme s'il tenait une baguette. Il en profita pour saisir la main gantée de Suzanne et la porter à ses lèvres. Sans la toucher, bien sûr. Un baisemain dans les règles. C'était un peu sa marque de fabrique.

— Puis-je vous dire que cette toilette vous sied à merveille, chère amie ? Vous mériteriez d'être invitée à tous les mariages de Perpignan !

Il était sans conteste plus doué qu'André pour tourner les compliments. La sentant se détendre, il enchaîna :

— Comment va votre filleule ? J'espère qu'elle vous est reconnaissante d'avoir bravé pour elle la tempête et ce froid de gueux... Brrr, j'en frissonne encore !

— Tout va pour le mieux. Le bébé devrait arriver d'ici la fin du mois… et le futur papa a annulé tous ses déplacements d'ici là.

Le second photographe, un géant aux épaules de rugbyman, en avait terminé avec « Jackie Kennedy » et son très sérieux époux à qui il n'avait pas réussi à arracher un sourire. Les familles refluaient vers les belles berlines à l'entrée. Les « 4 CV » avaient disparu, pressées de rejoindre la salle louée depuis des mois où les agapes les attendaient. Le parc se vidait. C'était habituellement le moment délicat où il fallait s'éclipser à pied sans se faire remarquer par les uns ou les autres. Deux semaines plus tôt, un jeune homme serviable s'inquiétant de la voir seule s'était proposé de faire le détour en voiture pour l'amener sur le lieu de la réception de « l'autre mariage ». Prise au dépourvu, elle avait failli lui donner l'adresse d'un restaurant du centre-ville qui accueillait souvent ce genre d'événement. Elle n'aurait ensuite qu'à prendre le bus pour rentrer. Avec son chapeau à voilette, elle ne passerait pas inaperçue, et si elle tombait sur une de ses connaissances, et si cela venait aux oreilles d'André… Oh mon Dieu ! Elle avait réussi à garder son sang-froid, à remercier son bon samaritain mais « mon neveu est allé chez moi, dans mon 4e, nourrir mon chat, j'ai oublié de le faire en partant… ma tête n'est plus ce qu'elle était, mes jambes non plus, il ne faudrait jamais vieillir, vous savez… mais il revient me chercher, je l'attends ». Le jeune homme avait gobé son histoire, soulagé peut-être de ne pas avoir à faire le taxi, mais elle avait eu chaud. Aujourd'hui, elle ignorait si elle devait se réjouir de ne pas avoir à jouer à cache-cache ou s'inquiéter de ce que le facétieux maître des lieux était en train de mijoter. Car elle le voyait à son œil qui frisait, Firmin Bauby venait d'avoir une idée.

— Pour une fois que je vous ai sur mes terres et non de l'autre côté de la clôture, j'ai bien envie d'abuser…

Il lui lança un regard en coin plein de sous-entendus, mais elle commençait à le connaître : il aimait la faire marcher. Elle décida qu'elle ne lui ferait pas ce plaisir. Elle attendit la suite sans se démonter.

— Je me disais que c'était peut-être le moment de vous offrir une visite guidée…

Le bras tendu, il l'invitait à le suivre. Elle n'hésita qu'une fraction de seconde. C'était trop tentant. Elle rêvait depuis si longtemps de voir ces installations d'où sortaient tant de merveilles. Elle le remercia d'un hochement de tête et lui emboîta le pas.

Dans l'ancienne cave du mas, les énormes barriques avaient été ouvertes sur l'avant et équipées d'étagères sur lesquelles étaient disposés des carreaux, des plats, des soupières, des pichets et des vases en céramique aux couleurs éclatantes. Du rouge, du jaune, du bleu, du noir. Elle y pénétra, très intimidée.

— Figurez-vous, ma chère, que c'est une journaliste qui m'a donné l'idée de transformer la cave en salle d'exposition, expliquait Firmin Bauby. Une histoire un peu folle comme je les aime… Suzanne Frankignoul, reporter à *La Nation belge*, accompagne la reine Élisabeth de Belgique, la veuve du roi-chevalier Albert Ier, à Prades pour voir mon grand ami, le maître Pau Casals, vous le connaissez ? L'immense violoncelliste et compositeur… Bref, nous faisons connaissance, nous sympathisons et la journaliste me suggère cette idée. Dans la foulée, elle tombe amoureuse de Francesc Miró, mon chef d'atelier, artiste et technicien céramiste de talent que j'aime énormément. Il y a quatre ans, ils se marient à Taurinya. J'étais le témoin de Francesc et Pau celui de sa femme. Vous voyez, l'art est une grande famille !

Au fond de la grande salle, trois hommes discutaient devant des cruches siamoises posées sur une sorte de haut tabouret. Ils s'interrompirent à leur approche et Firmin Bauby fit les présentations :

— Le maître Jean Lurçat, dont la renommée est internationale, qui a décidé pour mon plus grand bonheur de passer de la tapisserie à la céramique et me fait l'honneur de venir à Sant Vicens deux fois l'an pour laisser libre cours à son inspiration et son génie. Celui qui lui prête son immense talent et réalise ses œuvres, mon ami Gumersind Gomila, et mon frère Denys qui gère cet atelier bien mieux que je ne saurais le faire.

Suzanne avait l'impression de rêver. Très intimidée et tremblante d'excitation, elle salua de la tête l'artiste au crâne dégarni et aux épaules carrées, le poète et céramiste minorquin – elle avait déjà vu leurs photos dans le journal –, et l'homme en complet gris. Elle se sentait un peu mal à l'aise avec son chapeau à voilette totalement incongru en ces lieux.

— Ma voisine, que j'ai enlevée au mariage où elle était invitée pour un petit tour des installations, compléta Bauby.

Toujours ce bel esprit d'à-propos. Il s'était fait son complice avec un naturel confondant. Dire que cet homme avec qui elle avait dû échanger une dizaine de phrases en tout et pour tout connaissait son jardin secret « nuptial » qu'elle cachait à son mari.

Les trois hommes lui rendirent aimablement son salut puis reprirent leur discussion sur une couleur qui apparemment ne les satisfaisait pas et sur le pigment qu'il serait bon d'essayer. Un doigt sur la bouche, son cicérone fit signe à Suzanne de les laisser à leur réflexion et de le suivre. Il ouvrit une porte et ils se retrouvèrent dans une grande pièce très claire, peinte en blanc et meublée d'un piano à queue, de chaises vénitiennes aux hauts dossiers tarabiscotés, d'un jet d'eau babillant dans une fontaine débordant de belles feuilles vertes de patate douce et bien sûr de vitrines d'exposition où des pièces de céramique étaient disposées avec goût. Très à l'aise et toujours aussi volubile, Firmin Bauby expliquait :

— Nous avons quitté la cave pour ma maison, elles sont dos à dos. Ici, nous sommes dans la boutique. J'essaie de mettre les œuvres en valeur… si vous voyiez les installations que j'imagine pour les salons et les expositions, une merveille ! À gauche, mon bureau… mais ce qui nous intéresse est en haut de l'escalier.

Il était déjà à la moitié de la volée de marches. Il leva un doigt solennel :

— Le cœur de Sant Vicens, là où tout se crée, la Genèse !

Suzanne eut une pensée pour son mari toujours enfermé dans son bureau avec sa Bible et ses livres, à essayer de trouver une explication scientifique aux textes fondateurs. Enfin, elle espérait qu'il y était toujours. Si jamais il en était sorti et avait trouvé la maison vide, quel prétexte allait-elle trouver à son retour ?

— Alors, vous venez ?

Oh, et puis elle y penserait en temps et en heure ! Quand elle avait repéré la deuxième robe blanche du haut de son banc sous la pergola, elle n'aurait jamais imaginé vivre un tel moment exceptionnel, et elle entendait bien en profiter jusqu'au bout.

Passé le vestibule du premier étage où se trouvait son appartement, il ouvrit une grande porte-fenêtre avec une mine de conspirateur.

— Et voici l'atelier !

Une jeune femme brune en blouse bleu ciel, assise à une longue table couverte de gobelets contenant des couleurs et des pinceaux, leva la tête du plat en terre cuite sur lequel elle était penchée. Un garçonnet d'une dizaine d'années était assis à côté d'elle, une feuille de papier et des crayons de couleur devant lui.

— Mon neveu Paul, le fils de Denys, et Marcelle Junca, une des dernières recrues de ma *colla*[1], annonça-t-il avec emphase. J'ai honte de la faire travailler aujourd'hui, mais nous avons un enfournement lundi et toutes les pièces ne sont pas prêtes, voyez-vous.

Il avait joint les mains comme pour lui demander pardon, ce qui la fit pouffer.

Elle se remit au travail tandis que son patron commentait à voix basse :

— Le biscuit est recouvert d'un émail, blanc en l'occurrence, sur lequel Marcelle a dessiné le motif au crayon, un trait léger qui permet éventuellement de corriger. Puis elle est repassée sur le tracé avec un stylet qui permet de creuser les lignes jusqu'à la terre cuite. Ensuite, et c'est ce qu'elle est en train de faire maintenant, elle choisit les émaux, les délaie dans de l'eau et peint les plages de couleur à l'intérieur des traits... une tâche délicate.

---

1 « Équipe » en catalan ; se dit surtout des vendangeurs.

Suzanne était fascinée par le ballet du pinceau qui déposait du rose pâle à petits coups précis. Des feuilles stylisées aux nervures très apparentes.

— C'est joli aussi en pastel, souffla-t-elle, c'est plus doux.

Bauby réprima un rictus amusé.

— En fait, les couleurs vont « sortir » à la cuisson. Ça, c'est du rouge vif !

D'un large geste du bras, il lui montra les étagères où étaient rangés des dizaines de flacons portant des étiquettes avec des mentions codées. Des oxydes métalliques de toutes les nuances.

— Et parfois, ça ne correspond même pas, s'amusait-il, toujours à voix basse. Vous voyez cette poudre bleue... en fait, elle donnera du vert. C'est magique !

Suzanne partageait son émerveillement.

— Vous-même vous adonnez-vous à cet art ? se risqua-t-elle en repensant à ce que son mari disait, ou médisait, du « poissonnier ».

Il lui montra une cage en rotin suspendue dans un coin de la pièce. À travers les barreaux, sur son perchoir, on distinguait un oiseau en céramique.

— Je m'y suis essayé. J'ai commis cet improbable volatile sorti de mon imagination... puis j'ai sagement préféré laisser faire ceux qui avaient un vrai talent !

André affirmait respecter sa lucidité, il avait vu juste.

Cet aveu l'avait-il plus touché qu'il ne voulait l'admettre, avait-il réveillé une blessure secrète ? L'artiste s'effaça et le maître des lieux, l'hôte affable, réapparut.

— Tout ça m'a donné soif... Puis-je vous offrir un rafraîchissement ?

Une grande cheminée en pierre trônait dans la salle à manger, au rez-de-chaussée, qui embaumait l'immortelle. Tandis que Bauby fouillait dans le grand buffet catalan de bois sombre ouvragé à la recherche de verres et de bouteilles, Suzanne s'approcha de l'âtre, immense, avec des chenets très hauts sur lesquels on pouvait sans doute faire rôtir un porcelet. Elle imaginait la flambée qui avait dû réchauffer la pièce quand le courant avait été coupé par les chutes de neige en février. Au coin du feu, on pouvait attendre douillettement et sereinement la fin de la tempête. Comme elle avait regretté que son mari, fidèle à ses habitudes, ne l'ait pas écoutée. Un radiateur de chauffage central avait quand même moins de cachet !

Elle posa la main sur la pierre, y fit glisser ses doigts pour en sentir toutes les aspérités. Un blason était sculpté sur le manteau, sous deux hallebardes croisées : un arbre déraciné, un chien et une aile.

— Les armes des Saletat d'Opoul, expliqua Bauby dans son dos, tout en disposant les verres qu'on entendait tinter. Mes ancêtres. Lorsque, d'un trait de plume au bas du traité des Pyrénées, les comtés du Roussillon et de Cerdagne ont été annexés en 1659, ils ont refusé de devenir français et ont passé la nouvelle frontière pour se réfugier au sud. L'arbre rappelle cet exil.

Suzanne suivait ses explications avec intérêt.

— Et le chien ? s'enquit-elle.

Elle sentait son émotion. Sans le voir, elle était plus palpable.

— Il symbolise la fidélité. Et l'aile, le voyage. Il manque la devise *« el noble corazon de Saletat*[1] »…

1 « Le noble cœur de Saletat. »

À cet instant, la porte s'ouvrit et les trois hommes de la cave entrèrent.

— Nous arrivons au bon moment, à ce que je vois, commenta Lurçat avec bonhomie tandis que Firmin Bauby ajoutait des verres sur le plateau.

Et Suzanne se retrouva à trinquer avec ceux qui faisaient de Sant Vicens un centre d'art de renommée internationale. Elle, la discrète épouse au foyer d'un professeur de mathématiques. Elle faisait de son mieux pour ne pas trahir son ébahissement, luttant contre l'envie de se pincer l'avant-bras pour s'assurer qu'elle ne rêvait pas. Ce moment était à marquer d'une pierre blanche dans la suite des jours gris de sa vie. Elle en savourait chaque seconde, essayant de graver le moindre détail dans sa mémoire. Elle ne pourrait en parler à personne et surtout pas à son mari, mais ce n'était pas le plus important : ce souvenir, forcément unique, elle le chérissait déjà.

Mais le Ciel – le hasard, aurait corrigé André – avait décidé de la gâter plus encore.

On toqua impatiemment à la porte et, sans attendre de réponse, en veste claire, sans son chapeau mais ses cheveux blonds ondulés soigneusement peignés en arrière, Charles Trenet fit irruption dans la pièce à grandes enjambées.

— J'ai vu la Chevrolet décapotable garée à l'entrée… J'étais sûr que vous étiez là, mon cher Jean, claironna-t-il. Il n'y a que vous pour avoir une automobile vert clair !

Il échangea avec Lurçat une vigoureuse poignée de main, tendit un rouleau à Firmin Bauby :

— De la part de mon oncle. Les plans de l'extension que vous voulez construire. J'avais prévu de venir vous saluer, je me suis proposé de vous les apporter.

Suzanne était tétanisée. Voir ici en chair et en os celui dont elle fredonnait les refrains entraînants dans sa lingerie, en écoutant la radio sur le poste Marconi que lui avaient offert ses neveux et nièces pour son anniversaire, était stupéfiant. Irréel. Quelques jours plus tôt, elle avait entendu un speaker de Paris Inter parler de la rentrée parisienne fracassante du « fou chantant » lors de la réouverture de l'Olympia, le 30 avril. Il avait diffusé un enregistrement de Bruno Coquatrix, le directeur du célèbre music-hall, qui rendait hommage au chanteur vedette de retour d'une tournée triomphale en Amérique : « Personne ne voulait débuter, personne ne voulait "essuyer les plâtres". Ils m'aimaient tous bien mais ils voulaient voir d'abord si le public viendrait. Et puis Charles Trenet a dit : "Je viens." C'était pour moi une grande victoire, car auparavant il avait décliné à plusieurs reprises. Il est venu. Et c'est un triomphe. » Et la veille encore, Suzanne s'essayait à reprendre les paroles du nouveau succès de Trenet, « Nationale 7 », tout en brodant de coccinelles et de marguerites le drap qui garnirait bientôt le berceau de l'enfant d'Éliette. Et à présent il était là, devant elle, tout sourire, le regard interrogateur.

— Notre charmante voisine, venue nous faire une petite visite, la présenta Bauby, toujours parfait dans son rôle d'hôte.

La tête dans le brouillard, elle entendit celui que son mari qualifiait volontiers d'hurluberlu se déclarer galamment « charmé de cette rencontre ». Son corps était comme paralysé. Une statue. Figée. Muette. Il devait la prendre pour une parfaite idiote. Elle se fit violence et réussit à articuler :

— Madame Escande. Vous avez eu mon mari comme professeur au collège.

Les yeux de Trenet s'écarquillèrent.

— Le père « Pile à l'heure » ? s'esclaffa-t-il avant de s'excuser : Pardonnez ma familiarité de potache, mais c'est de votre faute, vous venez de me renvoyer en enfance ! Je ne sais combien de fois votre mari m'a collé… ce que je méritais sans doute. J'ai bien peur de l'avoir fait tourner en bourrique, je passais mon temps à gribouiller pendant ses cours de maths. Il enseigne toujours ?

Elle balbutia que non, il était à la retraite, et mentit en ajoutant qu'il suivait de près la carrière de son ancien élève. Après tout, André n'était pas là pour la contredire ! Le chanteur, habitué à la ferveur de ses admirateurs, parut trouver cet enthousiasme normal.

— Vous lui transmettrez mon bon souvenir.

Elle promit et, posant son verre, saisit ce prétexte pour prendre congé. Elle avait eu son content d'émotions fortes, elle n'aspirait qu'à retrouver le calme de sa maison si nette, si ordonnée, pour les revivre en différé et mieux les savourer. Ils avaient eu la gentillesse de l'inclure quelques instants dans leur cercle, il fallait ne pas abuser et savoir se retirer à temps. C'était mieux pour eux comme pour elle ; son petit cœur de « midinette » n'y résisterait pas. Elle remercia Bauby pour la visite.

— Revenez voir le résultat après la cuisson et constater à quel point les couleurs seront devenues vives, insista-t-il chaleureusement. C'est spectaculaire ! Je vous préviendrai et vous viendrez écouter « le chant du four ». Ting, ting, ting… C'est le bruit que fait la dilatation de l'émail. On appelle ça le « tressaillage ». Il faut l'avoir entendu une fois dans sa vie ! Je vous raccompagne…

Elle déclina, assurant qu'elle retrouverait son chemin toute seule, et sortit de la salle à manger au moment où Trenet demandait :

— Je m'essaierais bien moi aussi à la céramique. Accepteriez-vous un humble stagiaire dans votre atelier ?

6

Les platanes ombrageaient la route qui filait droit vers les Albères bleutées. Les silhouettes des tours de la Massane et de Madeloc se détachaient sur le ciel blanchi de chaleur. Par la fenêtre de la 203, Suzanne regardait défiler le paysage crépitant de mille cigales. Leur mélopée lancinante était ce que Dieu avait créé pour rendre audible la canicule. Les vignes grillaient sous le soleil d'août mais, entrant par la vitre entrouverte, des bouffées d'air marin rafraîchissaient l'habitacle surchauffé. Elle transpirait néanmoins dans sa robe-chemise en coton rayé. Comment faisait son mari pour ne pas étouffer avec sa cravate et son costume ? Il avait choisi le plus léger, certes, mais qui s'habillait ainsi pour aller à la plage ? C'était à se demander s'il avait bien compris où ils se rendaient.

André détestait la mer. Ou plus exactement les gens qui allaient à la mer. En short, en polo, en maillot, les pieds nus dans des sandales ou des espadrilles, même les plus convenables perdaient toute dignité, disait-il. Sans parler de leurs bouées ridicules, des parasols qui s'envolaient au premier coup de tramontane et après lesquels ils couraient tels des pantins désarticulés, de l'huile dont ils s'enduisaient comme des morceaux de viande qu'on s'apprêtait à mettre sur le gril. Et ce sable qui s'insinuait partout, y compris dans les endroits qui ne devraient être touchés que par un gant de toilette ! Les enfants, il pouvait comprendre, ils adoraient se vautrer dans les endroits les plus sales et n'étaient jamais aussi heureux que lorsqu'ils hurlaient en sautant partout et en faisant des bêtises. Mais quand on se prétend adulte, on sait se tenir, bon sang ! Au début de leur mariage, Suzanne avait réussi à l'entraîner, pour ne pas dire le traîner, jusqu'à Collioure sous prétexte de voir le château des Templiers[1] et le fameux clocher de Notre-Dame-des-Anges, cet ancien fanal coiffé d'un dôme que les artistes peintres se plaisaient à immortaliser sous tous les angles. Et en plus, la plage était en galets. Mais l'odeur d'anchois qui flottait à deux kilomètres à la ronde avait rebuté André. Et lorsqu'une mouette, trop familière, avait subtilisé dans son assiette le morceau de pain frotté de tomate et d'ail sur lequel il s'apprêtait à déposer un morceau de jambon sec de montagne, il avait juré, comme le corbeau de la fable, qu'on ne l'y reprendrait plus !

Et il avait tenu parole. Quand Suzanne rejoignait sa sœur devant la belle façade Art nouveau du cinéma Le Castillet d'où partait le tramway pour Canet afin de passer la journée à la plage avec ses neveux, lui restait à la maison en compagnie de ses chers livres. À Saint-Gaudérique, ils vivaient pourtant à une vingtaine de minutes en voiture de la mer, moins de quinze kilomètres… qu'il ne parcourait jamais. Aussi avait-elle été surprise de son enthousiasme quand il avait reçu l'invitation de son ancien collègue Desbarrats, une

1 Aujourd'hui château royal.

carte postale représentant une barque catalane avec sa voile latine triangulaire griffonnée au dos : le professeur d'histoire-géographie leur proposait de venir lui rendre visite dans sa « résidence secondaire » où il passait les vacances en famille.

— Parfait, s'était exclamé André en se frottant les mains de satisfaction, c'est exactement ce qu'il me faut ! Depuis que ce barbouilleur que certains osent appeler un génie a décidé de travailler à Sant Vicens, attirant des journalistes de partout, le voisinage est devenu encore plus infernal... un véritable cirque !

Il est vrai que le séjour de Pablo Picasso faisait couler beaucoup d'encre. Il était pourtant un familier du Pays catalan : en juillet 1911, ce pilier du bateau-lavoir au regard de braise, qui commençait déjà à se faire connaître des amateurs d'art, était venu à Céret rejoindre ses amis Manolo Huguet, Frank Burty Haviland et le compositeur Déodat de Séverac. C'est là qu'avec Georges Braque, arrivé un mois plus tard, il avait « inventé » le cubisme dont il avait déjà jeté les bases avec ses sulfureuses *Demoiselles* qui avaient fait scandale. Suzanne était trop jeune à l'époque et si on en avait parlé dans le journal, elle n'en avait aucun souvenir. Mais l'aura du peintre ibérique n'avait fait que grandir et, bien sûr, les habitants du Vallespir n'avaient pas manqué de rappeler le rôle joué par leur petite sous-préfecture dans cette révolution artistique. Elle devait bien avouer qu'elle préférait ses Arlequins et ses Maternités roses, mais la force créatrice du maître était indéniable, comme le fait qu'il était en train de laisser sur la peinture une empreinte indélébile. Et pas seulement la peinture ! Après la Libération, avant même Jean Lurçat, il s'était lancé dans la céramique, à

Vallauris sur la Côte d'Azur, surnommé le « village aux cent potiers ». Son chemin devait un jour ou l'autre passer par Sant Vicens, c'était inévitable.

— Et je pourrai discuter avec Desbarrats de l'avancée de mes travaux sur la Genèse, s'était emballé André. Quand je l'avais vu à l'inauguration du nouveau lycée, il était très intéressé… Je suis sûr qu'en parler avec lui m'aidera à mettre mes idées en place.

Suzanne avait été tentée de lui rappeler qu'elle était là, elle, et qu'elle serait ravie de l'écouter, mais à quoi bon ? Ce n'était pas son rôle. Le livre était formel : quand le mari rapporte du travail à la maison, son épouse reste à tricoter à côté de lui, silencieuse et bienveillante. Silencieuse. Elle n'avait donc rien dit.

Elle avait juste émis un doute quand il avait noué sa cravate ce matin :

— Vous êtes sûr que ce n'est pas trop habillé pour aller au bord de la mer, mon ami ?

Le reflet d'André dans le miroir avait levé un sourcil interrogateur.

— Argelès est un lieu des plus civilisés, ma chère. Êtes-vous prête ?

N'avait-il pas remarqué le nom du lieu-dit qui était indiqué sur la carte, ou son besoin de fuir la proximité encombrante de Sant Vicens était-il si impérieux qu'il s'en moquait ?

Ils approchaient du pont sur la Massane qui marquait l'entrée du village quand elle comprit qu'il y avait une troisième hypothèse. Un nid-de-poule fit cahoter brusquement la voiture, et Suzanne s'efforçait de garder en équilibre sur ses genoux la tarte aux pêches, sa spécialité, qu'elle avait confectionnée la veille avant de lui faire passer toute la nuit au frigidaire, et dont elle sentait la fraîcheur à travers le fin tissu de sa robe – on n'arrive pas les mains vides lorsqu'on est invité –, quand son mari avait lâché :

— Bon, maintenant il suffit de trouver un passant qui nous indique le chemin. Quelle est l'adresse, déjà ?

En fait, il ne savait pas ce qu'était le Racou.

Le « recoin », en catalan, un nom parfaitement éloquent : la côte sableuse qui déroulait son long ruban blond depuis le Languedoc se terminait juste après Argelès à l'endroit où les Pyrénées se jetaient dans les flots turquoise de la Méditerranée, faisant naître de caps en criques la côte Vermeille. Ce « recoin » de plage soyeux à l'abri des premiers rochers, bien protégé, avait très tôt attiré certaines familles perpignanaises qui y installaient leurs quartiers d'été. Rien à voir avec les villages sauvages de cabanes qui avaient poussé comme des champignons du Barcarès à Argelès, ces baraques faites de bric et de broc, implantées en toute illégalité sur le terrain public, qui permettaient aux classes populaires de passer des étés radieux sans pratiquement bourse délier. Ici, les habitants étaient propriétaires de leur petit bout de terrain, acheté dans les années trente pour une bouchée de pain là où jusqu'ici il n'y avait que quelques abris de pêcheurs en roseaux et des cabines de bain, et les petites maisons construites dessus étaient sommaires certes, mais en dur. Trois rangées édifiées directement sur le sable, des petits jardins où poussaient des cactus et des plantes méditerranéennes. Pas de rues goudronnées, pas de voitures. On les laissait à l'entrée du hameau et on se déplaçait à pied. Suzanne en avait entendu parler par des amis de ses parents qui y possédaient ce qu'ils appelaient un « bungalow ». Mais André, non, visiblement.

Elle vit son visage se décomposer quand il comprit qu'ils étaient arrivés à destination et qu'il fallait qu'il gare la 203 sous les pins, à côté des autres véhicules.

— *Me cago en nou*, si c'est une plaisanterie, je ne la trouve pas drôle !

Qu'il se laisse ainsi aller à jurer en catalan trahissait son degré d'exaspération. Une réaction qui augurait une journée difficile mais qui, somme toute, rassurait Suzanne : les choses avaient repris leur place, son mari détestait toujours la plage et le « laisser-aller » qui allait avec, mais comme l'erreur venait de lui et qu'il ne pouvait s'en prendre à personne d'autre, il serait obligé de faire bonne figure. Finalement, son ignorance allait peut-être leur faire passer quand même un bon moment.

— Maman, papa, ils arrivent !

Une gamine en maillot vert à jupette, sa queue-de-cheval virevoltant au sommet de son crâne, accourait à leur rencontre, les joues rouges, tout excitée. Suzanne supposa que le « ils » les désignait. Sa tarte entre les mains, elle observait la maisonnette de plain-pied aux fenêtres voilées de petits rideaux de dentelle. Des volets lavande. Un bougainvillier aux éclatantes fleurs violettes. C'était bien ce qui était décrit sur la carte postale, faute d'une adresse plus précise. André considérait avec consternation ses chaussures de cuir noir, parfaitement cirées tout à l'heure et à présent couvertes d'une poussière blanche tenace.

— Espé, on ne saute pas sur les invités… Ils vont croire qu'ils sont tombés chez les fous et vont détaler en courant !

Suzanne faillit répondre que même s'ils l'avaient voulu, à leur âge, ils en auraient été bien incapables, tout en espérant que son mari ne la ferait pas mentir, mais elle se contenta de rendre son éclatant sourire à la brune quadragénaire qui poussait le portillon de la même couleur que les volets pour les faire entrer. Sa robe bustier corail mettait en valeur le hâle doré de ses épaules. Il fut un temps pas si lointain où les femmes déployaient tout un arsenal, gants, chapeau de paille, ombrelle, pour garder la peau blanche ; seules les paysannes étaient tannées par le soleil. Mais Suzanne trouvait les femmes d'aujourd'hui bien plus belles, libres, au naturel. Finies les « dames aux camélias » toujours au bord de la pâmoison, les fleurs de magnolia délicates comme des porcelaines de Chine ; elles respiraient la santé. Elle les enviait.

— Maguy, se présenta la mère de la fillette, la main tendue. J'espère que vous n'avez pas eu de mal à trouver… J'avais dit à Roger d'aller vous attendre à l'entrée, mais nous ne savions pas à quelle heure exactement vous alliez arriver et il fallait qu'il aide Jean, notre aîné, à réviser. Il prépare l'École navale et ce n'est pas une mince affaire. Ils sont sur la terrasse, derrière.

Elle les précéda tandis qu'Espé gambadait à leurs côtés. Le père et le fils, attablés derrière une pile de cahiers et de livres, se levèrent en les voyant.

— Ah, vous voilà ! se réjouit Desbarrats tandis que son épouse ôtait la tarte des mains de Suzanne, « Il ne fallait pas, vraiment ! Elle a l'air délicieuse », pour la mettre au frais à l'intérieur. Je suis ravie de vous rencontrer enfin, madame Escande. Mon cher, il vous faut tomber la veste et la cravate, regardez, moi-même je renonce ici au nœud papillon… Il fait chaud même sous l'auvent en canis et je ne veux pas que vous fassiez un malaise !

Sans paraître remarquer le raidissement de la posture de son ancien collègue, il ordonna :

— Jean, va chercher un cintre pour suspendre les affaires de notre ami sans les froisser.

Refuser tant de prévenance aurait été contraire aux bonnes manières ; André Escande fut bien obligé de s'incliner. Il s'abstint cependant de rouler ses manches comme son hôte. Ses poignets boutonnés étaient tout ce qui restait de son amour-propre. Suzanne se garda bien de faire le moindre commentaire mais savoura intérieurement en se précipitant pour aider Maguy, qui revenait avec un plateau chargé de verres et de boissons fraîches. Décidément, cette journée s'annonçait intéressante.

André Escande se sentait piégé. Qu'est-ce qui lui avait pris de foncer tête baissée sans réfléchir ? Ce n'était pas dans ses habitudes. L'exaspération, sans doute. La politesse lui interdisait de planter là Desbarrats et sa famille, tous aussi accueillants que sympathiques, mais ce n'était pas l'envie qui lui en manquait. Suzanne, pour sa part, paraissait très à son aise. Elle avait toujours su écouter et Maguy semblait ravie d'avoir quelqu'un à qui parler. Le futur officier de la Royale était rentré dans la maison, ses livres et ses cahiers sous le bras, pour poursuivre ses révisions dans sa chambre. C'était un jeune homme sérieux, André aimait ça. Si seulement le dixième de tous les élèves qui s'étaient succédé dans sa classe avait été aussi motivé ! La petite « Espé » en revanche – quel drôle de prénom – ne tenait plus en place : elle voulait se baigner.

— Ma chère Suzanne, que diriez-vous d'aller vous tremper un peu les pieds avant de manger ? proposa Maguy en se levant. Laissons les hommes à leurs discussions savantes, vous savez comme sont les enseignants : ils piaffent d'impatience de parler boulot !

Elle rafla un grand sac de toile bayadère dans lequel étaient roulées des serviettes de bain, saisit le parasol et son pied, cria à sa fille de les attendre et s'éloigna en donnant respectueusement le bras à son aînée. André se détendit un peu. S'il arrivait à faire abstraction du décor et de sa mise négligée, il pourrait peut-être se croire comme avant dans la salle des professeurs du lycée. Ils commencèrent comme le voulait l'usage par échanger des nouvelles de leurs connaissances communes, regrettèrent de conserve le délabrement de plus en plus inquiétant du vieux bahut en se demandant quand la rentrée se ferait enfin dans le nouveau lycée inauguré en octobre dernier. Desbarrats raconta quelques anecdotes savoureuses, c'était à se demander où les potaches allaient chercher tout ça, puis, se renversant sur sa chaise, il passa la main dans sa chevelure à la Kessel et demanda :

— Et vos recherches bibliques, où en êtes-vous ? Je suis curieux de savoir ce que vous avez trouvé.

Enfin. Étudier ces textes fondateurs passionnait André Escande, mais ne pas pouvoir partager ses trouvailles lui pesait. Comme à l'aube des temps deux silex frappés avaient fait naître le feu, c'est du choc des idées que naissait la lumière. Seul, il errait dans la pénombre. Il entrevoyait mais n'arrivait pas à cerner distinctement. Pire, à tourner en rond dans sa tête, il risquait de prendre ses hypothèses pour des certitudes, de se constituer un

« dogme » personnel… exactement ce qu'il combattait, un comble ! Il lui fallait poser des mots sur ses idées, les mettre à l'épreuve des doutes et des questions de son confrère. Et celui-ci était tout ouïe.

— Je me suis penché sur le Déluge, celui qui aurait fait disparaître l'humanité impie et permis au monde de se régénérer. Je me suis demandé ce qui se cachait derrière cette parabole, ce conte pour enfants martelé depuis des siècles par les religions du Livre. J'ai compulsé de nombreux ouvrages traitant des différentes mythologies et figurez-vous qu'on rencontre le même récit chez les Sumériens, les Grecs et les Romains, les Scandinaves, les Lituaniens, les Mayas et les Indiens, ceux d'Asie comme ceux d'Afrique du Nord. La Genèse évoquerait-elle une vraie catastrophe climatique qui aurait frappé toute la planète ?

Il avait retrouvé sa voix, forte et bien timbrée, de père « Pile à l'heure ». En classe, elle tenait en respect les cancres les plus turbulents ; au Racou, elle faisait taire les cigales qui grésillaient sur les troncs des pins.

— Et l'aurait recouverte entièrement d'eau ? objecta son interlocuteur. Je ne vois rien comme vestige qui vienne corroborer un tel cataclysme…

Voilà, c'était exactement le répondant dont il avait besoin.

— Pas forcément. En passant de génération en génération, l'histoire a pu prendre de l'ampleur. Et si ce « déluge » était ce qui restait dans l'inconscient collectif de la fin de l'époque glaciaire ? À l'échelle d'une vie, les hommes ont vu le niveau des mers monter, noyer des villages, et ils ont dû gagner les hauteurs. Et forcément, le climat se réchauffant, l'eau s'est évaporée davantage et elle est retombée en précipitations importantes, incessantes, en un mot : diluviennes !

Il faillit s'exclamer « C.Q.F.D. », mais il lui manquait le tableau noir sur lequel ponctuer sa démonstration d'un coup de craie péremptoire.

Roger Desbarrats mima des applaudissements enthousiastes :

— Bravo, mon cher, c'est très convaincant ! Vous devriez publier un article... en enlevant le « conte pour enfants », bien sûr. Vous vous mettriez à dos tous les croyants et ils ne vous liraient pas jusqu'au bout, ce qui serait dommage !

André Escande haussa les épaules.

— C'est pourtant bien ce que c'est, une histoire inventée par les hommes pour essayer de déchiffrer ce qui dépassait leurs moyens de comprendre le monde à ce moment-là : la foudre qui tombe sur un temple, une épidémie de peste, les crues du Nil, un raz-de-marée, une comète...

Son collègue le dévisageait, songeur.

— Vous pensez que la science peut tout expliquer, n'est-ce pas ?

Un vigoureux hochement de tête.

— Effectivement. Et ce qu'elle n'explique pas encore, elle le fera un jour. C'est juste une question de temps.

Desbarrats reversa un doigt de pastis dans leurs verres avant de le noyer d'eau.

— En ce qui me concerne, je ne suis pas pratiquant mais j'aime croire qu'il y a une étincelle divine, une volonté supérieure à nous, celle-là même qui nous aide à faire progresser nos connaissances pas à pas, quand nous y sommes prêts. Alors trinquons au prochain qui sera franchi !

Assise à l'ombre du parasol, les orteils jouant dans le sable chaud, les yeux perdus dans les molles ondulations de la soie moirée d'argent de la mer, toujours plus calme le matin, Suzanne savourait son statut de « grand-mère » d'un jour. La jeune Espé l'avait prise en affection et ne la lâchait pas. Dégoulinant d'eau salée, elle s'abattait sur la serviette posée à côté de la sienne en assurant avoir croisé en nageant un poisson « grand comme ça », ou venait lui apporter des coquillages. Une offrande sur laquelle la vieille dame s'extasiait comme il se doit.

— Vous savez vous y prendre avec les enfants, dit Maguy, souriante, en levant les yeux de son magazine, sans se rendre compte à quel point ce compliment, anodin en apparence, touchait son invitée.

La petite s'appelait en fait « Espérance », un prénom un peu difficile à porter à son âge, d'où le diminutif, qui reflétait la joyeuse exaltation dans laquelle elle avait été conçue à la Libération. En veine de confidences, sa mère avait expliqué à quel point elle avait été surprise quand elle avait appris qu'elle était enceinte. Neuf ans après son aîné et à son âge, elle n'y croyait plus. Cette « ravisée », comme disaient les *padrines*[1] du quartier, était venue à point pour lui faire oublier ces années d'angoisse pendant l'Occupation, ces attentes interminables, ce baiser donné sur le pas de la porte le matin, quand Roger partait au lycée, et dont elle espérait qu'il ne serait pas le dernier.

1 Littéralement les « marraines » en catalan, les vieilles femmes qui vous ont connu tout petit.

L'épée de Damoclès de l'arrestation sans cesse suspendue au-dessus de leurs têtes. Elle approuvait et soutenait le combat de son mari mais, clouée à la maison avec leur fils, elle s'était sentie si impuissante. Voilà pourquoi, à la « Victoire », elle avait préféré l'« Espérance »… parce qu'elle portait à voir plus loin.

Suzanne aurait aimé avoir des histoires du même genre à raconter, mais là, sur cette plage baignée de soleil, elle se disait que sa vie était une mer d'huile où ne croisaient jamais de bateaux. Ou si peu. Par son obsession de la mesure et du contrôle, André lui avait évité toutes les tempêtes. Mais aussi la brise légère et rieuse, la risée qui gonflait les voiles et permettait au navire d'accélérer, le va-et-vient voluptueux des vagues, le froissement de l'écume sur le sable… Ce n'était pas la faute de son époux, il n'avait jamais caché ce qu'il pensait, ce qu'il était. Était-ce la sienne pour avoir accepté sa vision des choses, s'être ainsi coulée dans le moule ? Être un bon petit soldat l'arrangeait peut-être. Et sa mer intérieure, si confortable et rassurante, était un grand vide.

— Ma filleule Éliette a eu un petit garçon fin mai. Il s'appelle Henri. Il avait plein de cheveux noirs à la naissance, c'était la première fois que je voyais ça. Chaque nouvelle génération est une espérance.

Maguy approuva avec un petit rire. Et Suzanne continua à dévider ses souvenirs de grand-mère par procuration…

— Sacrebleu !

C'était sa nouvelle marotte. Pour éviter de jurer en catalan, il allait puiser dans les romans de Dumas. Quand il s'énervait, il devenait mousquetaire ! Allons bon, que se passait-il donc ? Elle l'avait laissé sur la terrasse pour rentrer déposer le plat dans lequel elle venait d'équeuter les haricots verts. André avait abandonné le journal sur la table de la cuisine, elle avait voulu le ranger et, alors qu'elle le repliait, son regard avait été attiré par un article sur le tournage d'un film à Collioure : *Le Fils de Caroline Chérie*, le troisième volet de la saga qui avait mis en vedette la pulpeuse Martine Carol... mais dans lequel elle n'apparaissait pas. Il est vrai qu'elle aurait été peu crédible en mère du hussard Jean-Claude Pascal ! Suzanne s'attardait sur une photo où le beau ténébreux posait en compagnie d'une jeune starlette dont on parlait de plus en plus, une gamine de vingt ans à la moue boudeuse du nom de Brigitte Bardot, quand l'exclamation de son mari l'avait fait sursauter. La surprise ? L'indignation ? Elle n'aurait su dire ce que ce « sacrebleu » traduisait. Abandonnant *L'Indépendant* là où elle l'avait trouvé, elle se précipita dehors. Personne sur la terrasse. Intriguée, elle fit le tour de l'écran de cyprès sans trop y croire : la roseraie était son domaine, il n'y venait que lorsqu'il y était obligé et souvent pour la rappeler à l'ordre. Les fleurs épanouies comme des pivoines embaumaient, une fragrance enivrante, capiteuse, qui montait à la tête.

— Qu'est-ce qu'ils fabriquent encore, ces fous furieux ?

La voix venait de la pergola. Elle s'approcha, incrédule.

— Mais, mon ami, que faites-vous juché sur mon... sur le banc ?

Il scrutait sans vergogne le parc voisin. Sans se retourner, il lui fit signe de le rejoindre sur son perchoir.

— Vous qui les observez depuis longtemps et avez une meilleure vue que la mienne, pouvez-vous me dire ce qu'ils sont en train de trafiquer ?

Elle eut l'impression que son cœur s'arrêtait de battre. Deux semaines plus tôt, elle avait elle-même surpris une scène plutôt osée qui lui avait fait monter le rouge aux joues. Firmin Bauby avait un faible pour les éphèbes qu'il entretenait avec libéralité, et ils étaient en train de courir nus entre les massifs et les arbres. Certes, il faisait chaud et chacun est libre de faire ce qu'il veut chez lui, après tout, elle n'avait qu'à pas les espionner, mais elle s'était sentie mal à l'aise et avait battu en retraite illico pour échapper à cette vision pour le moins gênante. Si André était tombé par hasard sur ces ébats libertins, il allait faire un scandale. Mais que diantre – allons bon, voilà qu'elle parlait comme lui – venait-il faire ici, lui qui ne mettait jamais les pieds dans cette partie du jardin ? La mort dans l'âme, elle prit la main qu'il lui tendait à l'aveugle, fasciné comme il l'était par le spectacle de ce qui se passait de l'autre côté de la clôture, et se hissa près de lui.

— Qui est donc ce petit bonhomme chauve que tout le monde entoure avec déférence, là-bas, et qu'est-ce qu'il fait à ce malheureux aloès ? On dirait qu'il grave quelque chose sur une feuille… Ils sont vraiment cintrés, là-dedans !

Suzanne réprima un fou rire nerveux : son époux qui pestait en permanence contre sa présence envahissante à côté de chez eux devait bien être le seul à Perpignan à ne pas reconnaître du premier regard Pablo Picasso !

Depuis le début de ce mois d'août 1954, Firmin Bauby employait toute sa persuasion pour convaincre le maître de délaisser Vallauris au profit de Sant Vicens. Il avait mis ses installations et son tourneur, Eugène Fabregas, à son service pour tester ses idées de décor pour le nouveau projet qui lui tenait à cœur : le temple de la paix.

L'été précédent, Picasso était revenu en Catalogne sur les chemins de sa jeunesse. Il avait rendu visite à son ami Pierre Brune à Céret, désormais surnommée « La Mecque du cubisme », et offert quelques-unes de ses œuvres au musée local d'Art moderne comme il l'avait promis : vingt-neuf coupelles en céramique, la trentième étant pour Brune, sur le thème de la corrida, une de ses passions. Il en était d'autant plus nostalgique que, depuis la victoire de Franco, il n'était plus retourné en Espagne. Comme tous les républicains en exil, il s'était juré de ne plus remettre les pieds sur le sol natal tant qu'il serait soumis à la dictature du Caudillo. Mais quinze ans, ça faisait long ! Au moins, dans les Pyrénées-Orientales, il était en terre catalane. On racontait que des amis l'avaient convié à un pique-nique à Fontfrède, à deux heures de marche au-dessus de Céret. Ensemble, ils étaient montés jusqu'à la crête où Picasso avait, les larmes aux yeux, embrassé du regard la baie de Roses, la Catalogne du Sud, si proche, à portée de main, ou du moins de marche, et pourtant inaccessible. Interdite.

« Pourquoi faut-il qu'il y ait ici une frontière ? s'était-il lamenté. C'est la même terre, les mêmes gens, la même langue. » Dans ce moment de révolte, il avait conçu l'idée d'y édifier ce temple dédié à la paix, comme un trait d'union entre les deux parties de la Catalogne séparées par le traité des Pyrénées et la dictature franquiste. Et c'est dans cet état d'esprit qu'il était revenu à Perpignan cette année, toujours chez ses amis Lazerme, dans leur hôtel particulier de la rue de l'Ange, et que Bauby s'était dit qu'il avait une belle carte à jouer en ajoutant Pablo Picasso à Jean Lurçat dans sa *colla* de Sant Vicens.

— S'il réussit son opération séduction, il se pourrait, mon ami, que le « petit bonhomme chauve » devienne notre nouveau voisin !

7

André Escande reposa son beau stylographe à plume avec exaspération ; il n'arrivait pas à trouver la bonne formulation. Sa phrase était bancale. Orthographiquement et grammaticalement correcte, mais le sens exact de ce qu'il voulait exprimer n'y était pas. Quelque chose lui échappait. Par moments, il avait l'impression fugitive d'en apercevoir les contours… mais à peine entrevue, la silhouette s'évanouissait et il restait en suspens, frustré.

Un grincement au-dessus de sa tête. Et il fallait en plus que Suzanne choisisse ce moment pour faire le ménage dans ce qu'elle appelait pompeusement « la chambre d'amis »! Lors de l'élaboration des plans de la maison avec l'architecte, elle avait insisté pour qu'on prévoie une pièce à cet usage au premier étage, en face de la lingerie. Pour quoi faire, bon sang? Ils ne recevaient jamais personne. André considérait sa maison comme un sanctuaire, sa femme disait « la tanière du vieil ours que vous êtes ». Il ressentait toute visite comme une intrusion. Insupportable. Même la famille. Surtout la famille. Pas la sienne, il ne la voyait plus. Il avait quitté dès qu'il l'avait pu l'ingrat travail de la terre et le mas familial de Fourques pour la ville, le monde du savoir, l'élévation des jeunes esprits et l'Éducation nationale, pas question d'y retourner, de refaire le chemin en sens inverse ne serait-ce que pour une journée. Et comme son père et son frère, prisonniers de leur dur labeur, ne quittaient jamais les Aspres, Suzanne se faisait un devoir de leur écrire périodiquement pour donner des nouvelles. Elle en recevait parfois en retour et les partageait avec lui, à table, pendant qu'il savourait son poulet rôti ou les *boles de picolat*[1] qu'elle réussissait particulièrement bien. Les saisons passaient, les années aussi, et c'étaient toujours les mêmes échos qui lui parvenaient de ce qui avait été son enfance. Rien ne changeait vraiment, comme si le temps s'était arrêté là-bas. Il ne passait pas beaucoup plus vite ici, mais c'était le sien. Leurs horloges n'étaient plus les mêmes.

Non, le danger venait des Casenoves, la nombreuse famille de Suzanne dont la plupart des membres habitaient Perpignan ou les alentours proches. Et ils avaient des enfants, beaucoup, qui eux-mêmes avaient des enfants aujourd'hui. Une horde sauvage prête à ravager son refuge qu'il voulait parfaitement rangé, organisé, tel qu'il aurait aimé que son esprit le soit. Les gamins, leurs rires, leurs cris, leurs bousculades, c'était une tornade dévastatrice. Le chaos. Il en savait quelque chose après quarante ans de collège et de lycée, quarante ans de « têtes blondes », pour la plupart brunes d'ailleurs sous ces latitudes, derrière les pupitres. Des petites brutes, en général. Même les bien élevés, les attentifs du premier rang, étaient capables de se déchaîner en

1 Spécialité catalane : boules de hachis de viande, mi-bœuf mi-porc, servies en sauce avec des olives, des champignons et des haricots blancs ou des pommes de terre.

hurlements de sioux, bousculant sans égard qui avait le malheur de se trouver en travers de leurs courses échevelées dans les escaliers dès que la cloche sonnait. La géométrie au tracé rigoureux, les règles immuables de l'arithmétique, le credo des théorèmes, les chiffres qui mesuraient l'univers et lui donnaient un sens, il les leur enseignait pour leur apporter un cadre, les faire tenir debout, les discipliner afin qu'ils cessent de se disperser et regardent vers le haut. C'était un combat incessant, toujours recommencé. Mais chez lui, il ne voulait plus être au front. Les tranchées s'arrêtaient à la porte du bahut ; la paix commençait à celle de sa maison. Et il refusait que quoi ou qui que ce fût la mette en péril. Il avait toujours été clair. Alors pourquoi cette « chambre d'amis » ? « Parce qu'on ne sait jamais », avait répondu Suzanne, lapidaire, et pendant quelque temps il s'était demandé si, malgré son âge, son épouse ne caressait pas encore l'espoir de devenir mère. Mais elle n'avait tenté aucun rapprochement, elle était restée la même… et cette « chambre d'amis » une énigme.

Il l'entendait s'activer, tirant les meubles, lissant le couvre-lit bleu ciel à volant, époussetant les rideaux de velours de la même couleur et les bibelots en porcelaine fleurie sur l'étagère, redressant les coussins et le miroir ovale au cadre en bois doré avec nœud sculpté, tout ce qu'elle aimait et qu'il détestait. S'il tendait l'oreille, il était sûr qu'il l'entendrait fredonner les refrains benêts de cet imposteur de Trenet :

— La pendule fait tic-tac tic-tic, Les oiseaux du lac pic-pac pic-pic, Glou glou glou font tous les dindons, Et la jolie cloche ding din don…

Et le canard coin-coin, le *burro*[1] hi-han, tant qu'on y était ! À moins que ce ne soit cette chanson de Mouloudji qu'elle aimait beaucoup en ce moment :

— Un jour tu verras, on se rencontrera…

Le plumeau caressait délicatement le berger, un agneau en travers des épaules, et la bergère mutine sous son chapeau de paille.

— Quelque part, n'importe où, guidés par le hasard.
Nous nous regarderons et nous nous sourirons…

Elle se balançait en rythme, esquissant un pas de valse en souriant aux deux amoureux en biscuit. Les statuettes étaient d'une joliesse un peu mièvre, convenue, inspirées – inspirées seulement – de la porcelaine de Saxe. Suzanne les avait reçues en cadeau quand elle était jeune fille et, malgré les goûts austères de son époux, elle s'était débrouillée pour les garder avec elle, d'abord dans leur boîte remisée au fond d'un placard dans les appartements qu'ils avaient successivement occupés après leur mariage, rue Foch d'abord, puis un plus grand boulevard Anatole-France, boîte dont elle les avait exhumées en s'installant dans cette maison pour les poser enfin en pleine lumière dans la chambre d'amis. Évidemment, elles étaient bien fades comparées à celles créées à Sant Vicens. Les animaux stylisés, très colorés, de Jacqueline Barthe. Les nus voluptueux en terre cuite de Conrad Paris qui avait aussi pris le relais de Viusa et Gali pour confectionner les santons de la crèche qui faisaient courir tout Perpignan à l'approche

1 « Âne » en catalan.

des fêtes. L'inauguration du *pessebre*[1] de cette année aurait lieu dans quelques jours.

Suzanne avait appris à reconnaître le travail des différents céramistes de la *colla*: le bestiaire fantastique et les cieux étoilés de Jean Lurçat, bien sûr, mais aussi les lignes fines et élégantes des fonds marins du Minorquin Gumersind Gomila, les doux visages féminins émergeant des feuillages où chantent des oiseaux de Geneviève Duboul, les fonds sombres et les phosphorescences de Francesc Miró, si proche de Firmin Bauby qui avait été son témoin lors de son mariage, les fleurs délicates de Madeleine Antico, dite « Mado », préposée attitrée à l'enfournement et au défournement des pièces, les scènes de la vie quotidienne et les abstractions arrondies de Jacques Poussine, et le symbolisme du dernier arrivé mais non des moindres, le peintre Pierre Saint-Paul qui peuplait ses céramiques et laves émaillées d'animaux et de végétaux surréalistes.

La saison des photos de mariage dans le parc était terminée, avec l'automne les séances se faisaient en intérieur, en studio, mais Suzanne n'avait plus besoin de prétexte pour entrer en passant dire bonjour et jeter un coup d'œil aux dernières créations, quand ce n'était pas Firmin Bauby lui-même qui lui faisait signe par-dessus la clôture en lui disant qu'il avait quelque chose à lui montrer. Pas du Picasso, malheureusement. Le maître de Sant Vicens avait « raté son coup », comme il disait. La « bande de Vallauris » avait fait bloc pour ne pas perdre sa figure de proue. Et Jacqueline Roque avait mis son veto. Suzanne avait le tournis quand Bauby

1 La crèche de Noël.

détaillait la vie privée de l'artiste espagnol : il collectionnait les conquêtes, obligeant parfois sa compagne et sa maîtresse du moment à cohabiter. C'est ce qui s'était passé l'été précédent, quand il était revenu à l'hôtel de Lazerme. Françoise Gilot et les enfants qu'elle avait de lui, Claude et Paloma, avaient dû accepter la présence de la toute jeune Jacqueline Roque, sa nouvelle égérie. Non sans heurts. Les disputes étaient quotidiennes entre les deux femmes qui voyaient de plus une rivale en leur hôtesse Paule de Lazerme, à qui « leur homme » avait offert un collier en or massif orné d'une tête de taureau qu'il avait lui-même dessiné, et dont il avait peint le portrait en costume catalan. Trois, en fait : une sanguine, un crayon et une gouache sur papier. Quand il ne travaillait pas, Picasso fuyait l'atmosphère orageuse de la rue de l'Ange pour se réfugier à Sant Vicens. Travailler la céramique mais pas seulement... Si on en croyait les confidences de Bauby, il se servait aussi de l'appartement aménagé pour Jean Lurçat comme d'une garçonnière. Suzanne trouvait que, tout grand artiste qu'il fût – et ça ne se discutait pas, sauf quand on s'appelait André Escande –, il se comportait très mal envers les femmes. Elle n'avait guère de sympathie pour lui. Quoi qu'il en soit, Jacqueline Roque avait gagné la partie et tout fait pour qu'il ne s'installe pas, comme il l'avait sérieusement envisagé, en Roussillon. Elle restait seule maîtresse de la place.

De la tentation perpignanaise de Picasso ne restait qu'une seule trace : son nom et la date du 29 août 1954 qu'il avait gravés sur une feuille d'aloès lors d'une petite cérémonie qu'André avait surprise sans la comprendre, juché sur le banc.

Mais Firmin Bauby avait rapidement surmonté sa déception : il avait tant de projets ! Il préparait des expositions à Paris, Saint-Étienne, Cannes, Stockholm et même Rio de Janeiro. Des destinations exotiques où Suzanne n'irait jamais mais dont elle pouvait rêver en faisant le ménage dans la chambre d'amis au premier étage de sa maison si calme où la vie était si prévisible. Son jardin secret, qui n'englobait au début que ses roses et sa lingerie, ne cessait de grandir. Elle se sentait parfois un peu coupable de le cacher à son époux, c'était contraire aux préceptes martelés dans *Pour toi, fiancée et jeune épouse* qu'elle connaissait par cœur, c'est sûr ! Mais grâce à Sant Vicens elle se sentait bien, plus légère, de bonne humeur, et après tout, André, sans le savoir, en profitait... Elle avait enfermé le livre dans un tiroir, à présent elle improvisait.

Quand Suzanne passait le grand portail, elle devenait quelqu'un d'autre. Ou plutôt, elle redevenait celle qu'elle était restée au fond d'elle-même malgré les années.

Quand, lassé de lui donner du « chère voisine » ou du « madame Escande », Firmin Bauby s'était enquis :

— Vous faites quasiment partie de la *colla* aujourd'hui, puis-je me permettre de vous appeler par votre prénom comme nous le faisons tous entre nous ?

Elle s'était entendue répondre, sans même y réfléchir une seconde :

— Vous me feriez un grand plaisir en utilisant celui que l'on m'a donné lors de mon baptême : Sybille.

Ce jour-là, elle avait retrouvé la partie d'elle-même qu'elle avait enfouie, fait taire depuis ses fiançailles... et matérialisé en quelque sorte sa double vie.

Faire référence au péché originel induit aussitôt la notion de chute, de tache infamante et indélébile sur l'Humanité, de malédiction qui pèse sur elle quoi qu'elle fasse. Mais quand on réfléchit à ce que cette périphrase veut dire stricto sensu, *c'est sensiblement différent : il s'agit simplement du tout premier péché, de ce moment clef dans l'histoire de l'Humanité où une mauvaise action a été commise sciemment, ce qui impliquait que l'esprit humain était suffisamment évolué pour distinguer le bien et le mal.*

Il n'était toujours pas satisfait, mais on se rapprochait. Plus de vingt minutes pour pondre deux phrases, c'était quand même laborieux. Il avait du mal à se concentrer. Il ôta ses lunettes pour se masser la base du nez. Le ballet du balai au-dessus de sa tête le distrayait. Non que Suzanne fût bruyante, elle faisait toujours très attention à ne pas le déranger, mais, l'oreille aux aguets malgré lui, il percevait le glissement de ses pieds qui semblaient danser sur le carrelage de la chambre d'amis.

André Escande était furieux après lui ; ça tournait à l'idée fixe. Depuis des semaines, des mois, il avait l'impression que son épouse changeait. Le problème, pour un cartésien comme lui qui se méfiait des intuitions comme de la peste, était que rien n'étayait cette sensation. Il avait observé Suzanne à la dérobée, à divers moments, et force était de constater que son attitude, ses réactions, la façon dont elle lui répondait, dont elle s'occupait de la maison, dont elle s'habillait, se coiffait, le parfum à la fragrance de muguet, toujours le même, qu'elle portait depuis leur rencontre, tout était comme d'habitude. Et en même temps différent. Il avait beau se raisonner, ironiser intérieurement en accusant la vieillesse qui le faisait radoter, ce sentiment vague persistait et le mettait mal à l'aise. Faute de mieux, il avait tendance à rendre le « poissonnier » et sa bande de bons à rien responsables. Qui d'autre ? Qui n'en faisait qu'à sa fantaisie, sans souci du qu'en-dira-t-on ni des conséquences sur les autres ? Ses voisins de Sant Vicens l'agaçaient d'autant plus qu'il se rendait bien compte que, dans son impuissance à comprendre l'origine de ses doutes, il les prenait comme bouc émissaire. Un réflexe qu'il avait toujours condamné chez les autres et dont il s'était consciencieusement gardé jusqu'ici. Dire qu'il était allé jusqu'à grimper sur le banc sous la pergola pour essayer de voir à travers les yeux de Suzanne, de comprendre ce qui la fascinait autant de l'autre côté de la clôture et éventuellement influait sur elle ! Il s'était même demandé l'espace d'un instant s'il n'y avait pas un homme derrière tout ça. Pas Bauby, bien entendu, mais un de ses sbires. Avant de se souvenir de leur âge. C'était ridicule, on n'avait pas d'idylle à soixante ans bien sonnés. Une crise de jalousie non plus. En plus, cela lui ressemblait si peu.

Pour couronner le tout, il s'était senti stupide de ne pas avoir reconnu Picasso. Le monde entier savait qui il était, sa femme elle-même lui avait quasiment fait un cours sur les liens du « maître » avec le Pays catalan… Il avait oublié la jeune fille cultivée qu'elle était quand ils s'étaient rencontrés. Était-ce ce souvenir remonté sans crier gare à la surface qui avait changé son regard sur elle ? Ce serait une explication : Suzanne était la même, c'est lui qui la considérait différemment. Il s'était donc efforcé de ne plus penser au passé, de se focaliser sur ce qu'elle était maintenant… mais ça n'avait pas marché.

Avec un soupir, André Escande reprit son stylographe. Son paragraphe n'allait pas s'écrire tout seul !

Les animaux en sont incapables. Un chien peut aller se cacher sous un meuble après avoir fait une bêtise, mais c'est parce qu'il se rappelle avoir été grondé la dernière fois où c'est arrivé, il sait que son maître ne va pas être content. En revanche, face à une situation inédite, il est incapable de prendre en compte le tort qu'il peut provoquer. Si on en croit Darwin et tous les scientifiques évolutionnistes, avant de devenir humains, nous étions des animaux, une espèce parmi tant d'autres qui allaient notamment donner naissance aux singes, aux primates…

Des pas pressés, légers dans l'escalier. Suzanne avait gardé sa ligne de jeune fille. Était-ce une question d'âge ? Il avait cinq ans de plus qu'elle. Une différence relativement fréquente qui ne l'avait jamais inquiété, au contraire : elle accentuait sa position dominante dans le couple, ce qui était, selon lui, dans l'ordre des choses. Mais, aujourd'hui, cet écart était-il en train de se retourner contre lui ? Depuis qu'il avait pris sa retraite, qu'il ne se rendait plus quotidiennement au lycée, il ne fallait pas se voiler la face, il se sentait « vieux ». Il ne sortait quasiment plus, ne voyait plus personne, restait enfermé avec ses livres, comme il en avait toujours rêvé. Mais ce repli sur lui-même n'avait pas que des avantages : il bougeait moins, se sentait lourd, engoncé dans son costume, souffrait de rhumatismes dès que le temps se mettait à l'orage et perdait de plus en plus de cheveux. Avait-il passé un cap ? Ce seuil qui, une fois franchi, faisait basculer sur la pente inexorable et glissante qui amenait tout être humain jusqu'à la mort ? Suzanne, elle, était encore de l'autre côté ; elle avait encore cinq ans devant elle avant d'entamer la dégringolade. Était-ce le reste de jeunesse qui s'attardait encore en elle qui lui donnait ce rayonnement intérieur ? Un mélange de joie et de sérénité. Une énergie vitale qui commençait à faire défaut à son mari. C'était peut-être ce hiatus qu'il ressentait confusément.

Avec un énorme soupir, il reprit une nouvelle fois son stylographe et relut les dernières phrases tracées sur la feuille.

Loin de l'histoire du démon tentateur, d'Ève et de la pomme qui n'en était pas une, le péché originel pourrait donc être vu comme une illustration du moment où les « préhumains » ont acquis cette conscience du bien et du mal qui a fait d'eux des Hommes possédant un libre arbitre. Celui-ci a pu leur faire choisir, parfois, de transgresser en toute connaissance de cause cette frontière toute nouvelle et donc de « pécher » suivant le terme utilisé par l'Église.

Voilà, c'était ça.

La porte du bureau s'ouvrit dans son dos. Un parfum de muguet.

— Je sors faire un tour, mon ami.

Il se retourna. Elle avait mis son manteau avec le col en lapin et ses bottines fourrées. Cette fin novembre était frisquette. Et humide. André Escande protesta :

— Encore ! Mais l'averse menace…

Elle haussa légèrement les épaules en souriant.

— Je vais prendre mon parapluie.

Il insista, le bras tendu vers la fenêtre :

— Le vent est en train de forcir, regardez les cyprès comme ils se balancent. Votre parapluie va se retourner !

Mais elle avait réponse à tout. Elle tira de sa poche un bout de plastique transparent plissé.

— J'ai ma capuche de pluie avec moi, je suis parée. J'ai reçu un mot d'Éliette : le petit Henri a fait ses premiers pas. Je ne veux pas rater ça ! Ensuite, je pousserai jusqu'au square et à la promenade des Platanes. Je reviens dans une heure et demie !

Sans savoir pourquoi, André Escande se sentait contrarié.

— Votre filleule, je comprends, mais quelle est cette manie de vouloir sortir tous les jours et par tous les temps ? D'autres, plus soupçonneux, pourraient imaginer que vous allez retrouver quelqu'un…

Il faisait mine de plaisanter, l'air dégagé, mais au fond de lui, le doute ressurgissait. Suzanne lui jeta un regard surpris. S'approchant d'un pas, elle lui tapota le haut du bras d'un geste apaisant, comme une mère cherchant à calmer un enfant turbulent et capricieux.

— En voilà une idée saugrenue ! Je vais marcher, ça me maintient en forme. Et d'ailleurs, ajouta-t-elle en pointant un doigt accusateur vers le chandail distendu par un début de bedaine, vous feriez bien d'en faire autant, vous avez pris du poids ! Je vous rappelle que lorsqu'il vous a examiné le mois dernier, le docteur Benavall vous a mis en garde : votre tension est trop élevée. Une promenade quotidienne vous ferait le plus grand bien !

Il se renfrogna. Il avait horreur qu'elle le lui rappelle. Il savait bien que sans le lui dire, elle salait beaucoup moins les plats qu'elle cuisinait, elle évitait les fritures. Il n'était pas dupe, mais tant qu'il pouvait prétendre n'être au courant de rien, il se laissait faire.

— Je vous dirais bien de m'accompagner, reprit-elle après une hésitation, mais vous êtes grand et j'ai de petites jambes, je passerais mon temps à courir après vous !

Elle rit en se représentant la scène. Elle avait aussi gardé son rire de jeune fille, la bouche cachée derrière sa main ouverte, comme une pensionnaire craignant d'être surprise par la mère supérieure.

— Nous devrions peut-être prendre un chien, conclut-elle sur le même ton léger. Il vous donnerait un prétexte pour sortir… ne serait-ce que pour éviter qu'il souille le jardin, vous ne pourriez pas dire non !

Il eut un sursaut horrifié : il ne supportait déjà pas les enfants dans sa maison, alors un animal ! Imaginer les pattes sales sur le carrelage, l'odeur écœurante du poil mouillé après la pluie, les agaceries pour quémander une caresse encore et encore, les aboiements intempestifs, les objets mâchouillés, les livres – ses chers livres – déchirés, la langue baveuse… c'était déjà un cauchemar.

— En attendant, vous pourriez essayer seul. Ça vous donnerait l'occasion de voir un peu ce qui se passe dans le quartier. Tenez, hier, j'ai rencontré un jeune couple, marié depuis peu. Ils sont adorables, de vrais « amoureux de Peynet » ! Figurez-vous qu'ils vont faire construire sur la parcelle juste derrière, vous savez, celle avec les abricotiers qui est plus ou moins à l'abandon depuis la mort du vieil agriculteur qui s'en occupait. Il semble que les héritiers aient décidé de vendre… Nous aurons bientôt de nouveaux voisins !

André la regardait s'éloigner en se demandant pourquoi diantre ils étaient censés s'en réjouir. Arrivée à la porte du bureau, elle se retourna, la poignée à la main :

— Je suis sûre que vous allez les aimer : ce ne sont pas des artistes ! Il est dans le bâtiment, pas architecte mais juste en dessous si j'ai bien compris : il trace les plans, calcule la quantité de matériaux nécessaires, les délais… et elle est sténodactylo. Vous allez les apprécier.

Et sur cette affirmation aussi optimiste que définitive, elle sortit. Elle le connaissait décidément bien.

Les feuilles mortes s'enroulaient en guirlandes et tourbillonnaient au-dessus du jardin. De l'or pâle, encore teinté d'un souvenir de vert, au bronze cuivré en passant par toutes les teintes de rouge, nacarat, cramoisi, grenat. De quoi inspirer Jean Lurçat pour une frise en volutes audacieuses autour d'un plat ou d'un vase en céramique. Mais il était déjà reparti, comme tous les hivers, dans sa demeure parisienne, villa Seurat dans le XIVe, dessinée par son frère André, préparer de nouvelles expositions de ses œuvres en Europe et aux États-Unis. Il ne reviendrait qu'au printemps. Elle releva le col de son manteau pour se protéger les oreilles, André avait raison : la marinade soufflait dur. Mais il en fallait plus pour empêcher Suzanne d'aller rendre visite à sa famille… et Sybille de découvrir ensuite en avant-première le nouveau *pessebre* de Sant Vicens, un privilège qu'elle savourait à sa juste valeur.

8

Elle aimait caresser la terre cuite du bout des doigts. C'était lisse, doux, un rien poudré. Et cette couleur d'un ocre profond, presque rouge, de l'argile. Firmin Bauby disait que la meilleure venait de la propriété familiale de Rô, près de Saillagouse. Madeleine, l'épouse de Louis Antico, membre émérite de la *colla*, avait passé une couche d'émail blanc sur l'assiette ; c'était l'objet le plus simple sur lequel s'exercer. Maintenant, c'était à elle de faire…

Quand Bauby lui avait proposé de s'essayer à la céramique – « après tout, vous faites partie de la *colla*, non ? », l'avait-il défiée, taquin –, Sybille n'avait pas hésité : elle mourait d'envie de voir le miracle s'accomplir dans et par ses mains. Même si pour l'heure celles-ci tremblaient un peu, saisies d'appréhension. Du mur où la photo était encadrée, en face de la longue table où elle était installée, enroulée dans un tablier à bavette trop grand pour elle, les parrains du premier four inauguré le 2 janvier 1943, tout sourire, semblaient se moquer de son incroyable audace : le peintre Louis Bausil, directeur du comité de soutien où figuraient aussi Aristide Maillol et Raoul Dufy, son frère, l'ineffable Albert, animateur de la vie culturelle roussillonnaise et mentor de

Charles Trenet, l'ingénieur Emmanuel Roger qui avait initié l'équipe fondatrice à la céramique, et le chanoine Sans qui avait béni ce qui allait devenir le cœur battant, vibrant, ardent de Sant Vicens : le petit four en *cairó* dans lequel on avait déposé les premières pièces à cuire avant de le fermer avec des briques réfractaires maçonnées. Firmin Bauby lui avait raconté cette journée mémorable qui avait marqué la naissance de son rêve... même s'il n'était là officiellement que comme « directeur artistique », Vichy refusant qu'un homosexuel notoire puisse diriger la poterie. Albert Bausil, qui ignorait qu'il n'avait plus que deux mois à vivre, avait déclamé un poème écrit pour l'occasion, le *Goig de Sant Vicens*, avant qu'une des dames présentes – il fallait une main féminine, c'était la tradition – mette le feu au bûcher avec un rameau de laurier enflammé. Malgré les restrictions de l'Occupation, on avait distribué des dragées, comme pour le baptême d'un enfant, et mis en perce un tonneau de vin. Il fallait bien ça pour s'hydrater à proximité de cette fournaise, d'autant que les convives s'étaient relayés pendant pas moins de deux jours pour alimenter le feu en bois et faire en sorte que la température reste égale. Oui, un tonneau n'avait pas été de trop ! Et les vers d'Albert Bausil avaient soutenu le moral des volontaires. Firmin Bauby en récitait encore certains de mémoire :

— Le bon Dieu t'a béni pour que tu sois toujours,
Petit four catalan, le modèle des fours (...)
Et sache qu'il n'est rien de meilleur d'après moi,
Que de créer un peu de rêve autour de soi.
Le rêve de l'artiste et celui de la flamme
C'est d'égayer les yeux en réchauffant les âmes.

Et les deux derniers, qu'elle affectionnait tant qu'elle souhaitait les broder pour les offrir au maître de Sant Vicens :

— Un céramiste au four, après tout, ce n'est rien
Qu'un boulanger du Ciel qui s'est trompé de pain !

Après quarante-huit heures de joyeuses libations et d'attente fébrile, ils s'y étaient mis tous ensemble pour casser le mur et découvrir la première fournée.

Sybille détourna les yeux de la photo en noir et blanc, légèrement floue – peut-être un effet secondaire des offrandes à Bacchus – pour fuir tous ces visages réjouis ; elle avait l'impression d'avoir à nouveau quinze ans et de se retrouver à plancher sur ses devoirs, dans la grande salle d'étude de Notre-Dame-de-Bon-Secours, sous le regard sévère de la surveillante.

Madeleine Antico, que Bausil appelait « Mado », avait déposé près d'elle une feuille et un crayon. En venant, Sybille était persuadée qu'on lui demanderait de reproduire un motif existant. Elle s'était même exercée, de mémoire, dans le secret de sa lingerie. Elle n'était pas mauvaise en dessin, à l'école, mais là, elle avait pu mesurer la différence entre avoir « un joli coup de crayon » et du talent ! Cela dit, ses petits essais malhabiles n'avaient servi à rien, puisqu'on lui demandait un croquis original. Elle commença par griffonner deux, trois sujets sans conviction. La mine crissait sur le papier, le crayon esquissait des cercles, enroulait des arabesques, prenait au fur et à mesure de l'assurance… Finalement, évitant toujours de regarder la photo accrochée au mur en face d'elle, elle se lança : deux épis de blé pour la fertilité et la prospérité, deux coquelicots pour la force derrière la fragilité et, pour les Orientaux, elle l'avait lu récemment dans un magazine, l'amour éternel, et pour finir un bleuet comme un morceau de ciel afin d'illuminer le bouquet de son azur délicat. Elle dut gommer, corriger, rectifier, pester intérieurement contre son manque de dextérité, marchander avec l'image diaphane qu'elle avait dans la tête et qui resterait à jamais inaccessible, simplifier, styliser avant de se déclarer à peu près satisfaite. Ce ne serait pas un chef-d'œuvre mais elle n'aurait pas à en rougir. Enfin, pas trop. Restait maintenant à reproduire son dessin à l'identique sur l'assiette.

— Léger, le trait de crayon, ainsi vous pourrez l'effacer du bout du doigt…

Firmin Bauby s'était retiré dans son appartement qui communiquait directement avec l'atelier par une grande porte-fenêtre vitrée, mais il n'avait pu s'empêcher de revenir jeter un coup d'œil pour voir où elle en était. Comme si le sourire narquois, c'était du moins ainsi qu'elle le ressentait, qu'il affichait sur la photo de l'inauguration ne lui mettait pas déjà suffisamment la pression !

Elle fit de son mieux pour ignorer ce double « espionnage » et s'appliqua à tracer ses épis et ses fleurs. Plus rien n'avait d'importance, son univers se réduisait à ce disque et ces quelques lignes à peine perceptibles. Pour l'instant. Car, à présent, il allait falloir les creuser avec un stylet, traverser l'émail jusqu'à la terre cuite, et ce, bien sûr, sans déraper, sans sortir du trait. Elle retenait sa respiration, hypnotisée par la pointe métallique qui griffait la couche blanche. Surtout ne pas trembler. Le dernier pétale tracé, elle releva le stylet, n'osant pas encore se détendre, persuadée de devoir refaire… mais non.

— Pas mal du tout, approuva Mado en se penchant sur son épaule. Vous êtes méticuleuse, c'est bien.

Elle saisit délicatement l'assiette en faisant bien attention de ne toucher que la terre cuite, se leva pour s'éloigner de la table de travail et souffla sur le plat afin d'en chasser la matière pulvérulente enlevée par le poinçon. Sans même s'en rendre compte, Sybille fit de même, expirant profondément en même temps qu'elle, comme pour l'accompagner.

— Et maintenant il ne reste plus qu'à délayer les émaux et à peindre.

Firmin Bauby était déjà en train de passer en revue les flacons sur les étagères. On l'entendait marmonner :

— Alors, le jaune pour le blé… Un beau rouge éclatant… Et un bleu profond.

Il les déposait au fur et à mesure sur la table et Mado mélangeait la poudre colorée avec de l'eau dans des gobelets, préparait les pinceaux. Sybille se sentait un peu plus en terrain connu : jeune fille, elle s'était amusée à faire de l'aquarelle.

— Attention à bien rester à l'intérieur des traits de contour sans les toucher !

Sybille retint un gloussement amusé : là, elle n'était plus à Bon-Secours mais au jardin d'enfants ! Ce qui ne l'empêcha pas de s'appliquer : c'était moins simple qu'il n'y paraissait. Les oxydes métalliques étaient pâles, des couleurs de laines avec lesquelles on tricotait la layette des nouveau-nés. Elle s'y attendait, Firmin Bauby l'avait prévenue, mais les coquelicots roses la perturbaient. Trop fades pour l'amour éternel qu'ils étaient censés symboliser.

— Il me faudrait du noir pour les étamines, s'il vous plaît ! Et pour les tiges des épis, du jaune ou du vert ?

Madeleine lui tendit un pinceau très effilé.

— Il faut repasser les tiges et tous les traits que vous avez tracés avec du « miel »... c'est le nom qu'on lui donne : ambré, presque transparent, il permet de faire ressortir la terre cuite. D'ailleurs, il faudra en enduire aussi le dessous de la pièce.

Sybille suivit ses instructions à la lettre. Jusqu'au moment où elle eut terminé l'assiette. Elle la signa de son prénom, comme une vraie artiste. Il ne restait plus qu'à la mettre de côté jusqu'à l'enfournement. Alors seulement elle releva la tête et affronta les regards joyeux posés sur elle du haut de la photo. Désormais, même si c'était sur un petit strapontin, à partir de ce mois de mai 1957, elle faisait partie de la *colla* !

— J'ai un peu de mal à imaginer le résultat final...

Firmin Bauby, qui s'était absenté pour discuter avec Maria Lluis, une artiste peintre perpignanaise considérée comme une des plus grandes de sa génération et venue s'initier à son tour à l'art du feu, était revenu, curieux de voir comment sa protégée avait parachevé son bouquet. Il semblait apprécier, elle en avait profité pour l'interroger, curieuse. Il afficha un air mystérieux :

— Et je ne peux pas vous aider : personne ne sait à l'avance ce qui va sortir du four. On a beau prendre grand soin de garder les mêmes réglages, la même température grâce aux cônes pyrométriques, c'est toujours un mystère. Les couleurs sortent plus éclatantes mais pas toujours de la même teinte, il peut y avoir des coulures, des bulles, des craquelures, l'émail se détache de la terre... ce qui se passe à l'intérieur du four nous échappe.

Une alchimie subtile qui met en jeu les éléments fondamentaux : la terre et l'eau, et le feu attisé par le souffle de l'air. Une sorte de transmutation par voie sèche pour atteindre l'incandescence de l'Art !

Quand elle arriva en vue de la maison, elle était toujours plus Sybille que Suzanne. L'exaltation de la création la tenait encore, soulevant sa poitrine d'aise et faisant battre son cœur plus fort. Quelle sensation extraordinaire ! Mais il fallait qu'elle remette au plus vite les pieds sur terre, sinon André se rendrait compte de quelque chose. Elle l'avait laissé dans son bureau aux prises avec une montagne de livres, plus ronchon que jamais. Il poursuivait ses recherches mais butait depuis des mois sur une histoire d'échelle. Elle devait bien avouer que Sybille, toute à l'excitation de ce qu'elle vivait à Sant Vicens, avait empêché Suzanne de lui prêter une oreille suffisamment attentive. Quoi qu'il en soit, cette « échelle » devenait une obsession. Il allait fréquemment à la bibliothèque municipale chercher de nouveaux documents qu'il compulsait pendant des heures, soliloquant, s'emportant puis revenant à sa table de travail. Elle suivait son manège de derrière la porte fermée. Il devenait de plus en plus misanthrope. En vidant la corbeille à papier, elle avait trouvé, roulée en boule, une lettre de Robert Desbarrats évoquant l'organisation des festivités du cent cinquantième anniversaire de la fondation du lycée, prévues pour l'année suivante ; il ne lui en avait même pas touché un mot. En revanche, quand il sortait de sa tanière, elle surprenait parfois le regard de son époux fixé sur elle. Le dos tourné, elle le sentait dans sa nuque. Pas hostile. Plutôt étonné. Se doutait-il de quelque chose ? Elle devait plus que jamais faire attention : celle qui allait pousser la porte de chez eux devait être son épouse, douce, discrète, patiente, organisée, sans surprise. Elle s'arrêta un instant, le temps de reprendre le contrôle. C'est alors qu'elle remarqua un détail inhabituel devant chez leurs jeunes voisins : la Renault Frégate crème de Robert était garée le long du trottoir, mal d'ailleurs, ce qui n'était pas dans ses habitudes. Or, à cette heure, il aurait dû être au bureau. Ce n'était pas normal.

Ce qui l'était encore moins, c'est que leur portail était resté ouvert. Subitement dégrisée, Suzanne s'avança, inquiète. Elle s'était prise d'affection pour les Meunier, un petit couple vraiment charmant originaire de la région lyonnaise. Elle leur rendait volontiers service, surtout depuis que Christiane était tombée enceinte quelques mois à peine après leur emménagement, la maison tout juste terminée. Une grossesse un peu difficile qui l'avait obligée à interrompre son travail. Elle n'était pas supposée rester allongée tout le temps mais devait se reposer, au calme, chez elle. Suzanne lui apportait souvent des courses ou s'arrêtait pour bavarder et lui tenir compagnie ; la pauvre trouvait le temps long. Robert était aux petits soins pour elle, plus encore que pour sa voiture flambant neuve qu'il bichonnait tous les dimanches matin, et ce n'était pas peu dire : il rentrait le soir avec des fleurs ou les tuiles aux amandes qu'elle adorait, n'épargnant rien pour lui faire plaisir. Mais dans la journée il était absent, bien sûr.

Suzanne pressa le pas en longeant la haie bien taillée de laurier-cerise. Les jardinières de géraniums rouges suspendues aux rambardes des fenêtres donnaient un air pimpant à la villa aux volets verts. Christiane trompait son ennui en jardinant ; Suzanne lui donnait des boutures, la conseillait pour l'arrosage. Elle lui était reconnaissante de lui fournir une occasion supplémentaire de sortir de chez elle, de s'occuper de quelqu'un d'autre qu'André.

Non seulement le portail était béant, mais la porte d'entrée, au bout de l'allée en gravier, également. On percevait comme un remue-ménage à l'intérieur et des voix qui s'exclamaient. Elle hésitait, se demandant s'il lui fallait pénétrer dans la maison pour savoir ce qui se passait, quand Robert en sortit, cramoisi, la mine affolée, soutenant son épouse gémissante. Christiane se tenait les reins, le visage crispé de douleur.

— Elle dit qu'elle va accoucher, qu'il faut que je l'emmène à la clinique des Platanes. Elle m'a téléphoné, je suis arrivé aussi vite que j'ai pu… mais c'est trop tôt !

Il avait lâché sa tirade sans reprendre son souffle ; on le sentait complètement dépassé par les événements. Ah, les hommes !

— Ne paniquez pas, s'efforça de le calmer Suzanne. Ça ne fait que deux semaines d'avance sur le terme prévu. Vous savez, ce n'est pas une science exacte, ce sont les bébés qui décident quand ils veulent sortir…

D'où tenait-elle cette tranquille assurance, elle qui n'avait jamais enfanté ? Elle n'avait été enceinte que par procuration, à travers sa sœur, ses nièces ; elle n'était qu'une imposture. Mais une imposture convaincante : Robert se rasséréna un peu. Il la regardait avec confiance, attendant des instructions. Elle essaya de réfléchir vite.

— Vous devez prendre sa valise… je suis sûre qu'elle l'a déjà préparée depuis longtemps. Où est-elle rangée, Christiane ?

Entre deux plaintes, la jeune femme blonde indiqua le placard dans l'entrée.

— Robert, installez votre épouse le plus confortablement possible dans la voiture pendant que je vais la chercher, décida-t-elle.

Il obéit, rassuré qu'elle prenne les choses en main. Suzanne remonta l'allée en trottinant, pénétra dans la maison et récupéra la petite valise en carton bouilli bleu fermée par deux lanières blanches. Elle n'avait pas besoin de l'ouvrir, elle savait qu'il y avait dedans tout ce qu'il fallait, elles en avaient discuté ensemble. Suzanne avait bien fait de lui conseiller de ne pas attendre le dernier moment ! Elle ressortit avec le bagage, referma la porte, tourna la clef qui était restée dans la serrure et tendit les deux à Robert.

— Allez, dépêchez-vous... mais pas trop, ce serait stupide d'avoir un accident en route. Tout va bien se passer, j'en suis sûre. Et réjouissez-vous, vous allez être parents !

Il esquissa un sourire, soudain intimidé à cette perspective. Juste deux secondes. Christiane poussa un cri, « Viiiiite ! », et il se précipita au volant en promettant de tenir Suzanne au courant dès que possible. Elle regarda la Frégate démarrer en trombe et agita la main en leur souhaitant bonne chance.

La clinique des Platanes n'était pas si loin, un premier enfant mettait toujours du temps à se frayer un passage, la naissance n'était pas pour tout de suite. La pauvre petite avait de longues heures de souffrance devant elle. Le prix à payer pour un grand bonheur. Suzanne le trouvait cependant bien trop élevé pour les femmes comparativement aux hommes. Certes, le livre – même s'il était enfermé dans le tiroir, elle pouvait le citer de mémoire – posait comme principe fondamental que l'enfant était avant tout le souhait, l'attente et le domaine de la gent féminine, mais il admettait par ailleurs, c'était écrit noir sur blanc : « Sur tous les plans, l'homme semble occuper une situation privilégiée. Celle de la femme est particulièrement désavantagée. » Au moins, c'était lucide. Et sans appel. Pourtant, Suzanne ne pouvait s'empêcher de ressentir un sentiment d'injustice. Courage, Christiane !

— Ça y est, nous allons avoir un voisin ou une voisine de plus ! annonça-t-elle triomphalement en suspendant sa veste à la patère de l'entrée. Ce devait être un Gémeaux, mais finalement c'est un petit Taureau qui arrive… ou une jolie génisse !

Elle crut entendre un grognement sourd derrière la porte fermée du bureau. Son mari était décidément un ours ! Il est vrai qu'il refusait de s'intéresser à ce qu'il appelait « les affaires de bonnes femmes », mais Sybille venait de faire naître sa première œuvre et Christiane allait donner la vie, c'était une belle journée ! Suzanne avait besoin de partager son allégresse avec quelqu'un. Et il était le seul « quelqu'un » dans les parages. Tant pis pour lui, qu'il le veuille ou non, il faudrait bien qu'il l'écoute, même enfermé dans sa caverne. Elle sourit à cette image, fit quelques pas dans le couloir pour que, de derrière les livres qui lui servaient de rempart contre le monde, il ne perde rien de la suite.

— La jeune madame Meunier est partie à la maternité, expliqua-t-elle. Question de génération. La mienne et toutes celles qui l'ont précédée accouchaient à la maison, dans le lit conjugal. Mais les jeunes femmes d'aujourd'hui se sentent plus en confiance avec un médecin à proximité.

Nouveau grognement. Non, c'était plutôt un cri étranglé. Subitement alarmée, Suzanne poussa le battant. André était renversé sur sa chaise, les lunettes de travers, le visage rouge et congestionné, le souffle court, oppressé. Des feuillets couverts de notes étaient éparpillés au sol. Elle se précipita.

— Oh mon Dieu, que vous arrive-t-il ?

La main crispée sur la poitrine, il semblait chercher de l'air. Elle desserra prestement sa cravate et défit non sans mal les deux premiers boutons de sa chemise. Une grosse veine pulsait dans son cou. Il toussa. Suzanne tenta de le redresser. Si seulement elle pouvait le faire se lever et aller jusqu'à la chambre. Ou la bergère du salon. Mais il était bien trop lourd pour elle ! Elle se précipita dans la cuisine et revint avec un verre d'eau. Elle essaya de le faire boire mais il s'étrangla. Ses yeux écarquillés appelaient à l'aide. De son poing fermé, il frappait son sternum et réussit à lâcher dans un souffle :

— Le cœur… il tape fort !

Il faisait une attaque. Il allait mourir. Un docteur, vite ! Elle sentit la panique l'envahir. La colère aussi. André s'était catégoriquement opposé à faire installer le téléphone. Il disait qu'il refusait d'accourir dès qu'on le sifflait. Enfin, dès que l'appareil sonnait. Suzanne aurait bien voulu pouvoir appeler sa famille de temps en temps, prendre des nouvelles du petit Henri qui allait bientôt devenir grand frère. Mais son mari avait été intraitable. Les Meunier, plus modernes évidemment, n'avaient pas ce genre de préventions ; leur beau téléphone noir, rutilant, trônait sur un guéridon dans leur salon. Elle s'était dit qu'en cas d'urgence, elle pourrait leur demander la permission de l'utiliser. Mais Christiane et Robert étaient tous les deux à la clinique et leur combiné, derrière la porte que Suzanne avait elle-même verrouillée à double tour, inaccessible ! Il fallait absolument qu'elle trouve du secours…

André suffoquait toujours. Elle sortit précipitamment de la maison, cherchant du regard quelqu'un qui pourrait lui prêter assistance, qui saurait quoi faire, avec calme et efficacité. Comme elle tout à l'heure quand elle avait sagement conseillé son voisin. Mais, hasard ou fatalité, la rue était déserte. C'était bientôt l'heure de la sortie des classes, les mères et les grands-mères devaient attendre devant l'école et les hommes, eux, n'étaient pas encore rentrés de leur travail. Elle avançait comme une somnambule, cherchant désespérément une solution. Où était la cabine téléphonique la plus proche ? Mais elle était sortie sans son sac, elle n'avait pas de monnaie sur elle. En plein désarroi, elle sentit ses yeux s'embuer ; à croire que le monde entier se liguait contre elle ! Elle cherchait machinalement un mouchoir au fond de sa poche quand, à travers ses larmes, elle vit le chemin Saint-Gilles s'ouvrir à sa droite. Sant Vicens !

Le temps de traverser le parc en courant, elle tambourinait à la porte du bureau. Le battant s'ouvrit à la volée et les frères Bauby apparurent sur le seuil, alarmés, persuadés qu'il y avait le feu au mas. Des registres étaient ouverts derrière eux sur la table, ils devaient être plongés dans les comptes quand elle les avait interrompus.

— Mais qu'est-ce que… Sybille, c'est vous ?

L'hôte courtois et urbain réapparut l'espace d'une seconde mais face aux traits défaits de sa voisine, Firmin

Bauby laissa aussitôt tomber les mondanités. Les taches claires de plusieurs visages s'étageaient dans la pénombre par-dessus la rambarde de l'escalier qui montait à l'atelier. Il la fit entrer dans le bureau et s'asseoir sur une chaise.

— Que vous arrive-t-il, ma chère ?

Voilà, elle était là la voix calme et rassurante qu'elle attendait. Elle réussit à dominer la panique qui l'avait submergée et, en quelques phrases hachées, parvint à expliquer : le malaise de son mari, ses difficultés à respirer, la crise cardiaque peut-être, le docteur Benavall qu'il fallait appeler d'urgence, le téléphone...

— Ne serait-il pas plus sage d'appeler une ambulance ?

Elle n'y avait pas pensé, mais non... Le cabinet de leur médecin de famille était à moins de vingt minutes. Denys Bauby feuilletait déjà le bottin pour trouver le numéro.

— En attendant, nous retournons chez vous, voir si nous pouvons aider votre mari. C'est peut-être une question de minutes...

Firmin Bauby leva la tête vers l'étage d'où plusieurs membres de la *colla* suivaient la scène, agglutinés en grappe.

— Eugène, prenez une paire de pinces pour découper le grillage de la clôture entre les deux propriétés, ça ira plus vite que de faire le tour. Vous nous y autorisez, ma chère Sybille ?

Il s'était tourné vers elle, le regard interrogateur. Même dans ces moments, il restait courtois. Elle opina précipitamment. Une pensée fugace la frappa : son mari serait furieux contre le « poissonnier » sans gêne. Qu'il le soit autant qu'il le veuille, pourvu qu'il vive !

— Mado, accompagnez-nous, voulez-vous ? poursuivait Firmin Bauby. Nous ne serons pas trop de trois pour allonger ce malheureux et l'installer plus confortablement avant l'arrivée des secours.

Il avait sonné le branle-bas de combat et, comme à un signal, tout le monde se mit en mouvement. Denys Bauby était en grande discussion au téléphone. Le pouce levé, il fit signe que le médecin se mettait en route. Eugène Fabregas, le tourneur de l'atelier, était déjà sorti, une pince coupante à la main. Ils lui emboîtèrent le pas. Sant Vicens accourait à la rescousse d'André Escande.

9

Les pleurs percèrent la nuit une fois de plus. Dans la journée, les bruits des voitures, les aboiements des chiens et les rires des enfants les couvraient, mais quand le silence se faisait, que même les animaux vagabonds se taisaient, ils étaient perceptibles malgré les deux jardins mitoyens qui séparaient les maisons. La petite pleurait très souvent. Trop. Et dormait très peu. Trois heures par jour. En deux fois. Christiane était épuisée. Robert aussi. Il lui arrivait de prendre une chambre à l'hôtel pour pouvoir récupérer l'espace d'une nuit et retourner à son travail. Suzanne lui avait proposé la chambre d'amis du premier étage, mais il l'entendait encore. Il disait que même dans la rue, en ville, il avait l'impression que les fenêtres lui renvoyaient ses cris en écho. Ils les avaient continuellement dans les oreilles. Suzanne essayait de les rassurer : certains enfants peinaient à trouver leur rythme de sommeil mais ça finissait toujours par s'arranger ! Toutefois, elle commençait à en douter : Jocelyne, la fille qu'Éliette avait eue début juillet, faisait déjà ses nuits depuis des semaines. Le pédiatre des Meunier était de plus en plus perplexe, lui aussi.

Pourtant quand elle était rentrée à la maison, encore un peu pâle et endolorie, Christiane Meunier rayonnait de bonheur, son bébé enveloppé dans un nid d'ange crocheté rose et blanc entre les bras. Suzanne lui avait offert un bouquet de son jardin aux couleurs assorties. Elle avait aidé Robert à nettoyer la maison et à finir d'aménager la chambre d'enfant. C'était une belle journée. Et une belle petite fille. Ils l'avaient prénommée Viviane, comme la fée des légendes arthuriennes, parce qu'elle allait « enchanter leur vie ». Mais comme c'était une mission lourde à porter pour un si petit bout de chou, pour l'instant c'était seulement « Vivi ». Tout s'annonçait sous les meilleurs auspices... si seulement elle dormait plus et pleurait moins !

— Encore cette fichue gamine ! Elle ne s'arrêtera donc jamais ?

Excédé, André enfouit sa tête sous l'oreiller. Elle lui avait dit la veille de ne pas oublier ses boules Quiès, mais le jour où il l'écouterait... Comme tous les hommes, son mari était un mauvais malade. Il avait pourtant connu une sévère alerte. Quand le docteur Benavall, arrivé en trombe, l'avait ausculté sur le fauteuil du salon où Firmin Bauby et Madeleine Antico avaient réussi, non sans mal, à l'installer, il avait fort heureusement exclu l'infarctus. Mais la tension d'André crevait le plafond. Oppressé, persuadé que son cœur le lâchait, il avait eu une crise de panique, ce qui n'avait pas arrangé les choses. Quoi qu'il en soit, le médecin avait été formel : il lui fallait un traitement médicamenteux, un régime adapté, de l'exercice régulier et éviter de s'énerver. C'était sans doute la prescription qu'il avait le plus de mal à respecter. Sur ce point-là, le livre avait raison quand il parlait des hommes face à la maladie : « Parmi eux, on en rencontrera de fort douillets, lisait-on page 108. Moins habitué que la femme à souffrir, monsieur se montre, en ces circonstances, agacé, de méchante humeur et facilement insupportable. » Elle était bien placée pour le confirmer. Heureusement, André ne gardait qu'un souvenir flou de son malaise, et s'il avait remarqué la présence de Firmin Bauby dans sa maison, sa voix si caractéristique l'exhortant : « Laissez-nous vous aider, mon cher », il l'avait oublié. Tant mieux. Il n'avait même pas relevé le « Sybille » qui avait échappé au maître de Sant Vicens. Quant à Mado, son mari ne la connaissait pas. Lorsqu'il l'avait interrogée ensuite sur ce qui s'était passé, Suzanne s'était contentée d'évoquer des passants qu'elle avait arrêtés dans la rue et qui avaient eu la gentillesse pour l'un de courir prévenir le docteur Benavall, pour les autres de lui prêter main-forte afin d'installer André plus confortablement. Juste un petit arrangement diplomatique avec la vérité, et pour le reste c'est très sincèrement qu'elle avait commenté :

— Vous voyez, mon ami, il y a encore des gens secourables ! Sans eux, je crois que je n'aurais su que faire... vous m'avez fait une de ces peurs !

Lui aussi avait eu peur. Cette impression d'étouffer, cette masse invisible qui pesait sur sa poitrine, l'enserrait, l'oppressait, lui avait rappelé les moments douloureux pendant la guerre où, cloué au lit par sa double pneumonie, il avait cru mourir. Cette fois, s'était-il dit, c'est la bonne. Évidemment il ne l'aurait pas avoué, même la tête sur le billot, mais s'il continuait à protester, ronchonner pour la forme, il suivait à la lettre les recommandations des médecins. Le docteur Benavall l'avait envoyé à l'hôpital faire des examens complémentaires. Voir toutes ces blouses blanches s'activer autour de lui à grand renfort de prises de sang, d'analyses d'urine, d'observations du rythme cardiaque, l'avait convaincu qu'il était passé tout près. Et même si les conclusions étaient rassurantes, Suzanne ne l'avait jamais vu aussi docile. À sa façon, bien sûr.

Elle avait renoncé pour un temps à ses visites à Sant Vicens. Firmin Bauby avait envoyé un mot pour demander des nouvelles et la presser de surtout faire appel à lui si elle avait besoin de quoi que ce soit. Elle avait répondu par la même voie, le remerciant avec effusion de son aide et de celle de toute la *colla.* Elle avait promis de les tenir au courant.

La main d'André tâtonnait sur le drap à la recherche de son bras. Depuis ce qu'il appelait pudiquement son « malaise », pour en minimiser la gravité, il avait pris cette habitude, curieuse tant elle lui ressemblait peu, de la chercher dans le lit comme pour s'assurer de sa présence à côté de lui. C'était à peine perceptible, juste une pression des doigts ou le frôlement de sa jambe contre la sienne, mais récurrent. L'angoisse d'une nouvelle crise le saisissait-elle la nuit ?

Dans la journée, c'était du regard qu'il la cherchait. Il était seul quand il s'était senti mal, se rassurait-il en la regardant vaquer à ses occupations ? Il n'était pas plus bavard qu'avant, Suzanne n'arrivait pas à savoir ce qu'il pensait ni la raison de ce manège. Était-ce un reproche muet ? Lui en voulait-il de ne pas avoir été à la maison cet après-midi-là ? À moins que la bonne santé de sa femme, qui ne souffrait même pas du plus banal des rhumatismes, ne lui rendît d'autant plus insupportable sa propre défaillance ? Suzanne culpabilisait, reprochait à Sybille sa négligence vis-à-vis de ses devoirs d'épouse, voire un certain égoïsme, et faisait de son mieux pour la remettre à la place qu'elle n'aurait jamais dû quitter : au fond, tout au fond d'elle-même, silencieux fantôme du passé.

La petite pleurait toujours. André s'était rendormi. Parfois elle se demandait si, en plus de ses problèmes de tension, l'âge aidant, il ne devenait pas un peu sourd. Les aiguilles phosphorescentes du réveil indiquaient quatre heures trente-cinq. De toute façon, elle ne se rendormirait pas. Suzanne ôta délicatement la main de son mari de son bras, repoussa le drap et la couverture, et se leva sans allumer la lampe de chevet. Depuis la nuit de la neige et de la panne d'électricité, elle était capable d'arpenter la maison dans le noir. Elle n'avait même plus besoin de compter ses pas ; c'était comme si la configuration des lieux s'était imprimée dans son esprit. Tout en nouant la ceinture de sa robe de chambre, elle se dirigea vers la cuisine. Ce début d'octobre était doux, il promettait un été de la Saint-Martin splendide, et elle avait soif. Un jappement assourdi salua son passage devant la porte du garage. Elle hésita un instant puis l'ouvrit ; elle n'avait pas envie de rester seule.

— Ne fais pas de bruit, ma puce, il ne faut pas réveiller ton patron.

Le boxer lui fit la fête, sa courte queue frétillant joyeusement, mais sans gémissement ; c'était un chien intelligent. Quelle idée de l'avoir appelé Cerbère ! André disait qu'il était « le gardien de son enfer ». Toujours à faire sa mauvaise tête. Pourtant, il appréciait les promenades quotidiennes préconisées par le médecin, les rallongeant même parfois, quand le temps s'y prêtait. Et plus d'une fois Suzanne l'avait surpris en pleine conversation avec l'animal, le prenant à témoin comme si celui-ci pouvait lui répondre. Cerbère jouait le jeu, penchant la tête, aboyant pour ponctuer le soliloque. Jamais elle n'aurait imaginé voir ça un jour ! Heureusement que son mari ignorait à qui il devait son compagnon à quatre pattes.

Fin juin dernier, comme elle n'avait pu résister à la tentation de suivre de loin les préparatifs de la fête qui devait avoir lieu sous les étoiles dans la cour de Sant Vicens, entre la cave et la maison occupée par les Antico, au pied de l'oranger amer, Firmin Bauby l'avait repérée sur son perchoir habituel, sous la pergola couverte de roses New Dawn. Il s'était approché et s'était enquis de la santé de « ce cher monsieur Escande ». Elle lui avait répondu et de fil en aiguille s'était retrouvée à lui parler de ce chien qu'elle devait trouver pour l'inciter à faire de l'exercice. Selon lui, quelle race conviendrait le mieux à la stature… et au sale caractère d'un homme qui affirmait supporter les animaux encore moins que les enfants ? Bauby lui avait conseillé en souriant un chien plutôt grand, l'ancien professeur de mathématiques aurait eu l'air ridicule à promener un caniche. Lui-même était toujours accompagné de son briard, qui devait faire la moitié de sa petite taille. Suzanne avait pris acte sans y attacher plus d'importance. Mais deux jours après, elle avait eu la surprise d'entendre sonner à la porte de la maison et de découvrir sur le seuil le favori du moment du maître de Sant Vicens, un paquet à la main. Dedans, emballée avec soin dans du papier de soie comme s'il s'agissait d'une précieuse œuvre d'art, il y avait l'assiette qu'elle avait décorée. Les blés, les coquelicots et le bleuet avaient pris des couleurs éclatantes, profondes, révélées par la chaleur parfaitement dosée du four. Elle en fut presque impressionnée. Ce bouquet estival était-il vraiment sorti de ses mains et des quelques traits esquissés sur un bout de papier ? Mais le jeune homme avait une autre surprise pour elle : dissimulé derrière sa silhouette sportive, car il était bien sage, déjà dressé, un jeune boxer patientait, ignorant qu'il allait hériter du nom du gardien des enfers qui était aussi celui de la commune la plus au sud de la côte catalane, celle qui tutoyait la frontière. Suzanne lui avait trouvé le même air, à la fois bourru et concentré, qu'André. Il était parfait. Elle avait remercié, un peu confuse mais ravie d'être débarrassée de l'épineux problème de trouver un compagnon de promenade à son mari. Elle avait commencé discrètement à éplucher les petites annonces de *L'Indépendant*, mais les particuliers cédaient essentiellement des chiots et, même en faisant preuve d'un optimisme béat, elle ne voyait pas son mari éduquer un animal, il n'en aurait ni la patience ni l'envie. Quant au refuge dont elle avait déniché l'adresse et qui proposait des chiens déjà adultes, il se situait à la campagne, forcément, il fallait du terrain. Ne conduisant pas, elle avait pensé faire appel au mari d'Éliette pour l'y emmener, mais il était souvent en déplacement pour son métier et, quand il était à Perpignan, il se consacrait à sa femme et à leurs deux enfants, Henri qui venait de fêter ses trois ans et la petite Jocelyne, quelques semaines à peine, mon Dieu comme le temps passait ! Le bébé était adorable et son grand frère cavalait partout, faisant tourner sa mère en bourrique, tel un petit lutin rieur ; Suzanne en était folle. Bref, la recherche du compagnon à quatre pattes « thérapeutique » qui obligerait André à sortir de la maison et s'oxygéner tournait à la quadrature du cercle... jusqu'à ce que Firmin Bauby intervienne, à point nommé comme il savait si bien le faire. Cet homme était un vrai magicien !

Suzanne ouvrit le petit placard de droite du buffet Mado et prit la boîte métallique qui avait contenu des croquants de Saint-Paul et où elle rangeait à présent des feuilles séchées de verveine. Elle n'aimait pas la camomille. Cerbère s'était couché sur le petit tapis devant la gazinière sur laquelle elle avait mis de l'eau à chauffer. Il était trop tôt pour boire un café. Les feuilles dans le sachet d'étamine, deux pierres de sucre. Le globe d'opaline du plafond diffusait une lumière jaune qui dorait le bois foncé de la table. Pour ne pas avoir à sortir la nappe, elle avait posé dessus un petit plateau en métal argenté : sa tasse en porcelaine blanche décorée d'une guirlande fleurie ne laisserait pas de trace. La petite avait cessé de pleurer. Ça n'allait pas durer. Dans le silence, un doux bruissement lui indiqua qu'une pluie fine tombait sur le jardin. Au matin, les pétales de ses roses seraient couverts de perles, bijoux précieux offerts par dame Nature. L'odeur puissante de la terre mouillée chatouillait déjà ses narines.

— J'espère que l'averse ne va pas durer, sinon ton patron saisira ce prétexte pour rester à la maison !

Elle ne disait jamais « ton maître » – quand on les voyait partir, on pouvait légitimement se demander qui promenait qui –, elle les voyait plutôt comme deux associés. Le boxer posa sa tête sur ses pattes croisées et poussa un gros soupir. Elle se retint pour ne pas éclater de rire, tout en soufflant sur son infusion bouillante pour la refroidir un peu.

Le médecin avait conseillé à André de suspendre ses travaux d'étude et de se changer les idées ; il désertait donc son bureau où sa Bible, dont les pages se cornaient à force d'être feuilletées, et le volumineux dossier assemblé depuis des années l'attendaient en vain. Mais il ne pouvait pas passer toute la journée dehors avec Cerbère ! Alors il investissait le salon, s'installait dans la bergère devant la fenêtre et imaginait des énoncés de problèmes de maths plus ardus, et disons-le plus tordus, les uns que les autres. Il en remplissait des cahiers. De quoi faire collectionner les zéros à des générations de lycéens. Là, il était dans son élément, il maîtrisait parfaitement l'exercice même quand il s'appliquait à le compliquer à plaisir. C'était sans doute sa façon de reprendre le contrôle. Sa vie avait bien failli lui échapper le jour de sa crise. Lui qui s'attachait à tout dominer, à commencer par ses émotions, ses sentiments, pour ne risquer aucune mauvaise surprise, s'était retrouvé sans défense face à ce coup du sort qu'il n'avait pas vu arriver. Il avait dû détester cela. D'ailleurs il avait refusé que Suzanne écrive à sa famille pour la prévenir. Depuis, il s'acharnait à remettre son existence sur les rails, à retrouver le chemin bien tracé, balisé, qu'il avait choisi de suivre depuis qu'il avait quitté le mas familial.

Elle inspira la buée qui s'élevait de la tasse et le parfum citronné de la verveine emplit ses narines. Elle avala précautionneusement une gorgée brûlante et se sentit revigorée. Le boxer s'était endormi sur le tapis. André serait furieux s'il le découvrait dans la cuisine : il avait décrété qu'il ne voulait pas voir Cerbère dans la maison.

Un chien, ça restait dehors ! Si on l'avait écouté, il l'aurait installé dans une niche au fond du jardin. Suzanne avait objecté que ce n'était pas un chien de garde mais en quelque sorte un « aide-soignant », que le garage était trop grand pour la 203 et qu'il y avait largement la place de l'y loger. Curieusement, le vieux ronchon n'avait pas protesté.

Au fur et à mesure que son mari reprenait possession de son monde, en restant à sa disposition pour l'y aider, elle perdait peu à peu le sien. Son jardin secret qui avait pris une belle ampleur, confortable, stimulante et pour tout dire inespérée, s'étiolait, se réduisait comme peau de chagrin. Elle avait cru naïvement qu'il lui suffirait à elle aussi de revenir à ses anciennes habitudes pour fermer cette parenthèse enchantée, mais c'était impossible. Sybille manquait à Suzanne. Chaque jour davantage. Elle l'avait sortie de sa longue et profonde léthargie et n'avait nulle envie de la voir se rendormir. Elle se serait sentie amputée de ce qui était peut-être la plus belle partie d'elle-même, certainement la plus vraie.

Elle reposa la tasse dans l'évier. La porcelaine tinta en heurtant la faïence et Cerbère ouvrit un œil, vite refermé, rassuré. Elle rangeait le plateau dans le buffet quand Vivi se remit à pleurer. Les vagissements stridents perçaient le murmure hypnotique de la pluie. Une vingtaine de minutes de répit et c'était déjà fini. Suzanne imaginait sans peine l'impuissance et l'épuisement de Christiane Meunier. La dernière fois où elles avaient échangé quelques mots, la jeune mère s'était efforcée de plaisanter malgré sa mine de papier mâché et les grands cernes mauves sous ses yeux :

— Je comprends maintenant pourquoi on dit que « le marchand de sable est passé » : avec le manque de sommeil, j'ai l'impression d'avoir des petits grains sous les paupières... c'est très douloureux.

Suzanne la croyait sans peine. Et compatissait. Elle-même, qui avait toujours eu des nuits paisibles, souffrait d'insomnie ces derniers mois. L'âge n'y était peut-être pas pour rien, mais ses oreilles aux aguets, sondant sans qu'elle le veuille les murmures nocturnes, espérant un silence apaisé, la maintenaient en veille. Un bébé qui pleure beaucoup, ça arrivait : inconfort, coliques, angoisses... mais dormir si peu, ce n'était pas normal. À cet âge-là, comme disait André pour expliquer son désintérêt des nourrissons, « ça dort, ça mange et ça ch... ». Un aphorisme grossier mais juste.

Suzanne jeta un regard envieux au boxer qui s'agitait dans son rêve. Peut-être courait-il après un lapin ? Heureux « gardien de son enfer » qui gambadait au pays des songes ! Un pays dont la porte refusait obstinément de s'ouvrir pour elle. Il n'était pas encore cinq heures et demie. Suzanne passa dans le salon, cueillit d'une main son sac à ouvrage et alla s'installer dans le petit fauteuil bridge, la bergère à haut dossier convenant mieux à la stature d'André. Elle déballa le fin tissu et les fils de couleur. Quand Robert Meunier était revenu de la maternité pour annoncer, fou de joie, qu'il était papa d'une jolie petite fille, elle avait entrepris de broder au point de croix le prénom de Viviane autour duquel voletait une nuée de papillons multicolores. Elle y avait mis tout son cœur et avait terminé juste à temps pour que son cadeau de bienvenue, dûment encadré et accroché au-dessus du berceau, accueille sa nouvelle petite voisine. Elle avait prévu de lui confectionner un drap et de broder le rabat avec le même motif. Mais vu ses problèmes d'endormissement, elle s'était ravisée. Une autre idée lui était venue alors qu'elle admirait une fois de plus le bouquet champêtre de l'assiette en céramique désormais exposée sur un support à côté du poste de radio, dans la lingerie : des coquelicots paraissaient un choix plus pertinent, de la famille du pavot, ils favorisaient le sommeil. Les insomniaques ne faisaient-ils pas sécher ses pétales fragiles et fripés comme du papier de soie pour confectionner des infusions salvatrices ? À peine ouverts ou largement épanouis, une dizaine d'entre eux, patiemment brodés au point de tige, fleurissaient déjà sur le coton blanc.

Suzanne enfila une aiguillée de fil rouge écarlate.

La pluie s'était arrêtée. Le ciel avait viré au bleu lavande, l'éclat des étoiles s'amenuisait, à l'est, une lueur blafarde annonçait le lever du jour. Derrière l'écran des cyprès, le portail des Meunier grinça : Christiane sortait promener sa fille. Ce n'était que bercée par le léger roulis du landau anglais bleu marine et blanc à hautes roues que Vivi s'endormait enfin. Sa mère, qui n'avait quasiment pas fermé l'œil de la nuit, faisait le tour du quartier en le poussant, une fois, deux fois, dix fois. Robert en profitait pour goûter quelques instants de paix. Il serait parti depuis longtemps à son travail quand son épouse reviendrait, deux heures plus tard. La grande aiguille de la pendule du salon se rapprochait de moins le quart ; elle était réglée comme du papier à musique. Suzanne replia le drap désormais riche de quelques coquelicots supplémentaires en se promettant de proposer à Christiane de sortir promener la petite le lendemain ; ainsi la pauvre femme épuisée pourrait se reposer un peu, récupérer. Demain, pas aujourd'hui, parce que ce matin Suzanne devait absolument rester chez elle.

Elle remballa son ouvrage, rangea son sac derrière la bergère et retourna dans la cuisine.

— Allez hop, ma puce, il faut retourner dans le garage. Si ton patron te surprend ici, tu vas te faire gronder… et moi avec !

Le boxer, toujours lové sur le petit tapis, lui jeta un regard de reproche. Elle frappa dans ses mains pour l'inciter à se dépêcher. Avec un soupir, Cerbère se résigna à se relever et la suivit en trottinant jusqu'à la porte.

— Ne fais pas la tête, le rassura-t-elle en lui gratouillant le sommet du crâne, tu n'y resteras pas longtemps. Mon petit doigt me dit que ce matin, tu vas faire une longue balade !

Le temps de refermer le battant et elle entendit sonner le réveil dans la chambre. André le réglait toujours un quart d'heure en avance pour se donner le temps d'émerger, d'enfiler ses lunettes, ses pantoufles, d'aller à la penderie chercher chemise, pantalon, veste, sans oublier la cravate, car il s'habillait toujours dès le saut du lit comme lorsqu'il allait au lycée, d'ouvrir les volets, de considérer le ciel et de mesurer le vent pour en déduire la couleur de la journée, pour finalement sortir dans le couloir à sept heures pile. Il irait se passer de l'eau sur le visage et se brosser les dents après le petit déjeuner. C'était le même rituel tous les matins. Elle avait juste le temps. Pendant que le café passait, elle mit le gril sur le feu de la gazinière et posa dessus les tranches du pain de la veille. La nappe sur la table, le beurrier, le sucrier pour elle, les bols et les petites cuillères. Retourner le pain sur la plaque métallique alvéolée pour qu'il ne brûle pas. Suzanne sortit dans le jardin et descendit l'allée jusqu'à la boîte aux lettres pour récupérer le journal qu'un distributeur de *L'Indépendant* venait y déposer chaque jour. Tandis qu'elle revenait vers la maison, elle jeta un coup d'œil à la Une : le docteur Benavall avait bien recommandé à André d'éviter de s'énerver. Or, avec les événements d'Algérie, l'actualité était particulièrement préoccupante et sujette à controverses. Les parachutistes du général Massu avaient gagné la bataille contre le FLN et les attentats avaient cessé à Alger. Mais le recours à la torture par l'armée française faisait polémique. Le gouvernement de Maurice Bourgès-Maunoury était tombé, on attendait de savoir qui allait lui succéder. Ah, une bonne nouvelle ! Quand même. Albert Camus allait recevoir le prix Nobel de littérature. Elle préférait découvrir les informations la première afin de pouvoir se préparer à désamorcer un éventuel coup de colère. Elle replia le quotidien et le déposa près du bol bleu. Le pain grillé et le café embaumaient la cuisine. Tout était prêt. André fit son entrée.

— Enlevez les tranches du gril avant que ce soit du charbon !

Égal à lui-même, il n'y a pas d'heure pour les braves ! Suzanne ne releva pas. Elle ne se précipita pas non plus, sa routine matinale était bien rodée. Elle éteignit le gaz et fit glisser le pain sur une assiette. Son mari entamait déjà la lecture du journal qu'il avait appuyé contre la cafetière. Suzanne avala son café rapidement : sa nuit écourtée lui avait coupé l'appétit. Et puis il fallait qu'elle se prépare. Une chemise de nuit, comme son nom l'indique, n'est pas faite pour être portée dans la journée, et il était hors de question qu'elle ouvre sa porte à qui que ce soit vêtue ainsi ! Elle posa son bol jaune dans l'évier et annonça :

— Je vais me laver et m'habiller. Vous n'avez pas oublié qu'on vient nous installer le téléphone, ce matin ?

Le grognement qui lui répondit n'avait rien d'enthousiaste. Elle s'en contenta. Il lui avait fallu des semaines pour le convaincre. La frayeur qu'il avait éprouvée lorsqu'il s'était cru à l'article de la mort n'avait pas suffi à le faire changer d'avis : pas question pour lui d'accourir dès qu'on le sonne comme un domestique ! Suzanne avait beau le mettre en garde, la prochaine fois il n'aurait pas autant de chance et le médecin arriverait trop tard, il n'en démordait pas.

— Voyez la ligne téléphonique comme une ligne de vie, avait-elle insisté. Comme les alpinistes. S'ils s'encordent, c'est pour s'entraider et éviter la chute fatale.

Il avait haussé les épaules.

— Je n'aime pas la montagne.

Irréductible. De guerre lasse, elle avait fini par promettre qu'il n'aurait pas à répondre aux appels, elle s'en chargerait. De toute façon, ils ne divulgueraient leur numéro qu'à leurs proches... qui eux-mêmes n'étaient pas équipés mais pourraient au besoin appeler de chez un voisin ou d'une cabine téléphonique. C'est dire si les occasions seraient rares. L'appareil était là pour les cas d'urgence. Curieusement, c'est quand elle avait laissé échapper qu'elle-même ne rajeunissait pas, qu'elle n'était pas à l'abri d'une chute dans l'escalier ou d'une attaque, qu'elle se sentirait l'esprit plus tranquille de pouvoir joindre le docteur au plus vite, qu'il avait capitulé.

Debout devant le lavabo de faïence blanche, elle faisait ses ablutions avec entrain. Le matin, elles étaient un peu sommaires ; elle avait l'habitude de se récurer des pieds à la tête avec un gant savonné tous les soirs avant d'aller se coucher. Elle aimait se sentir fraîche et nette, elle dormait mieux. Depuis toujours. Quand elle était gamine, sa grand-tante Anna se moquait gentiment d'elle en affirmant qu'elle finirait par s'arracher la peau. Pour sa part, elle évitait tout contact avec l'eau : « Je suis propre, se vantait-elle, pourquoi devrais-je me laver ? » Suzanne l'adorait, elle savait si bien raconter les histoires du temps jadis et les légendes peuplées de *bruixes, dracs* et *simiots*[1]. Blottie dans son giron, la petite fille se sentait aimée et en sécurité… malgré les effluves de graillon, de transpiration et de pisse qui faisaient comme un halo autour d'elle ! Quand la maison avait été construite, Suzanne avait donc insisté pour avoir une vraie salle d'eau. Pas question de se laver à l'évier de la cuisine comme c'était le cas dans la plupart des logements ! Elle avait même obtenu de pouvoir se doucher : il suffisait de rabattre le caillebotis prévu à cet effet sur les toilettes à la turque, de se placer sous le pommeau et de tourner le robinet. C'était très ingénieux. Elle l'utilisait une fois par semaine, le samedi soir par habitude, même si elle n'allait plus à la messe depuis son mariage. Elle préférait cette pluie revigorante à la baignoire dans laquelle sa sœur et elle macéraient, enfants, chez leurs parents.

Le miroir embué lui renvoyait l'image d'une femme que les ans rattrapaient. Sa peau commençait à se flétrir,

1 En catalan, les *bruixes* sont des sorcières, les *dracs*, des dragons et les *simiots* des monstres à corps de lion et à tête de singe.

ses traits à s'affaisser, mais son regard pétillant restait juvénile et le gris de ses cheveux soyeux adoucissait son visage tout en lui donnant un air des plus distingués. Elle ne s'en tirait pas trop mal, en fin de compte. Elle était habillée et finissait de fixer son chignon avec de longues pinces lisette quand elle entendit André siffler le « gardien de son enfer » puis la porte d'entrée claquer. Elle savait qu'il fuirait l'invasion de son logis par les techniciens de la compagnie du téléphone. Comme elle le lui avait promis, Cerbère allait bénéficier d'une promenade prolongée.

10

— Ils disent que c'est de ma faute !

Le joli visage de Christiane était crispé, ses yeux éperdus, noyés. Suzanne lui tendit son mouchoir. Quand, répondant à son coup de sonnette, elle lui avait ouvert la porte et l'avait découverte sur le seuil, elle s'était dit, le cœur serré, qu'un malheur venait d'arriver. Ce n'était pas Vivi, Dieu merci, on l'entendait brailler d'ici, et pour une fois la femme d'André Escande en fut ravie. Robert ? Elle avait fait entrer l'infortunée, incapable d'articuler une parole, et l'avait fait asseoir dans la cuisine. Elle ne voulait pas déranger son époux… à moins que ce ne soit l'inverse.

La jeune femme semblait dévastée, elle faisait vraiment peine à voir. Suzanne avait pensé lui offrir une tasse de café puis, réflexion faite, avait opté pour quelque chose de beaucoup plus fort. Elle avait plongé dans le buffet pour en exhumer une bouteille à l'étiquette jaunie : du rancio sec[1], de quoi lui donner un bon coup de fouet ! Elle lui en avait versé un petit verre en lui ordonnant :

— Comme dirait mon mari : jusqu'à la dernière goutte !

1 Vin produit en Pays catalan, blanc ou rouge, mis à vieillir au moins cinq ans en plein air en fûts de chêne où il subit une lente oxydation.

Maintenant, Christiane était prête à parler… mais ce qu'elle laissait échapper entre deux sanglots semblait n'avoir aucun sens.

— Qu'est-ce qui est de votre faute ? Et qui sont ces « ils » ?

Christiane renifla, essuya ses larmes.

— Les docteurs… Nous avions rendez-vous à l'hôpital pour faire examiner Vivi, essayer de comprendre.

Elle eut un geste las. Ils avaient déjà vu tant de médecins en ces deux ans de la courte vie de sa fille. Son regard ne se fixant pas, ils avaient vérifié qu'elle n'était pas aveugle. Ni sourde.

— La petite a déjà subi tellement d'examens, objecta Suzanne d'une voix douce en s'asseyant à côté d'elle. Et personne n'y comprend rien…

— Cette fois, ils ont fait venir un spécialiste, un psychiatre de Montpellier. Un homme d'un certain âge avec une barbe, des lunettes et une blouse blanche. Vivi n'arrêtait pas de hurler. Elle se débattait. Il m'a ordonné sèchement de la lâcher. Elle est partie se cacher derrière le battant de la porte. J'entendais l'arrière de sa tête cogner la cloison.

Ses traits se chiffonnèrent à nouveau et elle replongea dans le mouchoir. Ne sachant que faire, Suzanne posa une main apaisante sur son épaule.

— C'est là que le spécialiste… il s'est présenté mais je ne me souviens plus de son nom…

D'une pression, Suzanne lui signifia que ce n'était pas grave, l'invitant à continuer. Christiane prit une profonde, douloureuse inspiration.

— Il a dit que si Vivi pleurait tout le temps, si elle faisait ses crises, si elle refusait tout contact, physique comme visuel, c'est parce que je ne suis pas assez chaleureuse, elle se sent seule et elle se replie sur elle-même. Je l'aime mal... je suis nocive pour elle.

Suzanne n'en croyait pas ses oreilles.

— C'est parce que vous êtes inquiète ! Qui ne le serait pas ? Moi-même je n'en dors pas quand je l'entends la nuit... Cet homme confond les causes et les conséquences !

Christiane secoua la tête.

— Il a expliqué qu'il avait étudié des dizaines de cas et qu'à chaque fois c'était la mère la cause... la mère la fautive.

Sa voix s'était éraillée sur le dernier mot. Elle se remit à pleurer. Comment pouvait-on être aussi cruel ? Suzanne n'avait jamais été mère mais elle était révoltée.

— Oh, le regard que Robert m'a jeté, hoquetait la jeune femme. J'aurais voulu rentrer sous terre. J'avais l'impression d'être un monstre !

Suzanne était partagée entre la consternation et la colère. Une colère noire telle qu'elle en avait rarement ressentie. Elle avait d'ordinaire le plus grand respect pour le corps médical et son savoir qui pouvait sauver des vies. Elle ne discutait jamais le diagnostic ni les prescriptions du docteur Benavall : il avait fait de longues études pour ça, il savait mieux qu'elle. Mais là, quelque chose hurlait au fond de son ventre qui n'avait jamais porté la vie. Une révolte viscérale au nom des enfants qu'elle n'avait pas eus et de ceux qui avaient été les siens par procuration, l'espace de quelques heures. Elle ressentait personnellement cette mise en cause.

Christiane avait-elle pour sa part dépassé ce stade ? Elle était submergée par le désespoir et un sentiment de culpabilité qui lui faisait déjà accepter le verdict du « spécialiste ».

— Mais au fait, s'inquiéta Suzanne, qui garde Vivi pendant que vous êtes ici ?

Cette question, naturelle pourtant, fit redoubler les sanglots de sa voisine.

— À deux ans, Vivi est encore trop jeune pour être placée dans une institution. Le spécialiste a dit qu'elle pouvait entrer dans une expérience qu'il était en train de mener. Les médecins de l'hôpital ont assuré que nous avons beaucoup de chance. Ils nous ont envoyé une infirmière puéricultrice qui a l'expérience de ces cas-là et ils m'ont demandé de m'éloigner… Je suis indésirable dans ma propre maison, je représente un danger pour ma propre fille, et à cause de moi, mon mariage et ma famille sont en train de faire naufrage. Mais qu'est-ce qui s'est passé ?

Elle s'écroula sur la table, le visage dans ses mains, et Suzanne resta à la regarder sans savoir que faire. Oui, que s'était-il passé ? Elle se souvenait de la première fois où elle avait vu les Meunier, petit couple amoureux planté au milieu du terrain défoncé d'où on venait d'arracher les souches d'abricotiers, imaginant le nid douillet qu'ils allaient s'y construire et les enfants qu'ils allaient y élever. Elle les avait trouvés si mignons, si touchants. Elle en avait presque été jalouse. Et trois ans plus tard, tout avait volé en éclats. Ça paraissait insensé, irréel.

Elle avait bien besoin d'un petit remontant, elle aussi. Elle se versa un verre de rancio et le porta à ses lèvres. Le vin ambré chauffa sa gorge, il avait un petit goût de figue et même de chocolat. Délicieux mais un peu raide aussi ! Ses yeux s'embuèrent et elle toussa.

— Je vous comprends, ma chère enfant, vous avez l'impression que tout vous échappe…

L'alcool faisait son office, ses idées étaient plus claires.

— … mais il faut se dire que peut-être il sortira quelque chose de bien de tout ça. Je suis sûre que vous n'êtes pour rien dans les crises de Vivi, mais peut-être qu'une personne étrangère, avec un regard qui n'est pas biaisé par l'amour maternel, pourra enfin prendre les choses par le bon bout et comprendre ce dont elle souffre. Il faut l'espérer…

Christiane avait relevé la tête. Les yeux rougis, elle l'écoutait attentivement, prête à se raccrocher à cette lueur d'espoir que la sexagénaire venait d'allumer.

— N'oubliez jamais : un mal pour un bien. Et nous allons commencer par mettre cette idée en pratique tout de suite…

Elle se leva et, prenant le bras de la jeune femme, l'incita à faire de même.

— Après toutes ces nuits blanches, vous êtes épuisée. Votre fille est sous bonne garde ? Profitez-en pour vous reposer.

Elle eut un petit rire.

— Je savais bien que la chambre d'amis servirait un jour ! Venez, suivez-moi… Une sieste vous fera le plus grand bien.

Christiane se laissa conduire, docile.

— Mais que va dire votre mari ? objecta-t-elle cependant tandis qu'elles longeaient le couloir. D'après ce que vous m'en avez dit, il tient beaucoup à ne pas être dérangé !

Suzanne lui tapota l'avant-bras d'un geste apaisant.

— Vous ne dérangez personne, ma chère ! André, j'en fais mon affaire… et de toute façon, le premier étage est mon domaine, il n'y met jamais les pieds.

Elles étaient arrivées en haut des marches. Suzanne ouvrit la porte en grand.

— Vous êtes ici chez vous, mettez-vous à l'aise. Je vais vous apporter des boules Quiès. Même d'ici, on entend les cris de Vivi. Un peu de silence, c'est ce qu'il vous faut !

Elle alla fermer les rideaux de velours pour plonger la pièce dans la pénombre. Christiane s'était assise sur le couvre-lit bleu ciel à volant. Le couple de bergers en biscuit la regardait avec compassion.

— Je vous laisse. Mais souvenez-vous : un pas après l'autre, nous réglerons les choses au fur et à mesure.

Le paon arpentait la pelouse d'un pas lent et altier, traînant derrière lui sa queue ocellée d'yeux irisés. Sous son aigrette, ses petits yeux noirs en boutons de bottines jetaient des regards à droite et à gauche comme pour s'assurer que tout le monde l'admirait. Il faisait irrésistiblement penser à la danseuse de flamenco que Suzanne avait vue danser au Centro Español avant la guerre. La traîne chatoyante, le haut peigne dans les cheveux, le port de tête… Il avait fallu rattraper trois fois Henri qui voulait lui courir après. Mais quand l'oiseau bleu s'était arrêté pour dresser ses longues plumes frémissantes en éventail, le petit garçon avait tellement été impressionné que depuis, il restait à distance prudente, attendant que le miracle se reproduise et que le « prince des mille et une nuits » refasse la roue. Du haut de ses cinq ans, il découvrait la lecture et émaillait ses propos, à plus ou moins bon escient, de mots ou expressions qu'il venait de découvrir. Il était trop drôle. Jocelyne, elle, était plutôt attirée par les daims au dos moucheté, et elle venait toutes les cinq minutes tirer la main de sa grand-tante pour qu'elle l'accompagne jusqu'à l'enclos. Courageuse mais pas téméraire. À deux ans, elle trottinait partout mais prenait bien garde de rester à proximité d'un adulte.

— Allons, Jos, laisse tata tranquille, la sermonna Éliette. Ça fait déjà quatre fois qu'elle t'emmène voir les « bambis » ! Joue un peu avec ton poupon.

Elle sortit le baigneur de son sac et le tendit à sa fille qui s'assit avec lui dans l'herbe sous un des immenses platanes cent-cinquantenaires. La petite entama avec « Colas » – en tout cas c'est le prénom qu'elle semblait lui donner – une conversation à sens unique dont elle était la seule à comprendre le sens. Elle babillait avec conviction, faisant les questions et les réponses avec les mines appropriées. Un vrai moulin à paroles.

Installée sur un banc au côté de sa filleule, Suzanne savourait la fraîcheur des ombrages en ce chaud après-midi de juillet. Le murmure de l'eau qui ruisselait dans la fontaine dominée par le groupe sculpté par Jean-Baptiste Belloc, *Le Printemps et Bacchus*. Le gazouillis des oiseaux dans les volières. Les rires des enfants qui se poursuivaient entre les arbres. Elle avait toujours adoré le square. Officiellement, il avait été baptisé « square Bir-Hakeim » une douzaine d'années auparavant, mais personne n'utilisait ce nom. Comme pour la place Gambetta, qui était pour tout le monde la place de la cathédrale, ou l'avenue du Général-de-Gaulle qui restait l'avenue de la Gare. La force d'inertie de l'habitude. Ah, le square ! Bon nombre de Perpignanais préféraient la promenade adjacente qui avait connu tant de grandes heures de la ville : les concerts de musique militaire, les manèges de la foire de la Saint-Martin chaque mois de novembre, les soirées d'intrigue du carnaval en février, le premier concours régional agricole en 1862, la Grande Exposition régionale du Sud de la France en 1890, la manifestation des gueux, point d'orgue de la crise viticole, en 1907, et les concours de gymnastique, l'arrivée d'une étape du Tour de France et celle du grand prix automobile remporté par Fangio en 1949. Mais pas Suzanne. Elle aimait la quiétude des allées ombreuses, la lumière verte qui perçait les feuillages et le souvenir de la fillette qu'elle avait été, en robe de broderie anglaise et nœud de satin dans les cheveux, penchée par-dessus la rambarde du petit pont pour regarder frétiller les poissons rouges dans le canal. Sa grand-mère l'y emmenait tous les jeudis avant qu'elle entre comme pensionnaire à Notre-Dame-de-Bon-Secours. Qu'il était loin, ce temps où elle sautillait entre les bonnes d'enfants et les pioupious en permission qui leur comptaient fleurette ! Aujourd'hui les gamins ne couraient plus après leur cerceau mais les petites filles continuaient à confier leurs secrets à leurs poupées. Comme Jocelyne. Mais pas Vivi. Quand Suzanne voyait sa petite nièce courir vers elle en riant et grimper sur ses genoux pour avoir un câlin, elle ne pouvait s'empêcher de faire la comparaison. Les deux petites avaient moins de deux mois d'écart, elles auraient pu jouer ensemble, là sur la pelouse, sous l'œil attendri de Christiane et Éliette. C'est ainsi que cela aurait dû se passer. Mais Vivi ne parlait pas. Même en baragouinant. Pas un mot. Juste des cris et des pleurs. Elle ne jouait pas non plus. Elle passait de longues minutes assise par terre à se balancer en fixant une minuscule tache sur la tapisserie de sa chambre, puis se mettait tout à coup à hurler comme si quelque chose la terrorisait. Et ce qu'elle supportait le moins, c'était qu'on veuille la prendre dans les bras. Elle se débattait comme un démon. Suzanne avait essayé une fois, en l'absence de l'infirmière puéricultrice qui n'aurait certainement pas approuvé, à la demande de Christiane, qui voulait savoir si elle était la seule que sa fille repoussait. Un désastre. Elle s'en était tirée avec une morsure à la main gauche et une griffure sur l'autre bras. La nurse qui venait quotidiennement s'occuper de Vivi, suivant les instructions du « spécialiste » de Montpellier, n'essayait même pas. Elle restait à distance, notant sur un carnet le comportement de sa jeune patiente aux différentes heures de la journée, déplaçant un meuble pour qu'elle ne se fasse pas mal, regardant si ce changement avait une incidence sur son comportement. Était-ce ainsi qu'elle espérait la faire évoluer ? Christiane n'osait rien dire, écrasée par le poids de la responsabilité qu'on voulait à toute force lui faire endosser. Robert, pour sa part, était trop fatigué pour s'en inquiéter quand il rentrait. Sa fille dormait toujours aussi peu et il avait parfois du mal à rester éveillé à sa table à dessin. Il était trop épuisé pour aller chercher ailleurs le foyer paisible qu'il ne trouvait plus chez lui, c'était le seul avantage. Il considérait Vivi, avec résignation, comme la croix qu'il devait porter, le châtiment d'un horrible péché qu'il ne se souvenait pas avoir commis. À moins que ce ne fût à venir, une punition par anticipation. Aussi passait-il le moins de temps possible chez lui, se noyant dans le travail, acceptant toutes les heures supplémentaires. Comme ils participaient à une expérience scientifique, il ne restait qu'une part des honoraires à leur charge, malgré cela, avoir une nurse à demeure à la maison coûtait cher, un vrai gouffre, et il fallait bien qu'il aille chercher l'argent où il était. Mais c'était un prétexte, Suzanne en était convaincue : il fuyait le lieu du désastre. Elle lui en voulait de laisser ainsi sa jeune femme seule dans cette épreuve. Sans parler de sa fille, même si celle-ci ne se rendait compte de rien. Quoiqu'on ne puisse pas le savoir. Ce n'était pas digne d'un homme bien. Elle le soupçonnait même de boire. Il traînait dans les bars pour retarder encore l'heure de son retour.

Suzanne se sentait d'autant plus obligée de compenser son absence en soutenant Christiane. Un après-midi, pendant que celle-ci se reposait dans la chambre d'amis – André n'avait eu d'autre choix que d'accepter –, la sexagénaire en avait profité pour jeter un coup d'œil sur ce qui se passait chez les Meunier. Elle avait sonné à la porte, un gâteau au chocolat posé sur une assiette à la main. La maison était silencieuse, Vivi était calme. Pour l'instant. La nurse était venue lui ouvrir, souriante sous sa coiffe blanche. Elle avait la quarantaine, un visage rond éclairé de doux yeux noisette et encadré de courts cheveux châtains. Très loin du dragon qu'elle s'était imaginé.

— Bonjour, je suis la voisine, s'était-elle présentée. Je me suis dit que vous deviez parfois trouver le temps long et je vous ai confectionné une petite douceur pour agrémenter votre café.

Elle avait vu juste. Le sourire s'élargit encore et la nurse l'invita à entrer ; la solitude de ses journées en tête à tête avec la petite devait parfois lui peser. Cinq minutes après, toutes deux devisaient comme de vieilles amies devant une tasse fumante et une tranche de gâteau.

L'infirmière s'appelait Jeannine, elle était de Narbonne et célibataire.

— Une vieille fille, quoi ! avait-elle plaisanté. J'aime mon métier, je suis dévouée à mes jeunes patients, et il n'y a de la place pour personne d'autre.

Après cet aveu plein de franchise, Suzanne l'avait trouvée éminemment sympathique. Elle avait aiguillé la conversation sur Vivi, qui commençait à se faire entendre dans sa chambre, et Jeannine l'avait invitée à la suivre pour voir par elle-même.

— Elle commence juste à s'habituer à ma présence, expliqua-t-elle dans le couloir, je vous prie de rester en retrait, en dehors de la pièce. Il ne faut pas bousculer son cadre familier, ses repères qui la rassurent, sous peine de provoquer une crise.

Suzanne avait donc suivi ces instructions à la lettre, dissimulée du mieux qu'elle le pouvait derrière le chambranle de la porte. Vivi était assise sur un épais tapis couleur sable, sans doute prévu pour lui éviter de se faire mal. Elle était blonde comme sa mère, les cheveux coupés au bol, au milieu des oreilles. Il devait être difficile de la coiffer. Christiane aurait sans doute rêvé de brosser longuement ses mèches d'or, de lui faire des nattes, de lui nouer un ruban sur le sommet de la tête, mais sa seule présence faisait hurler sa fille, la toucher la faisait se débattre comme si son contact la brûlait, par conséquent, couper court sa chevelure était le plus pratique... même si cela avait dû être un crève-cœur. Vivi avait bien grandi depuis la dernière fois où Suzanne l'avait vue. Son berceau avait été remplacé par un lit à barreaux, mais le cadre brodé avec son prénom et les papillons était toujours accroché au mur. Elle en fut touchée : ainsi, même en son absence, un bout d'elle veillait sur la petite. Jeannine entra dans la pièce à pas lents, en lui parlant d'une voix douce. Elle avait emporté avec elle un bout de gâteau enveloppé dans une serviette de table. Elle posa le tout sur une table basse en incitant la fillette à venir s'y installer pour y goûter. Elle le lui répétait en une sorte de mélopée lénifiante. Un mot revenait sans cesse : « regarde », « regarde-moi », « tu me regardes ? ». Suzanne l'avait déjà remarqué quand Vivi était plus petite : elle n'observait jamais personne en face. Le visage tourné, elle regardait ailleurs, gardant seulement son « interlocuteur » dans sa vision périphérique, au coin de l'œil. Jeannine continuait à lui parler : « Regarde comme il a l'air bon, ce gâteau. » On aurait dit un dresseur s'efforçant d'apprivoiser un petit animal. Vivi finit par se lever et s'approcha de la table en marchant sur la pointe des pieds. Un jeune faon.

Jocelyne s'était plantée devant le banc, traînant son poupon après elle. Elle avait les mêmes yeux que Suzanne : verts avec de petits points dorés. Et ils la regardaient bien en face sous sa frange brune.

— Tu veux retourner voir les daims, ma chérie ?

Éliette s'apprêtait à intervenir mais un cri de douleur strident la fit se lever d'un bond. Henri venait de trébucher en courant avec d'autres gamins de son âge et de s'écorcher le genou sur la bordure de la pelouse. Voyant sa mère voler à son secours, il se mit à pleurer. Suzanne dissimula un sourire : sans réaction d'Éliette, il se serait relevé aussitôt pour continuer à jouer avec ses camarades. Elle reporta son attention sur Jocelyne, que les déboires de son frère ne semblaient pas émouvoir.

— Oui, pardon, ma puce… Viens, je t'emmène.

La petite secoua la tête avec un grand sourire.

— On fait *bim bom*? quémanda-t-elle, les yeux brillants.

Et sans attendre la réponse, elle se hissa sur les genoux de Suzanne, son baigneur toujours serré contre son flanc. Sa grand-tante savait ce que Jos attendait : la maintenant par les épaules, elle se mit à se balancer d'avant en arrière en fredonnant.

— *Bim bom, les campanes de Salom*[1]…

À chaque fois que la petite basculait, elle riait aux éclats. Quel bonheur de voir une enfant en bonne santé, joyeuse, vive, épanouie !

Quand Suzanne avait demandé à Jeannine si on savait de quoi souffrait Vivi, la nurse avait paru embarrassée.

— C'est un trouble qu'on a identifié depuis peu. Seulement après la guerre, quand les travaux de l'Autrichien Hans Asperger et de Leo Kanner, un Américain d'origine galicienne, sont arrivés en France. Et encore… C'est très flou. Les symptômes varient. Les psychiatres s'y cassent les dents.

Elle avait fini par lâcher le terme : autisme infantile précoce… ce qui n'éclairait guère Suzanne. À son retour à la maison, Christiane dormait encore et André jubilait dans le salon en concoctant une similitude complexe formant une suite numérique dont les élèves de mathélem auraient bien du mal à se dépêtrer… si jamais ils tombaient un jour entre les griffes de l'ancien professeur. Elle en avait profité pour se faufiler dans son bureau et chercher le mot dans le dictionnaire. Mais nulle part il n'en était fait mention. Il

1 Comptine catalane.

est vrai que leur Littré n'était pas de la première jeunesse. Il n'était pas à jour des nouveautés.

— Mais quelle bonne surprise ! Et quel tableau touchant... Vous ici en famille, ma chère Sybille !

Suzanne interrompit net son manège à la vue d'Odette Bauby. L'épouse de Denys était une belle femme brune, à peu près du même âge qu'elle, petite et mince également mais avec beaucoup plus d'allure. On disait que, dans sa jeunesse, elle avait été une des plus jolies filles de Perpignan, et à la voir encore aujourd'hui, on ne pouvait en douter. Elle était toujours élégante et Suzanne admira sa robe noire à petits pois blancs éclairée par un col châle et une double rangée de boutons blancs aussi – c'était d'un chic !

— Que voilà une mignonne petite fille, s'extasia Odette en se penchant vers Jocelyne qui, déjà sensible aux compliments, lui rendit son sourire radieux.

Éliette revenait vers le banc après avoir nettoyé le genou de son fils avec son mouchoir mouillé d'eau de la fontaine. Henri était déjà reparti cavaler de plus belle. Suzanne fit les présentations.

— Vous avez de bien beaux enfants, chère madame, reprit courtoisement Odette, je suis ravie de faire votre connaissance. Faites comme votre marraine : si vous passez du côté de Sant Vicens, arrêtez-vous nous dire un petit bonjour !

Éliette, qui avait beaucoup entendu parler des Bauby par Suzanne, répondit que ce serait un plaisir mais qu'elle ne voudrait pas déranger...

— Il est vrai qu'actuellement nous sommes un peu débordés, admit Odette. Jean... je veux parler de Lurçat, bien sûr, a donné à Sant Vicens l'exclusivité de la vente de ses tapisseries dans le département. Et de plus, nous préparons en ce moment une exposition de notre production de céramique à Barcelone… Mais nous trouverons toujours du temps pour vous !

Elle se retourna vers Suzanne qui avait toujours Jocelyne et son « Colas » sur les genoux.

— Et pour vous aussi… Vous nous manquez, ma chère Sybille ! Vous n'avez pas encore eu l'occasion de rencontrer mon beau-frère Charles, je crois ? Je serais heureuse de vous le présenter, il écrit en ce moment au mas.

La sexagénaire avait bien sûr entendu parler du frère aîné de Firmin Bauby, poète, historien et infatigable animateur de la revue *Tramontane* qui défendait ardemment la catalanité. Comme son cadet avec les artistes, il avait su rassembler dans cette publication tous les intellectuels roussillonnais. C'était apparemment un don familial. Sa première épouse, hélas disparue après la guerre à même pas cinquante ans, était aussi célèbre : Doëtte Angliviel avait été une poétesse reconnue, au même titre et même niveau qu'Anna de Noailles, élue à l'Académie des poètes fondée à Bruxelles par Paul Valéry. Suzanne avait lu d'elle « La Lune des Chats » et « La Dame sans Nom ». Des vers lyriques et puissants.

— Bon, je me sauve, poursuivit Odette. Je vais finir par être en retard ! Vous me promettez de nous rendre très bientôt une petite visite, n'est-ce pas ?

Et elle s'en fut, d'un pas pressé et gracieux, vers la porte qui perçait la grille du square le long du boulevard Jean-Bourrat. Tandis qu'elles la suivaient des yeux, Éliette demanda :

— Mais, marraine, pourquoi est-ce qu'elle t'appelle Sybille ?

11

Pourquoi s'était-il levé pour aller à la fenêtre juste à ce moment-là ?

Il s'énervait sur cette idée qui ne le lâchait pas. Il avait beau la mettre de côté, essayer d'envisager d'autres hypothèses, elle revenait avec obstination. Obsédante. Après sa crise, le docteur Benavall lui avait prescrit d'interrompre pour un temps ses études, pour faire baisser sa tension tant sanguine que nerveuse. Après avoir beaucoup protesté et ronchonné, André Escande reconnaissait aujourd'hui qu'il n'allait vraiment pas bien à l'époque. En le mettant à l'arrêt, son corps l'avait obligé à regarder la réalité en face. Mais quatre ans de régime moins salé, moins gras, et de longues promenades avec Cerbère l'avaient depuis remis en forme. Non seulement il ne peinait plus à fermer les boutons de sa chemise, mais il lui fallait désormais une ceinture pour retenir son pantalon. Plus de sensation d'oppression, de cœur battant le tambour comme un forcené, il était même moins irritable. Et ce n'était pas lui qui le disait !

— Je vous félicite, mon ami, ce nouveau mode de vie vous convient à merveille… et à moi aussi.

Chère Suzanne qui savait si bien dire les choses, en douceur et en ménageant sa susceptibilité. Il se sentait tellement bien, et il avait inventé tant d'énigmes mathématiques qu'aucun élève ne résoudrait jamais, qu'il avait décidé de se replonger dans sa Bible. Mais seulement deux heures par jour. Et en s'arrêtant même avant, s'il sentait qu'il s'énervait. C'est donc fort de ces résolutions qu'il avait rouvert ses livres et repris ses notes là où elles en étaient. Et bien sûr rebuté sur cette fichue échelle de Jacob. Comment interpréter scientifiquement ce songe fait par le fils d'Isaac, cette échelle reliant le ciel et la terre par laquelle montaient et descendaient des « êtres de lumière » ? Il avait consulté les exégètes, tenté de trouver une approche différente, mais quoi qu'il fasse, la même image s'imposait à lui : celle d'entités extraterrestres descendant de leur vaisseau pour découvrir, explorer la planète et, qui sait, rester pour y vivre parmi les humains. Sornettes ! Il était furieux après lui-même. C'était tout ce qu'il était capable de trouver : remplacer un mythe par une autre histoire à dormir debout ? Le 12 avril précédent, le soviétique Gagarine était devenu le premier être humain dans l'espace : s'arrachant à l'attraction terrestre, il avait tourné autour du globe, tout là-haut, avant de redescendre, plutôt brutalement mais indemne, sur le plancher des vaches. La presse ne parlait que de ça. Et des événements d'Algérie, bien évidemment. Mais cette odyssée cosmique qui mettait des étoiles dans toutes les têtes était venue à point nommé distraire les esprits des horreurs perpétrées dans les Aurès. Il faut croire que cet emballement l'avait gagné. La folie Gagarine lui faisait imaginer une soucoupe volante biblique ! Excédé, il avait cependant eu assez de sang-froid pour obéir aux injonctions du médecin : il avait refermé sa Bible, écarté sa chaise et, prenant une grande inspiration pour ne pas laisser l'énervement le gagner, il s'était approché de la fenêtre, sans idée précise en tête, juste pour s'éloigner de son bureau et de la source de son exaspération.

C'est au moment où il écartait machinalement le rideau pour jeter un coup d'œil sur le ciel, sans nuage ce matin-là, qu'il perçut un mouvement dans les rosiers amoureusement bichonnés par Suzanne. Un frémissement dans les feuilles, une ondulation des fleurs et un éclair blond. Sur le moment, il ne comprit pas ce qu'il avait vu. L'espace d'une seconde, il pensa que Cerbère avait rompu la longue chaîne qui le retenait dans la journée sur le devant de la maison tout en lui laissant une certaine liberté de mouvement. Mais elle était solide et le boxer obéissant ; il passait son temps allongé à l'ombre de la haie, les oreilles en alerte, prenant très au sérieux son rôle de gardien. Il savait identifier tous les bruits de la rue et n'aboyait jamais sans raison… sauf quand le facteur passait en poussant le guidon de sa bicyclette. Quelle était cette étrange malédiction qui pesait sur les préposés des PTT ? Était-ce l'uniforme ? Il aurait fallu voir ce que cela donnait avec un militaire. Quoi qu'il en soit, l'heure de la distribution du courrier était passée, aucun bruit intempestif n'avait semé la panique dans le voisinage, et d'ailleurs le poil de Cerbère était beaucoup plus foncé. Intrigué, il resta un moment derrière la vitre en espérant que le phénomène se reproduirait, peut-être dans l'autre sens, en vain.

Le lendemain, il n'y pensait plus. Mais trois jours plus tard, alors qu'il mettait la fenêtre à l'espagnolette pour créer un léger courant d'air et se rafraîchir un peu – ce mois d'août 1961 était torride, orageux par moments, mais la pluie tardait à tomber et tout le Pays catalan soupirait après une averse –, les rosiers se remirent à s'agiter. C'était à peine perceptible mais on devinait un passage de la droite vers la gauche. Quelque chose ou quelqu'un avançait. Pas de façon régulière : il y avait des arrêts et puis ça redémarrait. « On » ne voulait pas être vu. Sacrebleu, qui osait ainsi s'introduire chez lui, dans son jardin ? Bon d'accord, le jardin de Suzanne... mais c'était la même chose ! Bien décidé à surprendre l'intrus, il quitta son bureau et passa en trombe devant sa femme qui triait des petits pois, assise à la table de la cuisine, la porte grande ouverte. Elle le regarda, éberluée, se ruer dans le salon et disparaître par la baie vitrée. Il contourna la haie de cyprès au pas de charge et déboula dans la roseraie. Personne. Plus le moindre frémissement dans les feuillages. Évidemment. Mais André Escande ne s'avouait pas si facilement vaincu. Il essaya de se repérer parmi les buissons fleuris. Quel dommage qu'ils soient tous de la même couleur ou presque, reconnaître le parcours emprunté par l'indésirable n'était pas évident ! Courbé en deux, il se faufila entre les arbustes jusqu'au secteur qu'il avait repéré de sa fenêtre, cherchant une trace, un indice. Au bout d'une bonne dizaine de minutes, il finit par aviser des empreintes dans la terre meuble que Suzanne arrosait tous les soirs, à la fraîche, pour que l'eau ne s'évapore pas trop vite. Des empreintes minuscules, aériennes, sans talon marqué. Des empreintes de lutin... ou de fée.

Allons bon, voilà qu'il versait dans la sensiblerie poétique ! C'était sans doute le voisinage de ces parterres de fleurs délicates aux couleurs mièvres, dont les parfums mêlés exacerbés par la chaleur lui faisaient tourner la tête. Il était cerné par tout ce rose, ce blanc, jusqu'à l'écœurement. De la guimauve en branche, poisseuse à force d'être sucrée. Elle collait même à son esprit !

Il s'obligea à considérer froidement la situation : qui que ce fût, quelqu'un était passé par là… mais pour aller où ? André Escande suivit la piste encore fraîche. Elle le mena jusqu'à la clôture qui séparait son terrain du parc de Sant Vicens. On ne voyait plus guère le grillage, envahi comme il l'était, entièrement recouvert même par du lierre, ce qui rendait la séparation encore plus compacte. Un mur végétal. Infranchissable. Un animal aurait pu sauter par-dessus mais les empreintes étaient humaines. Où était passé celui qui les avait laissées ? L'énigme restait entière. Quoique…

À un endroit, la couche de plantes grimpantes semblait moins dense, comme si on en avait arraché une partie. Intrigué, il s'approcha et, en écartant les tiges ligneuses, il découvrit une ouverture. Interloqué, il arracha quelques poignées de feuilles vertes bordées d'un liseré jaune et constata que des mailles du grillage avaient été sectionnées, ménageant un étroit passage. Il en resta sans voix. C'était signé : encore un coup de ces bons à rien de voisins ! Il n'avait qu'une piètre opinion d'eux mais n'aurait jamais imaginé qu'ils iraient jusqu'au vandalisme… Destruction de biens d'autrui, ça allait coûter cher au « poissonnier ». Il devrait au minimum lui payer une clôture toute neuve, non mais ! Et d'ailleurs, pourquoi attendre ? Il allait lui en toucher deux mots et pas plus tard que tout de suite… Les poings serrés, prêt à en découdre, il fit volte-face, bien décidé à tester sur Suzanne le savon qu'il entendait passer au maître de Sant Vicens avant d'enfiler une veste pour faire le tour et aller sonner au portail gardé par des lions de pierre qu'il avait entrevus de loin durant ses promenades avec le chien. Mais il y renonça aussitôt. La curiosité était la plus forte : il voulait d'abord prendre l'intrus en flagrant délit et le démasquer. Il avait surpris son passage deux fois, par hasard, mais il y avait gros à parier qu'il était coutumier du fait. Il reviendrait. Et André Escande serait cette fois aux aguets, prêt à bondir. La clôture attendrait. Le métal sectionné avait rouillé, le découpage, sans doute avec une paire de pinces, ne datait pas d'hier, peut-être même de plusieurs années vu l'épaisseur de lierre qui avait poussé dessus. On n'était plus à quelques jours près…

André était étrange, ces derniers temps. Son « échelle » mystérieuse après laquelle il maugréait sans arrêt jusqu'ici ne paraissait plus le préoccuper. En revanche, il restait de longues minutes à regarder sans un mot par la fenêtre de la chambre ou de son bureau. Derrière les voilages fermés, alors qu'avec cette chaleur, elle ne cessait de lui dire de les tirer pour ouvrir les vitres en grand quand ce côté était à l'ombre. Mais il était si profondément plongé dans sa contemplation qu'il ne l'entendait même pas. Le plus étonnant, c'est que l'objet de sa fascination semblait être la roseraie. Celle qu'il lui avait consentie du bout des lèvres et où il évitait de mettre les pieds. Elle n'imaginait pas un instant qu'il ait soudain succombé aux charmes de ses fleurs, c'était ridicule. Et sa perplexité ne fit que croître quand il lui demanda, sans quitter des yeux les parterres :

— C'est calme, à côté, non ?

Elle avait failli en faire tomber les chemises repassées qu'elle s'apprêtait à ranger dans le tiroir de la commode.

« À côté », elle savait qui cela désignait : Sant Vicens. Pour les Meunier, il disait « tes amis ». Mais qu'il semblât regretter qu'il n'y eût pas plus d'agitation chez le « poissonnier », alors qu'il s'en plaignait d'ordinaire, la stupéfiait. Il est vrai que le mois de juillet avait été particulièrement bruyant. Depuis deux ans, Jean Lurçat travaillait sur une œuvre gigantesque, hors norme, bien loin des carreaux, plats, pichets, vases, tajines aux couleurs vives très contrastées et aux dessins vigoureusement stylisés édités en collaboration avec Gumersind Gomila depuis 1953, qui lui permettaient de tester un nouveau bestiaire imaginaire pour de futures tapisseries. Cette fois, on lui avait commandé une fresque en céramique monumentale pour la façade de la Maison de la Radio de Strasbourg. Un panneau de cent vingt-cinq mètres carrés, unique en Europe ! Pour tester le rendu des grands carreaux qui seraient fixés sur la paroi alsacienne, Lurçat avait recouvert un des murs du mas d'un décor extraordinaire. Il y reprenait le thème du Paradis et de l'Enfer à travers l'union des quatre éléments s'inscrivant dans un ciel étoilé : la terre, l'eau, l'air et le feu qui se conjuguaient en une délicate alchimie pour donner naissance à la céramique. Une métaphore accentuée par les flammes dont il avait entouré la porte figurant le four. Le motif principal était constitué d'un globe terrestre bleu et vert sur lequel une boule de feu rouge et jaune explosait en langues ardentes en forme de flèches envoyant des vibrations dans l'infini de l'espace. Suzanne y voyait aussi une grande rose des vents. Elle n'avait pu résister à la tentation d'assister à l'installation des carreaux comme un immense puzzle. Voir l'œuvre se déployer jour après jour était aussi émouvant qu'excitant.

Pour son inauguration, Firmin Bauby avait organisé une de ces grandes fêtes dont il avait le secret. Près de trois cents personnalités du monde de l'art, de la culture, mais aussi des affaires et de la politique avaient été invitées le 27 juillet à la « Grande Nuit de Sant Vicens ». C'est qu'il s'agissait de célébrer le dixième anniversaire de la collaboration avec Jean Lurçat, et rien n'avait été épargné pour en faire un grand événement ! Le public devait y découvrir en avant-première, suspendue à une armature métallique en plein air, dans la cour, devant l'ancienne écurie et les orangers amers, un premier segment de sa tapisserie *Le Chant du monde* où il réinterprétait de façon très contemporaine une œuvre du XIVe siècle : la « tenture de l'Apocalypse » tissée pour le roi Louis d'Anjou. Ce dialogue à travers le temps devait donner naissance à un extraordinaire ensemble de quatre-vingts mètres de long sur quatre mètres quarante de hauteur. À Sant Vicens, les Catalans allaient pouvoir admirer *L'Homme en gloire dans la paix*, un panneau de treize mètres vingt qui donnait déjà une belle idée de ce que serait l'œuvre quand elle serait terminée et visible en totalité. Et le point d'orgue de la soirée serait bien sûr le dévoilement de la façade en céramique.

Firmin Bauby avait évidemment offert un carton d'invitation à Sybille, pour elle et son mari, même s'il savait par avance qu'André Escande refuserait, comme d'habitude. Mais son épouse pourrait peut-être venir seule ? Bien qu'elle eût tout donné pour assister à cette soirée qui s'annonçait historique, Suzanne avait préféré décliner. Si elle était plutôt libre de ses mouvements dans la journée, aussi tard, il lui aurait été difficile de s'absenter en catimini sans qu'André s'en rende compte. Et même si, par un savant subterfuge – elle s'était essayée à en imaginer quelques-uns –, elle y était parvenue, toute la presse serait là et elle ne voulait pas courir le risque de se retrouver par accident en photographie dans le journal. Rien qu'à imaginer la tête de son mari tombant dessus au petit déjeuner, entre sa tasse de café noir et ses tartines beurrées, elle avait envie de se cacher dans un trou de souris ! La mort dans l'âme, elle avait donc renoncé et s'en était excusée mille fois auprès de son hôte. Celui-ci, toujours galant, l'avait regretté :

— Vous nous manquerez, ma chère Sybille. Sans vous, la *colla* n'est pas complète !

Elle s'était consolée en se disant qu'elle avait eu le privilège d'assister aux préparatifs et de découvrir et la tapisserie et la fresque avant même les invités.

Donc oui, quelques semaines auparavant, son mari aurait effectivement eu toutes les raisons de se plaindre, au moins des nuisances sonores – moteurs des voitures, écho des discours, applaudissements nourris du public, musique de l'orchestre – générées par ces joyeuses festivités. Pourtant, à ce moment-là, il n'avait rien dit. Et c'est maintenant qu'il s'intéressait à ce qui se passait à Sant Vicens. C'était vraiment incompréhensible.

Un bruit de pas pressés dans le couloir, la porte-fenêtre vitrée qu'on ouvre à la volée, un claquement de semelles sur les carreaux de la terrasse... décidément, ça devenait une habitude !

Cette fois, Suzanne le suivit. Sans se presser. Elle prit même le temps d'essuyer ses mains mouillées sur un torchon. De toute façon, il n'irait pas très loin, le jardin n'était pas si grand. Elle contourna la haie de cyprès et s'arrêta net, sans comprendre. La roseraie était vide. Personne au milieu du tapis de fleurs odorantes. Personne sous la pergola. André semblait s'être volatilisé. Contre toute logique, elle entreprit de parcourir les allées parfaitement dessinées par les bordures de buis comme s'il allait soudain se matérialiser au détour d'un massif. Elle se pencha même pour fouiller du regard le dessous des buissons. C'était absurde. Comme s'il était plausible qu'André, le toujours si raisonnable André, ennemi de toute fantaisie, s'amuse à jouer à cache-cache à plat ventre dans ses plates-bandes ! À moins qu'il ait eu un nouveau malaise... Oh mon Dieu !

Elle poursuivit fiévreusement ses recherches, redoutant de le retrouver étendu de tout son long, inconscient, inerte, dans un recoin. Elle malmenait les grandes fleurs doubles d'un blanc tirant au centre vers le beige des Madame Legras de Saint-Germain au puissant parfum de rose ancienne, quand une voix derrière elle la fit sursauter :

— Vous saviez que la clôture avait été cisaillée ?

Elle fit volte-face, le cœur frappant à grands coups dans sa poitrine.

— Mais où étiez-vous donc passé ? demanda-t-elle, les mains plaquées sur son sein pour en calmer les battements désordonnés. J'ai cru que... vous m'avez fait peur !

André parut étonné de son ton de reproche. Il était occupé à retirer les feuilles de lierre qui s'étaient accrochées au col de sa chemise et à la boucle de sa ceinture. Mais où diable était-il allé se fourrer ? Tout en se nettoyant, il réitéra sa question :

— Il y a une ouverture dans le grillage, vous l'aviez remarquée ?

Le coup de cisailles du potier Eugène Fabregas qui leur avait permis de passer directement de Sant Vicens au jardin pour voler au secours d'André… elle l'avait complètement oublié ! Firmin Bauby avait dit que nécessité faisait loi et qu'il ferait refermer la brèche plus tard. Mais elle s'était consacrée à soigner son mari, elle n'avait pas revu les membres de la *colla* pendant des semaines, des mois même, et ni l'un ni l'autre n'y avait plus pensé. Zut !

André prit son air hébété pour de l'étonnement et donc une preuve qu'elle ignorait tout de cette ouverture. Il n'insista pas.

— Ça fait comme un passage. Étroit, j'en conviens, j'ai eu le plus grand mal à m'y faufiler. Il permet de pénétrer sans être vu dans le parc de notre ami le « poissonnier ».

Où voulait-il en venir ? Les sourcils froncés, elle objecta :

— Pour quoi faire ? L'entrée y est libre par le chemin Saint-Gilles… Je n'en vois pas l'intérêt.

André ploya douloureusement le genou pour ôter la dernière feuille de lierre qui avait réussi à se loger dans la boucle de son lacet.

— Et pourtant…

Il n'en dit pas plus mais il semblait avoir une idée précise derrière la tête. De plus en plus étrange.

Cela faisait à peine une demi-heure qu'il était installé à son bureau mais sa Bible restait fermée, les autres livres aussi. Il avait mis ses notes de côté et griffonnait des croquis sur une feuille de papier. Toutes les cinq minutes, il se levait pour aller faire le guet à la fenêtre, en vain. Il fallait tomber juste au bon moment, c'était trop aléatoire. La seule solution était de piéger l'intrus. Fermer la brèche pour l'obliger à faire demi-tour ? Suspendre des clochettes aux rosiers pour signaler son passage ? Encore faudrait-il être assez rapide pour faire le tour et lui tomber dessus avant qu'il s'enfuie pour ne plus jamais revenir. Car André Escande voulait savoir qui il était. Faire cesser son manège ne lui suffisait pas. Au début, il avait été en colère – qui osait donc violer ainsi son sanctuaire ? –, mais maintenant il était surtout intrigué. Ses journées d'ordinaire si semblables, si routinières, n'avaient pas été aussi intéressantes depuis longtemps. Très longtemps. Ces intrusions l'avaient sorti de ses livres comme d'un long sommeil. Elles l'avaient réveillé. Il aurait presque remercié le lutin facétieux qui se jouait de lui. Après tout, cet audacieux importun n'avait fait aucun dégât. Juste quelques empreintes légères au pied des rosiers et deux, trois feuilles de lierre arrachées. André, qui ne voulait pas de jardin à l'origine, était le plus mal placé pour s'en plaindre.

Il retourna à ses gribouillis. Il avait dessiné le plan du terrain et le chemin que l'intrus empruntait à chaque fois. Toujours le même. Il n'en déviait jamais. Ils avaient au moins un point commun, tous les deux, ce qui ne faisait que donner encore plus envie à André de découvrir qui il était. Et s'il creusait un trou pour le faire trébucher ? Mais l'autre pourrait se blesser, se casser une jambe… De plus, il aurait fallu masquer le piège, le recouvrir de branchages pour qu'on ne le voie pas et que ça fonctionne. Et ça, c'était impossible : Suzanne appliquait à la lettre le credo du « rien ne doit dépasser, il faut que tout soit impeccable » que lui, son mari, imposait. De ce fait, aucune branchette, pas la moindre feuille morte ne traînait dans les parterres au cordeau. Les fleurs fanées étaient aussitôt coupées et les pétales égrenés par le vent, ramassés. C'est pour cela qu'il avait aussi facilement repéré les empreintes... et c'est pour cela qu'il était aussi difficile d'y dissimuler quoi que ce soit. Plus besoin de baignoire qui fuyait ou de trains lancés à la rencontre l'un de l'autre, tous aussi imaginaires les uns que les autres ; il avait une véritable énigme à résoudre. Et pour l'instant, elle tenait de la quadrature du cercle.

Il venait de se rasseoir devant sa feuille raturée de partout après un nouveau guet, inutile, quand au fond du couloir retentit la sonnette de la porte d'entrée. Une fois, deux fois, trois fois. De façon pressante. Un sentiment d'urgence. Derrière le battant, André Escande entendit Suzanne se précipiter pour ouvrir. Il tendit l'oreille malgré lui. Une voix de femme, aiguë, affolée. Elle parlait très vite, de là où il était il ne saisissait pas un traître mot. Mais il percevait les exclamations inquiètes et compatissantes de Suzanne en écho. Il n'y a pas si longtemps, il aurait pesté intérieurement contre « ces bonnes femmes hystériques » qui troublaient le silence si indispensable à sa réflexion. Mais là, il entrouvrit le battant pour essayer de comprendre ce qui se passait.

Sa femme disait :

— Calmez-vous, Christiane, reprenez votre souffle et expliquez-moi ce qui s'est passé.

La jeune madame Meunier, leur voisine et la mère de cette petite fille perturbée qui hurlait à ameuter tout le quartier. Un peu moins maintenant que quand elle était bébé, il est vrai. Quel âge avait-elle aujourd'hui ? C'était facile, elle était née le jour où lui-même avait eu sa crise. Quatre ans donc. Suzanne se préoccupait beaucoup de cette enfant et de ses parents. Elle lui en parlait de temps en temps à table mais il ne l'écoutait que d'une oreille distraite. Par politesse. Contrairement à son épouse, il ne se sentait pas vraiment concerné. Sauf quand la petite pleurait la nuit, l'obligeant à mettre des boules Quiès pour échapper à l'insomnie. Ou quand Suzanne hébergeait la mère mise à l'écart par la Faculté dans leur chambre d'amis. Cette présence étrangère sous son toit ne lui plaisait guère mais il ne pouvait protester sous peine de passer pour un monstre. Le regard de sa femme était éloquent, il le mettait presque au défi de réagir pour mieux le lui reprocher. Ce n'était pas l'attitude à laquelle il était habitué. Il ne l'avait jamais connue aussi certaine de la conduite à suivre. Cette tranquille assurance, pleine de générosité et de sollicitude, l'avait impressionné, il devait l'avouer. Il l'avait donc laissée faire. Heureusement, Christiane Meunier était discrète... et tellement épuisée qu'elle passait son temps à dormir quand elle était là. On ne l'entendait pas. Quant à la gamine, si Suzanne sortait souvent la promener de très bonne heure, dans son landau, sa poussette, pour soulager ses parents, André Escande pour sa part ne l'avait jamais vue.

— Elle a disparu, sanglotait sa mère dans l'entrée. Je l'ai laissée au jardin, elle adore y rester, c'est l'endroit où elle est le plus calme... Il n'y a aucun danger, c'est juste un grand carré de pelouse, bien tondu, débarrassé du moindre caillou, où elle ne risque pas de se faire mal. Les arbres qui l'ombragent ne sont pas sur notre terrain. Jeannine dit qu'accepter la présence d'autres personnes, et pire encore interagir avec elles, demande trop d'efforts à Vivi. Cette surface uniformément verte et surtout vide la repose. Il y fait bon, c'est un cadre rassurant pour elle, il semble l'apaiser, alors je l'y laisse seule.

Elle semblait sur la défensive, comme si elle s'attendait à ce qu'on l'accuse de négligence. Il faut dire que depuis la naissance de sa fille, elle était constamment sur la sellette.

— J'étais au téléphone avec ma mère, qui m'appelait de Lyon pour me donner des nouvelles de ma tante souffrante, se lamentait-elle, des sanglots dans la voix. Quand je suis sortie pour faire rentrer Vivi... Je n'aurais pas dû la lâcher des yeux! Les médecins ont raison: je suis une mauvaise mère!

Elle se tut, accablée. André l'imaginait le nez dans son mouchoir pour étouffer ses larmes d'angoisse. Un murmure apaisant. Suzanne la réconfortait comme elle savait si bien le faire, la tête penchée sur le côté, le mot juste. Il n'osait pas sortir de son bureau de peur de les déranger. Un hoquet. Une idée soudaine venait de frapper Christiane:

— Et si on l'avait enlevée? Oh mon Dieu!

Sa voix remontait dans les aigus. La panique la reprenait.

— Mais non, intervint aussitôt Suzanne. Pour une fois, son handicap protège votre fille: quiconque poserait la main sur elle déclencherait une tempête de hurlements. Une vraie sirène d'alarme!

Elle accompagna cette image d'un gloussement amusé pour dédramatiser la situation. Elle était douée.

— Elle en aura juste eu assez de son petit carré vert! poursuivit-elle. Elle ne doit pas être bien loin. Réfléchissons: elle n'a pas pu s'échapper sur la route, elle a trop peur des voitures et des gens qui passent...

Un reniflement approbateur.

— Et de l'autre côté de la maison, entre le mur et le rideau d'arbres, il est impossible de sortir, compléta Christiane qui reprenait du poil de la bête. C'est pour cela que j'ai pensé qu'elle avait pu passer chez vous : la clôture est plus basse et, avec le lierre, je suppose qu'on peut s'agripper et grimper facilement. Je ne l'ai jamais vu faire jusqu'ici, mais Vivi est quelquefois pleine de surprises…

On sentait malgré tout comme un peu de fierté sous son inquiétude. En d'autres circonstances, imaginer sa fille handicapée franchir l'obstacle comme n'importe quelle gamine de son âge l'aurait comblée.

— En tout cas, on n'entend pas de cris, donc c'est qu'elle se sent bien là où elle est. C'est plutôt rassurant, non ? Venez avec moi, nous allons fouiller le jardin. Elle se cache sûrement quelque part…

Un froissement de jupes, des pas qui s'éloignent vers le salon et la porte-fenêtre. André sortit de sa cachette et les rejoignit sur la terrasse.

— Je crois savoir où elle est.

12

Elle était assise par terre au pied d'un caroubier. Les jambes étendues, sa robe de cette teinte entre bleu et vert qu'on appelait turquoise relevée sur ses cuisses, elle se balançait d'avant en arrière, aussi régulière qu'un métronome. Ses cheveux blonds et raides, coupés au bol, suivaient le mouvement. Elle qui ne regardait jamais personne en face gardait les yeux fixés sur la façade recouverte de céramique, comme fascinée. C'était donc ça, la fresque dont *L'Indépendant* avait chanté les louanges ? Sur la photo en noir et blanc, André Escande avait déjà trouvé ça hideux, mais en couleurs vives et contrastées, ça faisait vraiment carnaval ! L'endroit était désert en ce début d'après-midi, la *colla* était au travail dans l'atelier. Seul le briard de Firmin Bauby était couché à l'ombre, à distance.

L'énigme qui l'occupait depuis plusieurs jours avait trouvé sa solution. Quand Christiane Meunier était venue, affolée, signaler la disparition de sa fille, les morceaux du puzzle s'étaient emboîtés. Comme il l'avait dit à son collègue Desbarrats, il y a toujours une explication rationnelle à tout. Les empreintes sans talon : d'après Suzanne, la petite marchait sur la pointe des pieds, on appelait ça la « marche en équin ». Le chemin qu'elle empruntait au milieu des rosiers, toujours le même. Sa petite taille qui lui permettait de se faufiler sans qu'André la voie de la fenêtre, dissimulée comme elle l'était par les feuillages et les fleurs. La raison pour laquelle Cerbère n'avait pas aboyé : il connaissait son odeur. Et bien sûr l'ouverture dans le grillage couvert de lierre, trop étroite pour lui mais facile à franchir pour une fluette gamine de quatre ans. Laissant Christiane aux bons soins de sa femme, il avait à son tour, non sans mal, emprunté le passage et débouché dans le parc voisin. Quand il avait « reconnu » la brèche, il ne s'était pas aventuré plus loin que quelques mètres, persuadé que son « intrus » ne se servait de ce raccourci que pour gagner une destination plus lointaine et qu'il était déjà hors d'atteinte. Cette fois, il s'était enfoncé entre les lauriers-roses, les figuiers de barbarie et les pins. Ce jardin mariait les essences les plus exubérantes, parfois même exotiques : bougainvilliers, mimosas, palmiers, eucalyptus. Il y avait même un bananier. Encore une idée saugrenue du « poissonnier » ! Il semblait avoir une prédilection pour les fleurs orange : les cannas, les zinnias et les roses d'Inde explosaient de partout. On était bien loin de la sage roseraie de Suzanne quadrillée d'allées à angle droit, mais dans cet apparent fouillis, tout ce que détestait *a priori* André Escande, on sentait une volonté, un dessein, celui du maître des lieux. Une poterie par ici, un muret de rocaille par là, une vieille meule de pierre en guise de table, c'était un désordre savamment organisé. André Escande n'aurait jamais imaginé associer ces deux mots ; ce voisinage était décidément perturbant.

Il avait parcouru ainsi quelques dizaines de mètres en se demandant quelle explication il pourrait bien donner si quelqu'un le surprenait. Suzanne disait que Firmin Bauby ouvrait le parc à tout le monde, il n'y avait même pas de grilles à l'entrée du chemin Saint-Gilles, espérons qu'elle ne se trompait pas. Jetant des regards de droite et de gauche, il cherchait en même temps la petite fugueuse, persuadé qu'elle était cachée quelque part, dans un buisson ou derrière un tronc. Il se trompait : elle était là, bien en vue. Et elle n'avait visiblement pas envie de quitter son poste d'observation.

— Surtout n'essaye pas de la toucher, l'avait mis en garde Suzanne, ni de la prendre dans tes bras pour la ramener. Elle ne supporte pas le contact et elle ferait une crise.

Comme si c'était dans sa nature de câliner les enfants ! Il rebroussa donc chemin, se fit le plus mince possible, de profil, pour refranchir le passage dans le lierre, et retrouva les deux femmes qui l'attendaient au milieu des fleurs roses et blanches.

— Elle est bien là, annonça-t-il en réponse au regard angoissé de Christiane. Assise, sage comme une image, hypnotisée par la fresque sur la façade du mas.

Un intense soulagement se peignit sur le visage de la jeune femme.

— Je vais téléphoner à Jeannine pour qu'elle revienne afin de voir comment on peut faire rentrer Vivi. Elle était là ce matin pour sa séance quotidienne, mais elle m'a dit que je pouvais l'appeler à n'importe quelle heure en cas d'urgence.

Impatiente, elle tournait déjà les talons, mais André la retint :

— C'est inutile, la petite s'en retournera d'elle-même. Ce n'est pas la première fois qu'elle s'échappe ainsi et vous n'aviez rien remarqué ; elle ne s'absente jamais très longtemps. D'ailleurs nous devrions rentrer, elle peut surgir de la haie d'un instant à l'autre et si elle nous trouve ici, elle risque de paniquer. Il faut la laisser faire son tour comme elle en a l'habitude, sans rien y changer…

La jeune mère ne semblait pas convaincue. Il la comprenait : laisser volontairement une enfant livrée à elle-même n'avait déjà rien de rassurant, mais quand celle-ci était autiste, cela pouvait être effrayant.

— Ne vous inquiétez pas, elle suit sa logique. Elle est plus maligne que vous et votre mari ne le pensez. Rentrez chez vous et vous la verrez bientôt revenir, faites-moi confiance.

Christiane Meunier s'inclina.

— Ensuite, nous refermerons la brèche dans la clôture, intervint Suzanne, restée jusqu'ici silencieuse. Ainsi, elle ne pourra plus passer.

Mais André n'était pas d'accord. En observant la gamine, tout à l'heure, il avait réfléchi. C'était peut-être outrecuidant de sa part, mais il ne la trouvait pas si difficile à comprendre.

— Surtout pas. Si nous lui coupons ce chemin, elle en trouvera un autre qui nous échappera. Celui-ci est balisé, sûr. C'est elle-même qui l'a choisi, c'est important. Elle devait trouver son carré vert trop petit alors elle a agrandi son jardin, à sa façon. Elle s'y sent bien, laissez-la faire !

Suzanne regardait, attendrie, son mari couper soigneusement ses tomates en petits dés. Jeune, à Fourques, il mordait sans doute dedans à belles dents, à peine cueillies sur le pied, à la croque au sel, mais depuis qu'il avait quitté le mas familial il refusait les manières qu'il jugeait par trop rustiques, quitte à en faire trop. Se sentant observé, André releva la tête et s'interrompit, le couteau levé :

— Qu'y a-t-il ? demanda-t-il d'un ton rogue. Quelque chose ne va pas ?

Elle lui sourit.

— Bien au contraire, mon ami ! Vous m'avez impressionnée tout à l'heure, voyez-vous.

Allons bon, voilà qu'elle prenait les tics de langage de Firmin Bauby !

— C'est la première fois que je vous vois aussi intéressé, aussi concerné par un enfant. Soyons francs, la nature humaine et les méandres de sa psychologie ne sont pas vos sujets d'étude préférés, mais vous avez fait une analyse remarquable du comportement de la petite : vous aviez raison, elle est rentrée chez elle tout à l'heure. Comme si de rien n'était. Les Meunier vous doivent une fière chandelle !

Gêné, il reporta son attention sur sa salade de tomates. Elle insista :

— Vous n'avez pas hésité à plonger dans cette brèche dissimulée par le lierre, sans crainte d'abîmer vos vêtements… Vous avez dit que Vivi voulait juste agrandir son jardin mais, en passant dans le parc de Sant Vicens, vous avez fait de même !

Il ne répondit pas mais, au léger mouvement de tête qu'il avait eu en portant sa fourchette à la bouche, elle sut qu'elle avait fait mouche. La compréhension qu'il avait de la logique de la fillette n'était pas anodine : bien qu'à des degrés moindres, et pour des raisons différentes, ils avaient la même. André se sentait mieux tout seul, avait toujours eu du mal avec les relations sociales et les humains en général, fuyait tout contact physique, évitait les discussions, se retranchait derrière des murailles de livres pour se retirer dans l'univers froid, parfaitement ordonné et sans surprise des mathématiques. Elle but une gorgée d'eau pour dissimuler le rictus amusé qui étirait ses lèvres. Et, dernier point, si lui ne criait pas, il grognait ! Oui, il avait plus d'un point commun avec la petite autiste. Et cette « parenté » allait pousser son mari, elle le connaissait bien, à suivre de près les pérégrinations de Vivi ; il ne pourrait pas s'en empêcher. C'était sans doute une bonne nouvelle pour la petite comme pour lui – elle avait le sentiment qu'ils pouvaient s'apporter mutuellement quelque chose –, mais beaucoup moins pour Suzanne. Sant Vicens était son propre jardin secret depuis des années, bien avant la naissance de la fillette, et à présent il risquait de lui être interdit ! Elle aurait aimé savourer l'avancée que représentait cette journée à sa juste valeur, mais cette pensée était comme un caillou pointu dans sa chaussure. Devrait-elle renoncer aux escapades de Sybille ? Ou se résoudre à tout avouer à André ?

Il avait terminé tous les petits dés de son assiette. Elle se leva pour aller chercher le rôti qu'elle avait laissé au chaud dans le four.

— D'après ce que j'ai pu voir, la petite ne fugue pas tous les après-midi.

Le fait qu'elle lui tourne le dos l'encourageait toujours à parler. Elle se retint de faire volte-face trop vite, le plat entre les mains : les prémices étaient intéressantes, elle voulait savoir où elles le mèneraient.

— Qu'est-ce qui la décide à partir ? l'encouragea-t-elle à poursuivre.

Elle l'entendit prendre le pain et tracer une croix sur l'envers, de la pointe du couteau à lame crantée. Un geste hérité de son enfance qu'il faisait machinalement, sans même penser à sa signification, ce qu'elle se gardait bien de lui faire remarquer.

— Je ne sais pas encore, j'ignore même ce qui l'a incitée à chercher un itinéraire pour rejoindre Sant Vicens la première fois…

À présent, il coupait des tranches. Malgré les recommandations du docteur Benavall, il aimait toujours saucer son assiette ; Suzanne faisait en sorte que la sauce soit la moins grasse possible.

— Comme je ne peux pas faire le guet en permanence à ma fenêtre, vous devriez demander à la jeune madame Meunier de nous téléphoner dès qu'elle constate la disparition de sa fille.

Suzanne retint sa respiration. C'était la première fois que son mari trouvait des vertus au combiné de bakélite noire posé sur un guéridon dans un recoin du salon afin qu'il ne l'ait pas sous les yeux !

— Pas besoin d'entamer une conversation… Elle laisse sonner une fois et elle raccroche. Ce sera le signal.

Toujours penchée sur le plat posé sur la gazinière pour découper le rôti, elle réprima un sourire : on aurait dit un général établissant un plan de bataille. Elle avait envie de se mettre au garde-à-vous pour répondre : « Oui, chef ! »

— À ce moment-là, je suivrai la petite chez le « poissonnier » pour essayer de comprendre ce qui la fait agir ainsi.

Et déterminer les jours où il n'y aurait aucune chance de l'y trouver, ni elle ni le « général Escande », compléta-t-elle mentalement, soulagée.

Elle se retourna enfin, le plat dans les mains, prête à servir.

— Vous m'impressionnez de plus en plus !

Planté pile au milieu du rectangle de pelouse des Meunier, il tournait lentement sur lui-même, détaillant les alentours. André Escande détestait ne pas comprendre. Grâce au rudimentaire système d'alerte qu'il avait mis en place, il avait pu suivre Vivi à plusieurs reprises de « l'autre côté ». Toujours en début d'après-midi, vers quinze heures. Jamais quand des mariages investissaient Sant Vicens, elle devait entendre les klaxons. Restant soigneusement en retrait pour ne pas entrer dans son champ de vision, il l'avait vue avancer dans le parc sur la pointe des pieds tel un faon gracile, hésitant en apparence, s'arrêtant par moments. Il avait remarqué qu'elle évitait les lauriers-roses. Pourquoi ? Mystère. Mais si son cheminement semblait erratique, elle savait parfaitement où elle voulait aller : à chaque fois, elle finissait assise exactement au même endroit sous le caroubier, face à cette fresque extravagante dont André Escande, caché derrière un arbre, n'arrivait toujours pas à comprendre l'intérêt. Le briard paraissait l'avoir adoptée : dès qu'elle apparaissait, il se couchait comme pour lui montrer qu'elle n'avait rien à craindre de lui. Elle ne semblait pas le remarquer mais André était persuadé que l'attitude du chien de Firmin Bauby faisait partie de ce qui la faisait se sentir en sécurité ici. Les autres occupants du mas agissaient de même. Eux aussi avaient dû remarquer la petite et comprendre qu'il fallait la laisser seule. Deux jours plus tôt, il avait aperçu un homme portant une caisse en bois sortir par une petite porte de service, juste à côté d'un des piliers surmontés d'un lion de pierre qui encadraient l'entrée principale, et battre aussitôt en retraite. Il y avait comme un accord tacite pour ne pas la déranger. Il faut croire que ces bons à rien d'artistes avaient quand même un peu de jugeote ! Ils évitaient de faire du bruit, on ne percevait qu'un murmure de conversations étouffées que couvraient le gazouillis des oiseaux et les stridulations des cigales. Une bulle de silence habité. Un temps suspendu à la contemplation de cette enfant pas comme les autres. Mutique. Énigmatique. Absente aux autres et pourtant présente au monde. Un monde qui retenait son souffle pour elle.

Heureusement pour les activités de Sant Vicens, Vivi ne restait jamais très longtemps. Trois quarts d'heure, une heure au maximum, puis elle se levait et repartait en faisant des tours et détours dont elle était la seule à comprendre l'utilité. André Escande la laissait prendre de l'avance, il n'était plus assez jeune, plus assez souple pour avancer courbé comme lorsqu'il jouait gamin dans les taillis avec son frère et les garnements du village. La petite, elle, se faufilait, gracieuse dans sa maladresse, à travers la brèche dans le lierre puis dans les parterres de roses, avant de se hisser avec une dextérité qu'on n'aurait pas attendue de sa part par-dessus la partie la plus basse de la clôture, pour revenir sur le gazon qu'elle avait quitté un peu plus tôt. D'après Suzanne qui avait discuté avec elle, l'infirmière avait eu du mal à le croire. Robert Meunier aussi. Son épouse, éperdument reconnaissante, avait raconté, confirmé, insisté. Suzanne avait ressorti du tiroir où il dormait depuis des années, faute d'événements à immortaliser, l'appareil photo à soufflet acheté au début de leur mariage en suggérant qu'André pourrait peut-être prendre quelques clichés, sans que la fillette s'en rende compte, bien sûr. Quant à lui, il avait proposé de tenir une sorte de journal où il noterait les horaires exacts, par où elle était passée, croquis à l'appui, ainsi que quelques commentaires. Et toujours, la même question revenait : quel avait été le déclic ? Avait-elle tâtonné, testé différentes directions ? Il n'aurait su expliquer pourquoi mais il avait le sentiment que non, qu'elle avait suivi ce chemin et pas un autre, en avançant peut-être à chaque fois un peu plus. Mais qu'est-ce qui l'avait poussée ? Il voulait absolument savoir. En bon scientifique, il ne voyait qu'une façon de procéder : revenir au point d'origine. Il avait donc demandé à sa voisine l'autorisation d'investir la « pelouse de Vivi », un peu avant l'heure où celle-ci sortait d'ordinaire pour récupérer de la séance matinale, toujours éprouvante, avec Jeannine qui s'efforçait, depuis déjà deux ans, de créer un lien avec elle et d'apaiser ses angoisses.

Il avait beau tourner encore et encore sur lui-même sur le gazon entretenu avec soin par Robert – c'était la seule chose qu'il pouvait faire pour sa fille, il y mettait tout son cœur blessé par ce coup du sort qui malmenait sa famille –, André Escande ne voyait rien de particulier, rien qui lui fasse dire : voilà ce qui lui a donné l'envie, l'impulsion. Vraiment rien. Des arbres, une clôture, une couverture étalée et quelques coussins. Pourquoi Sant Vicens ? Il s'apprêtait à renoncer, après tout, il cherchait peut-être une réponse qui n'existait pas, quand soudain une évidence le frappa. Pourquoi n'y avait-il pas pensé avant ? Mettant précautionneusement un genou à terre, il s'assit sur le plaid aux couleurs sourdes, beige et chocolat. Ouille, que la terre était basse ! Mais au moins, maintenant, il était à la bonne hauteur : une fillette de quatre ans voit le monde différemment qu'un vieux bonhomme comme lui de presque un mètre quatre-vingts. Renversant la tête, il essaya de se remettre dans la peau du petit garçon qu'il était jadis. À plus de soixante ans d'écart, on pouvait sans crainte du ridicule employer ce terme. Les arbres paraissaient tellement grands, le ciel si bleu ; au milieu de cette clairière herbeuse cernée par des murs de pierre ou de lierre, il se sentait minuscule. Que pouvait-on ressentir quand le monde vous regardait ainsi de haut ? Le soleil étincelait dans l'azur sans nuage, l'obligeant à cligner des yeux derrière ses verres de lunettes. Il plaça sa main en visière pour ne pas être ébloui et soudain il le vit…

Dans l'échancrure en V entre deux arbres. D'ici, il ne distinguait pas exactement lesquels. Ils n'étaient pas sur le même plan. Le plus lointain devait être le caroubier, le plus proche peut-être un cèdre bleu. Mais entre les deux, on distinguait un bout de la façade à la fresque en céramique. Un astre tout près d'une fenêtre vers lequel pointait une flèche rouge. Écarlate. Une direction à suivre. Cette fois, il le sentait, il y était…

Toujours assis sur la couverture, il se tortilla pour tirer de sa poche – mais que ses articulations étaient raides ! – son « journal des fugues de Vivi » et l'appareil photo à soufflet retrouvé par Suzanne. Quelques clichés s'échappèrent du cahier : le petit lutin au milieu des roses, traversant la brèche dans la clôture, assis au pied du caroubier. À part la dernière, qu'il avait eu tout son temps pour prendre et en plusieurs exemplaires, les photos étaient légèrement floues et lointaines, mais elles étaient indiscutables. L'infirmière Jeannine et Robert Meunier s'étaient rendus à l'évidence. Suzanne avait eu la bonne idée de faire développer les photographies en double, un jeu pour les jeunes parents et un pour lui, pour son « dossier d'enquête », comme elle disait. Il agréait le terme. Et il était bien décidé à la mener jusqu'au bout, cette enquête, autant pour aider à mieux comprendre la petite autiste que pour lui-même. Il avait l'impression que c'était important.

Il nota donc sa découverte comme il le faisait toujours, avec la date et l'heure, en bon scientifique qu'il était. Puis, déployant l'appareil, il cadra l'échancrure entre les arbres dans laquelle s'inscrivait la flèche de la fresque. La façade était orientée à l'ouest et prenait le soleil tout l'après-midi ; le rouge éclatant se voyait de loin. Plus que le matin où, à contrejour, la fresque était dans l'ombre. C'était pareil quand le ciel était gris, maussade. Voilà pourquoi Vivi ne fuguait pas tous les jours. André se replongea dans son « journal » : il notait tout ce qui lui passait par la tête, sachant par expérience que les détails les plus insignifiants pouvaient s'avérer d'une importance cruciale. Ce n'était ni frivole ni dispersé, mais scientifique. Suivant chaque ligne du doigt, il parcourut les différents paragraphes. *Això és*[1] ! « Ciel couvert », « orageux », parfois le dessin d'un petit nuage pour les jours « sans », « soleil », « beau temps », un petit cercle entouré de traits pour les jours « avec ». À présent, il savait pourquoi et quand…

1 « Ça y est », en catalan.

— Monsieur Escande !

Il n'avait pas vu Christiane Meunier sortir de la maison. Elle avait l'air un peu embarrassée. Il se rendit compte que le spectacle devait être curieux : un vieux professeur de maths à la retraite assis sur une couverture, feuilletant un cahier entouré de photos. Il rassembla tout son matériel et se remit sur pied, non sans grimaces. Ses articulations craquèrent. Ces petits jeux n'étaient plus de son âge ! La jeune femme attendit poliment qu'il soit debout pour continuer :

— Excusez-moi de vous déranger mais Vivi commence à s'agiter : elle veut sortir sur la pelouse. Vous avez trouvé quelque chose ?

Il opina en remballant l'appareil photo.

— Je peux vous dire que votre fille va sortir faire un petit tour tout à l'heure, annonça-t-il sans plus d'explication. Pouvez-vous la garder dans la maison encore cinq minutes ? Je voudrais la devancer, pour une fois.

Elle promit sans comprendre et il retraversa la maison des Meunier afin de faire le tour par la rue. Il n'avait plus quatre ans pour grimper par-dessus la clôture !

Il l'attendait, dissimulé derrière un bosquet de laurier-rose, quand elle pénétra dans le parc. Elle ne risquait pas de tomber sur lui, il savait qu'elle passerait à distance et il savait même pourquoi, à présent : le parfum puissant d'amande et de vanille qui s'en dégageait. Trop fort pour elle, peut-être. Elle alla prendre sa place sous le caroubier, là où la menait la flèche rouge. Aujourd'hui, elle portait une robe blanche… qui n'allait pas le rester longtemps à traîner ainsi dans la terre. Le briard n'était pas là, sans doute avec son maître à l'intérieur, à moins que les deux soient de sortie. Mais l'absence du chien ne semblait pas perturber la petite. Les yeux fixés sur les motifs colorés sans queue ni tête qui habillaient la façade, elle se balançait encore et encore. Instruit par l'expérience qu'il venait de mener dans le carré de gazon du jardin de ses parents, André s'assit également. Les minutes passaient, ses genoux s'ankylosaient. Il avait des fourmis dans les jambes et un caillou qui entrait dans son postérieur à travers le tissu de son pantalon. Pour oublier l'inconfort de sa situation, il se récitait en pensée les trente et une premières décimales de Pi en s'aidant du quatrain composé par le mathématicien Alphonse Rebière à la fin du XIXe siècle :

« Que j'aime à faire apprendre un nombre utile aux sages

Immortel Archimède, artiste ingénieur,

Qui de ton jugement peut priser la valeur ?

Pour moi, ton problème eut de pareils avantages. »

C'était simple : le nombre de lettres composant chaque mot correspondait aux chiffres successifs des décimales de Pi : « Que » pour le 3, « J » le 1, « Aime » le 4 et ainsi de suite. Il l'avait fait apprendre par cœur chaque année à ses élèves de mathélem mais n'aurait jamais pensé alors que ces quatre vers un peu tarabiscotés, pour la bonne cause, l'aideraient à passer le temps pendant qu'une fillette de quatre ans, qui ne savait pas compter jusqu'à trois mais avait compris ce qu'une flèche voulait dire, contemplait un mur.

Soudain, Vivi se releva et entreprit de rebrousser chemin. Même s'il était sûr qu'elle ne passerait sous aucun prétexte devant lui, André se rencogna dans ses lauriers. Il la laissa refranchir seule le passage sous le lierre. Il avait découvert ce qui l'incitait à quitter le périmètre du jardin familial, mais qu'est-ce qui lui donnait le signal du retour ? Aucun bruit particulier, cloche ou sirène, n'avait résonné, il en était certain. Qu'avait-elle entendu dans sa tête ? Que voyait-elle dans cette fresque qui n'inspirait strictement rien à André ? Son enquête était loin d'être terminée...

13

Du pas de la porte, elle dévorait des yeux la comédienne blonde qui prenait la pose demandée devant la caméra, à côté du grand chandelier doré posé sur la table, avec en arrière-plan, sur le mur de pierre, la tapisserie de Lurçat figurant des algues. Dans l'angle, un saisissant *Saint Georges terrassant le dragon*, une statue en bois du XIIe siècle qui gardait encore quelques traces de sa polychromie d'origine – cadeau de Louis Bausil, lui avait confié Firmin Bauby. Tout sourire dans sa robe noire ceinturée d'une cordelette dorée, la jeune femme semblait très à l'aise. Très belle aussi. Aucune trace de l'accident qui avait failli lui coûter la vie à Collioure, si l'on en croyait *L'Indépendant*. La veille du premier tour de manivelle, l'équipe du film y prenait du bon temps sous les flashes des photographes. Pour s'amuser, et procurer aux reporters des clichés originaux sans doute, les trois actrices principales s'étaient lancées à l'assaut des remparts du château des Templiers mais, en glissant sur un pan incliné, la blonde dont c'était le premier film en vedette avait lourdement chuté. Tombée sur la tête, elle était restée inconsciente plusieurs minutes. Tout le monde s'était affolé et le journal avait titré « La fiancée de Vadim a failli se tuer à Collioure », en se demandant si c'était un mauvais présage pour la production. Finalement, le K.-O. n'avait pas eu de conséquence fâcheuse. Par mesure de précaution, le réalisateur, Grisha Dabat, avait cependant réaménagé le plan de tournage et dispensé son actrice des trois premiers jours pour qu'elle puisse se reposer à l'hôtel tenu par la famille Pous, où tous les artistes et célébrités de passage sur la côte Vermeille se devaient de descendre. C'est là par exemple que Picasso avait mis ses enfants en pension lorsqu'il avait passé l'été chez les Lazerme. Ce répit lui avait réussi, elle se portait comme un charme.

Sybille consulta le petit papier sur lequel elle avait noté les noms glanés en lisant le journal et en écoutant discrètement les conversations sur ce que l'équipe appelait le « plateau », et qui en l'occurrence était la grande salle à manger des appartements de Firmin Bauby à Sant Vicens. Il était lui-même intervenu pour que sa « chère voisine » puisse assister au tournage de quelques scènes. Au chef-opérateur qui ordonnait à toutes les personnes étrangères au film de quitter les lieux, il avait répondu avec panache :

— Sybille fait partie de la *colla*, elle est ici chez elle. Je peux vous assurer qu'elle ne vous dérangera pas.

Elle l'aurait embrassé. C'était sans doute son côté « midinette », celui dont se moquait André, mais elle avait toujours rêvé de côtoyer des acteurs et actrices, au moins une fois dans sa vie. Pourtant elle allait rarement au cinéma : son mari était hermétique au 7e art, une appellation qui lui faisait lever les bras au ciel, et elle était d'une génération où les dames n'allaient pas au spectacle sans être accompagnées. Éliette invitait de temps en temps sa marraine, mais les derniers films qu'elles avaient vus ensemble étaient *Fanfan la Tulipe*, avec le charmant et talentueux Gérard Philipe, et plus récemment *La Traversée de Paris* avec l'inénarrable trio Gabin-Bourvil-de Funès. Mais ça datait au moins de quatre ans. Quand elle avait appris qu'un film allait se tourner en Pays catalan, dont une partie à Sant Vicens, à deux pas de chez elle, elle avait sauté intérieurement de joie. André avait été moins enthousiaste : tout ça allait encore faire des allées et venues bruyantes, des éclats de voix, du matériel monté et démonté, des camions garés partout. Et surtout, oui surtout, Vivi ne pourrait pas contempler à son aise la fresque de la façade les jours de beau temps, comme elle le faisait depuis huit mois. Pour une raison qu'aucun d'entre eux ne comprenait encore, c'était important pour elle. Il était criminel de l'en priver. Suzanne avait trouvé son indignation touchante. Elle l'avait rassuré : ce ne serait que pour quelques jours, selon le journal, seules une poignée de scènes seraient filmées chez Firmin Bauby et le reste à Collioure et Argelès. Et puis, en avril, le temps était souvent changeant, le ciel serait peut-être gris, Vivi ne raterait pas grand-chose. Il ne décolérait cependant pas et elle s'était bien gardée de lui confier à quel point elle-même se sentait excitée par ce nouveau voisinage, même très temporaire. Grâce à Sant Vicens, elle faisait des rencontres incroyables. Outre les plus grands artistes se lançant dans la céramique ou venant en visite comme Jean Cocteau ou Georges Braque, que le jardinier avait chassé comme un malpropre parce qu'il l'avait pris pour un va-nu-pieds à cause de ses vêtements en velours côtelé – Firmin Bauby en riait encore –, les invités les plus prestigieux se succédaient au mas. Sans parler des journalistes. Promouvoir le Pays catalan dans ce qu'il avait de plus beau, de meilleur, tenait à cœur à celui qu'André s'obstinait à appeler « le poissonnier ». Et que des caméras de cinéma viennent le filmer était un magnifique coup de projecteur. Il avait donc accepté avec enthousiasme la proposition de Vadim. Même Suzanne/Sybille connaissait ce nom : l'homme qui avait fait de la jeune Brigitte, qui avait débuté en brune dans *Le Fils de Caroline Chérie*, à Collioure déjà, l'incandescente BB de *Et Dieu créa la femme*... Un film qu'elle n'avait pas vu, on le disait très osé, mais dont elle avait entendu parler comme tous les Français, et pas seulement. Sur ce long-métrage, si elle avait bien compris, il n'était pas réalisateur mais producteur, dialoguiste et co-auteur du scénario. Mais toujours Pygmalion. *À corps perdu*[1] était conçu par lui pour révéler sa nouvelle compagne : une blonde encore mais à la beauté beaucoup plus classique, moins animale. Une classe naturelle, il n'y avait qu'à la voir évoluer en ce moment devant la cheminée frappée du blason des Saletat, près d'un buffet ouvert qui servait d'écrin à *La Catalane aux cruches* de Gustave Violet. Qu'est-ce qui était écrit sur le petit pense-bête ? Elle avait du mal à se relire, pas facile de tracer des lettres bien nettes quand on s'appuie contre un mur ! Ah, voilà : Catherine Deneuve. Une jeune débutante.

Le chef-opérateur faisait déplacer la caméra, il lui fallait de l'espace, Sybille s'éclipsa. Firmin Bauby l'avait promis et elle s'y conformait : elle ne dérangerait pas. Ce n'était pas difficile : à la maison, avec André, elle avait plus de quarante ans d'entraînement !

---

1 Titre initial du film qui deviendra ensuite *Et Satan conduit le bal*.

À l'extérieur, les autres acteurs attendaient en bavardant dans des fauteuils sous le caroubier. Elle eut une pensée émue pour Vivi, qu'elle avait vue sur les photos prises par son mari assise par terre exactement au même endroit. Allons, elle y reviendrait bientôt !

Sa longue expérience de fausse « tante de la mariée » permettait à la femme d'André Escande de se fondre dans le décor sans que personne s'étonne de sa présence. Elle se rapprocha pour voir de plus près les deux autres actrices vedettes qui bavardaient avec animation, évoquant la sortie de la veille au soir à Collioure pour une pêche au lamparo qui leur avait laissé, semblait-il, un souvenir inoubliable. La brune piquante en robe fleurie qui riait beaucoup et parlait fort, c'était Bernadette Lafont. Sa camarade, plus discrète, au visage triangulaire et aux yeux en amande sous sa frange châtain, Françoise Brion. Sybille les reconnaissait : deux ans plus tôt, elles avaient déjà tourné ensemble un film dans le département, *L'Eau à la bouche*, au château d'Aubiry près de Céret. Un film du réalisateur Jacques Doniol-Valcroze, qui était également présent aujourd'hui à Sant Vicens, mais comme acteur cette fois ! *L'Indépendant* avait alors publié de nombreuses photos de ce « chassé-croisé amoureux entre trois couples » dont Serge Gainsbourg avait fait une chanson.

— On prend les mêmes, ou presque, et on recommence, souffla à son oreille la voix amusée d'Odette Bauby. On pourrait résumer exactement de la même façon *À corps perdu*… C'est ça, la Nouvelle Vague !

Elle savait de quoi elle parlait : elle-même avait fait du théâtre quand elle était plus jeune. Son ironie fit sourire Sybille.

— Vous connaissez le scénario ? demanda-t-elle.

Elle ne quittait pas des yeux les deux magnifiques jeunes femmes, hilares, qui revivaient à présent leurs pittoresques parties de cartes avec les pêcheurs d'anchois colliourencs.

Elle entendit Odette glousser.

— Hou là, je vais essayer de ne pas me mélanger les pinceaux… céramique oblige !

Elle rit de sa saillie puis se lança :

— D'après ce que je sais, trois couples sont invités pour de courtes vacances dans la villa d'un riche industriel. La villa, c'est celle de mon beau-frère, et dans le film elle est censée se trouver en bord de mer, à Collioure, où sont tournés les extérieurs… C'est ça, la magie du cinéma !

Sybille hocha la tête pour montrer qu'elle avait compris, elle attendait la suite.

— Manuelle, la jeune première blonde qui tourne dans la grande salle en ce moment, fille d'un gangster à la retraite, est amoureuse d'Ivan, un gigolo qui la délaisse pour Monica, Françoise Brion. Celle-ci est la maîtresse d'Éric, Jacques Doniol-Valcroze, qui lui préfère Isabelle, Bernadette Lafont, venue avec Jean-Claude. Évidemment, ça ne peut pas bien finir. Une intrigue « délicieusement immorale et érotique », dixit Firmin, ça promet !

Sybille s'efforçait de mémoriser qui était quoi et avec qui, ce qui n'était pas facile. Ces relations croisées sulfureuses autant que périlleuses n'étaient pas sa tasse de thé… et encore moins celle d'André. C'est sûr, il détesterait. Odette la tirait par la manche de sa veste :

— Allons voir Firmin boire du petit-lait !

Elles contournèrent l'angle de la maison. Campés devant la fresque de Lurçat, Roger Vadim, le producteur, et Grisha Dabat, le réalisateur, répondaient aux questions du journaliste de *L'Indépendant* sous les yeux satisfaits du maître de Sant Vicens. Le visage un peu chevalin de celui qui avait fait de Brigitte Bardot un sex-symbol international alors qu'elle était son épouse lui était familier, il avait été en photo dans tous les magazines, mais l'autre...

— Qui est ce Dabat ? demanda Sybille. Son nom ne me dit rien... Il est connu ?

Odette haussa les épaules.

— D'après ce que j'ai compris, il est né au Caire mais il a grandi en Provence. Il a été critique de films, auteur de romans, d'une pièce de théâtre, dialoguiste... Il n'a pas grande expérience, il a plutôt l'habitude de travailler en binôme. Le vrai maître d'œuvre, ici, c'est Vadim. Ce film est censé lancer la carrière de sa nouvelle égérie ! Écoutons ce qu'ils disent...

Le reporter venait de leur demander pourquoi ils avaient choisi Sant Vicens, et les deux hommes s'extasiaient :

— Nous avons vu des maisons exceptionnelles dans notre carrière, mais jamais une demeure aussi magnifique. Un goût extraordinaire, c'est effarant ! C'est le décor rêvé pour la villa du milliardaire qui est l'un des personnages du film.

Et d'expliquer qu'ils allaient filmer au rez-de-chaussée de « la maison de M. Bauby » et dans « la chambre de Jean Lurçat ». Le journaliste prenait fiévreusement des notes.

— Firmin figurera au générique comme « décorateur », souffla Odette. Il n'en est pas peu fier !

Il pouvait. C'était une sorte de consécration pour le jeune homme qui était monté à Paris dans les années vingt travailler dans la décoration !

En repartant chez elle – une absence plus longue serait suspecte –, Sybille croisa le jeune Jacques Perrin qui jouait Ivan, flambeur fasciné par l'argent et bourreau du cœur de la malheureuse Manuelle – Catherine Deneuve. Il était beau comme un ange. Un ange pour lequel on imaginait aisément les filles se damner. À vingt ans à peine, c'étaient ses grands débuts à l'écran. Inconnu encore, il n'allait sûrement pas le rester longtemps. Elle avait remarqué qu'il se tenait parfois un peu à l'écart des autres. Il rentrait tout juste d'Algérie, où il avait sans doute vu des choses terribles, et on le sentait encore fragile. Le 18 mars précédent avaient été signés les accords d'Évian instaurant un cessez-le-feu applicable dès le lendemain, le 19 donc, à midi. Ainsi avait-on mis officiellement fin à cent trente-deux ans de colonisation française et surtout sept ans et cinq mois de ce que Paris s'obstinait à appeler les « événements » qui avaient fait tant de victimes.

— Ils n'ont pas bientôt fini leur fichu cirque ?

André Escande était d'une humeur de dogue. Pourtant Suzanne lui avait mitonné un de ses plats préférés. Certes, ce n'était pas seulement pour lui faire plaisir : la blanquette de veau était encore meilleure réchauffée ; elle la cuisinait la veille au soir, quand elle avait tout son temps, ce qui la libérait pour le lendemain matin. L'équipe d'*À corps perdu* ne restait sur place que quelques jours, elle ne voulait rien rater.

— Avouez, mon ami, qu'ils ne sont pas bruyants, tenta-t-elle de le raisonner en piquant un champignon avec sa fourchette. Je suis sûre que de votre bureau, vous n'entendez rien.

Il avala une cuillerée de riz nappé de sauce avant de répondre. Au moins, l'indignation ne lui avait pas coupé l'appétit !

— Et la petite, vous y pensez ? Je l'ai vue hier après-midi rebrousser chemin sitôt passée la brèche dans la clôture, très agitée…

Il mimait des gestes saccadés, secouant ses mains devant ses yeux.

— Je vous avais dit de fermer provisoirement le passage pour qu'elle ne se retrouve pas confrontée à tous ces inconnus, cette effervescence qui la perturbe…

Il ne laissa pas sa femme terminer sa phrase.

— Il n'en est pas question ! C'est son domaine… ce sont eux les intrus !

Elle était parfois surprise de sa véhémence. C'était à se demander s'il parlait de Vivi ou de lui. Absolument indifférent à sa naissance, comme à toutes les autres d'ailleurs, il s'était subitement senti concerné quand la petite avait commencé ses escapades, jusqu'à se faire littéralement son champion.

— On n'a pas à la priver de ce qui paraît être aussi important pour elle, même si nous en ignorons la raison. Tout ça pour que des cinéastes libidineux se rincent l'œil en filmant des starlettes peu vêtues et sans cervelle !

La violence de ses propos aurait dû choquer Suzanne, la laisser sans voix, elle eut à l'inverse le don de la faire réagir. C'était à son tour de se sentir personnellement attaquée.

— Je les ai aperçues de loin en allant faire les courses et elles sont décemment habillées, et même élégamment, rétorqua-t-elle dignement en repensant à la robe noire à l'encolure bateau que portait l'actrice blonde.

Il en fallait plus pour arrêter son mari.

— De jolis minois mais des têtes vides, poursuivait-il sur sa lancée. Sinon pourquoi faire semblant d'être quelqu'un d'autre ?

Comme elle-même avait fait semblant d'être « Suzanne » pendant toutes ces années ? Piquée au vif, elle riposta :

— La vedette du film, une certaine Catherine Deneuve, peut sembler n'être qu'une ingénue, mais elle est le contraire d'une évaporée. C'est une jeune femme déterminée, qui sait ce qu'elle veut et n'hésite pas à prendre des risques pour l'obtenir.

André la regardait, les yeux ronds, bouche bée. Sa blanquette refroidissait dans son assiette.

— L'attaché de presse lui a proposé l'autre jour de se jeter à la mer du haut d'une échelle à Collioure pour une photo spectaculaire. Il lui a promis qu'elle ferait la Une de *France Soir*. Que croyez-vous qu'a fait cette « tête vide » ? Elle a plongé. Et elle a eu sa Une !

Elle avait tout débité d'une seule traite, sans même élever la voix. Il semblait impressionné.

— Mais comment savez-vous tout cela ? Ce n'était pas dans le journal et vous n'avez pas pu voir la scène par-dessus la clôture…

Elle avait oublié son implacable logique. Zut.

— C'est la boulangère qui me l'a raconté, improvisa-t-elle. L'attaché de presse, je crois qu'il s'appelle Richard Balducci, est venu chez elle acheter des croissants pour toute l'équipe.

L'explication parut le convaincre. Il replongea le nez dans son assiette.

Aujourd'hui, l'ambiance était à l'orage. Pas dans le ciel mais sur le plateau. Vadim n'était pas souvent présent mais, quand il venait, il ne passait pas inaperçu. Et là, il avait une sévère algarade avec le chef-opérateur. Il n'était pas satisfait de ses gros plans de Catherine Deneuve, il aurait voulu qu'il mette davantage encore en valeur sa dulcinée. Mais Raoul Coutard n'était pas n'importe qui : n'était-il pas considéré comme LE « chef op » de la Nouvelle Vague ? Pas le genre à se laisser faire. Il protestait, arguant que le tournage avait commencé avec deux semaines de retard, que ce n'étaient pas des façons de travailler et qu'il ne pourrait pas terminer le film. Il y avait vraiment de l'électricité dans l'air !

Sybille s'éclipsa, elle n'aimait pas les tensions, les affrontements. Heureusement pour André, sinon leur mariage aurait été un enfer ! En temps normal, elle n'aurait jamais osé s'aventurer seule dans les appartements de Firmin Bauby sans y avoir été invitée par le maître des lieux lui-même, c'eût été inconvenant. Mais en ce moment le mas n'était plus un logis, c'était un décor ; les portes restaient ouvertes et chacun s'y promenait à son aise. Sybille se glissa dans la cuisine, qu'elle était curieuse de découvrir depuis longtemps. À Sant Vicens, rien n'était banal : ce ne pouvait être une pièce simplement utilitaire comme celle qu'elle-même avait à la maison, avec sa gazinière et son buffet Mado, même si elle s'y sentait bien. Ah, il était là ! Qui aurait cru qu'un jour elle en viendrait à s'extasier sur un… évier ? Celui de Firmin Bauby ne pouvait être comme le sien bêtement en faïence blanche ! Installé dans un renfoncement du mur, il était circulaire, en marbre rose foncé veiné de blanc de Villefranche, de même que le plan dans lequel il était encastré. Le soubassement et la garniture de la niche voûtée étaient en céramique dans les tons de vert. Une création de Geneviève Duboul. Sur le fond, une scène attendrissante aux couleurs vives : une jeune femme en caraco, jupe et tablier, arrosant une platebande de tulipes sous les yeux de sa petite-fille, une poule dans les bras. Ç'aurait pu être Éliette et Jocelyne, qui aimait tant les animaux du square. Humant avec délice le parfum d'immortelle qui flottait dans la pièce – Firmin Bauby avait un faible pour cette fragrance –, Sybille resta en admiration pendant de longues minutes, détaillant chaque carreau, savourant l'originalité et la maîtrise, elle commençait à devenir une experte. Introduire l'art jusque dans ce qu'une maison avait de plus prosaïque, c'était vraiment extraordinaire ! André, qui aimait que les choses ressemblent exactement à l'usage qu'on en faisait et rien d'autre, sans souci d'esthétisme, pousserait les hauts cris, bien sûr, mais elle, pour sa part, se voyait bien faire la vaisselle dans cet évier-là.

Le reste de la pièce était à l'avenant : une bassinoire et des casseroles en cuivre rutilant suspendues au mur, un four en fonte à l'ancienne surmonté d'une hotte en crépi blanc, et au-dessus de la crédence en carreaux de céramique décorés de fruits et de légumes comme le soubassement, des *estenyeres*[1] aux portes découpées, doublées de tissu de lin vichy pour laisser passer l'air.

Mais même dans la cuisine, Sybille n'était pas à l'abri : bien qu'assourdis, les éclats de voix des deux hommes lui parvenaient encore. Elle monta à l'étage en espérant

1 Placards catalans typiques.

qu'ils ne la suivraient pas jusque-là. L'escalier avait été confectionné sur mesure pour Firmin Bauby avec des degrés adaptés à ses petites jambes. Évidemment, il y avait encore de la céramique, sur les contremarches. En face, au niveau du palier du demi-étage, un personnage à cheveux longs en bois sculpté de Jean Lafitte. À chaque pas, Sybille découvrait une nouvelle merveille. Arrivée en haut, elle hésita. À gauche, c'étaient les appartements privés du maître des lieux qui continuait à y vivre pendant le tournage. Privés. Mais elle l'avait aperçu à travers la grille en fer forgé d'une des fenêtres de la grande salle du rez-de-chaussée, installé à la table faite d'une meule en pierre, à côté du puits à neige. La tentation était trop forte. Juste quelques pas, un rapide coup d'œil dans la salle de bains décorée par Jean Camberoque d'une céramique dans des tons bleu sombre représentant une nuée d'oiseaux venant picorer dans la main d'un jeune homme étendu, nu. Évidemment. Ça lui apprendrait à être trop curieuse ! Elle battit précipitamment en retraite pour rejoindre les appartements de Jean Lurçat, à l'autre bout du bâtiment, d'où lui parvenait un murmure de voix.

La caméra avait été installée dans la chambre qu'occupait le grand artiste quand il venait travailler à Sant Vicens. Il avait dû écourter son séjour à cause du tournage et s'en retourner plus tôt que d'habitude dans son château de Saint-Laurent-les-Tours à Saint-Céré, il reviendrait à l'automne. Elle s'approcha à pas de loup.

Deux des comédiens étaient déjà installés, attendant que la dispute cesse au rez-de-chaussée pour pouvoir jouer leur scène. Françoise Brion, en kimono imprimé court qui dévoilait ses jambes fuselées, était à demi allongée, accoudée alanguie sur les oreillers blancs, un magazine d'art ouvert sur les draps froissés. Elle avait l'air de s'ennuyer ferme, sans paraître remarquer la tête de lit la plus spectaculaire que Sybille ait jamais vue. Quand on aimait l'art moderne, bien sûr. Elle était surmontée par un médaillon de céramique rond cerclé de bois : une feuille nervurée, un croissant de lune et quelques étoiles, un échantillon des sujets préférés de Lurçat, qu'on retrouvait aussi bien dans ses tapisseries que sur ses céramiques. Assis sur le parquet, Jacques Perrin, bel ange blond vêtu d'un pull-over, essayait de distraire sa partenaire, sans grande réussite. Il y avait en lui une grâce émouvante qui touchait particulièrement Sybille. Les techniciens allaient et venaient. La maquilleuse se tenait prête à intervenir avec son pinceau et sa poudre, la peau des vedettes ne devait pas briller.

L'ambiance du tournage était à l'image de celle du film : désœuvrée et frivole en haut, violente et déchirée en bas. Sybille erra un moment dans le couloir, hésitant entre les deux. Mais les aiguilles de sa montre-bracelet tournaient, il fallait qu'elle rentre… même si c'était pour retrouver l'humeur de chien d'André. Et le terme n'était pas gentil pour Cerbère !

Elle redescendit l'escalier le plus silencieusement possible en se tenant à la corde qui servait de rampe. Non pas parce qu'elle s'était engagée à ne pas déranger – un régiment de hussards eût-il traversé le mas au grand galop que Roger Vadim et Raoul Coutard ne s'en seraient pas aperçus –, mais elle n'avait aucunement l'intention d'être prise à témoin dans cette dispute. Les deux hommes se querellaient toujours dans la salle à manger voûtée à l'ancienne. Pourvu qu'aucun d'entre eux ne se saisisse d'une des deux hallebardes accrochées en croix sur le manteau de la monumentale cheminée de pierre pour embrocher l'autre ! Rasant les murs, elle réussit à longer le couloir sans que quiconque la surprenne. Elle passait la porte quand elle entendit le « chef op » menacer :

— Encore un mot et je vous plante tous là ! Il me suffit de jeter ma valise dans le coffre de ma voiture et bye bye… je serai très loin d'ici. Vous vous débrouillerez sans moi !

Elle n'attendit pas de savoir ce que Vadim allait répondre à cet ultimatum. Quand elle se retrouva dans le parc, elle inspira profondément. L'air d'avril était doux, avec une petite fraîcheur en arrière-plan qui rappelait que le printemps ne faisait que commencer. Elle avait l'impression de mieux respirer. Comme on disait sur les plateaux quand un acteur ou une actrice en terminait, elle venait de « jouer sa dernière scène ». Elle ne reviendrait pas le lendemain, elle en avait fini avec le cinéma. Une révélation angélique, trois femmes qui étaient tout sauf « sans cervelle », quelques sourires, beaucoup d'attente et énormément d'ego. Elle avait eu sa dose de rêve et de désillusion. Firmin Bauby était heureux, c'était l'essentiel. Avant de reprendre le chemin Saint-Gilles pour rentrer chez elle, Sybille s'arrêta une dernière fois pour lever les yeux vers la fresque des quatre éléments qui habillait la façade. Vivi pourrait bientôt revenir la contempler.

14

Il venait de comprendre ce qui tirait la petite de sa transe hypnotique pour la ramener sur le carré de pelouse de ses parents. Du moins il le pensait ; avec elle, on n'était jamais sûr. Il avait buté dessus pendant des mois. Les jours de beau temps, et ils étaient nombreux en Pays catalan, il refusait de sortir en début d'après-midi pour ne pas rater une seule fugue de Vivi. Cerbère le savait : ces jours-là, il avait droit à une plus longue promenade le matin et juste une petite sortie pour les besoins naturels avant le repas du soir. André Escande avait même voulu décliner, sous un prétexte fallacieux, une nouvelle invitation de son ancien collègue Roger Desbarrats, à son appartement perpignanais cette fois : le jeudi, jour de congé des élèves, lui convenait parfaitement, mais pas question d'être absent à quinze heures, il ferait peut-être un beau soleil. Suzanne avait insisté : l'enveloppe contenait un mot gentil spécialement pour elle de la part d'Espé, désormais une belle jeune fille de seize ans. Comme d'habitude, elle avait trouvé la solution : sous prétexte d'un rendez-vous médical imaginaire, elle avait suggéré d'avancer leur rencontre au matin. Et il en avait été ravi. Après quelques échanges sur l'avancement de ses travaux « bibliques », actuellement au point mort, Desbarrats lui avait confié son désarroi : son fils Jean avait intégré la Royale et naviguait sur toutes les mers du globe, Espérance ne tarderait pas à prendre son envol à son tour, et il se sentait « vieux » et « dépassé » par la nouvelle génération. Mais quelle idée ! avait protesté André. Lui-même avait presque vingt ans de plus et son esprit n'avait jamais été aussi curieux, affûté, en un mot « jeune ». Ce qu'il n'avait pas précisé, c'est que son « enquête Vivi » n'y était pas pour rien. Il aimait les problèmes mathématiques ardus, ceux qui mettaient ses connaissances et son intellect à l'épreuve et dont la résolution était jubilatoire, mais aucun ne l'avait tenu en échec aussi longtemps. Pourtant, il s'acharnait. Il en était déjà à son troisième cahier rempli. Il notait tout ce qui lui passait par la tête, ne sachant ce qui au final pourrait s'avérer utile. Et mettre le doigt sur le détail, le déclencheur qui incitait la fillette à lâcher ce tête-à-tête muet avec la fresque en céramique lui avait pris beaucoup de temps. Il avait d'abord pensé qu'il s'agissait d'un élément extérieur : un bruit récurrent, l'apparition d'une personne, même à l'autre bout du mas, ou le chien de Firmin Bauby qui finissait sa sieste et s'ébrouait… mais rien ne survenait à chaque fois. En fait, ce qui l'avait égaré, c'est qu'à la mauvaise saison, Vivi avait très peu fugué. Certes, les jours gris et pluvieux étaient plus nombreux, mais pour le Midi méditerranéen, ils restaient cependant bien en dessous de la moyenne. En plus, c'était une des spécificités de la flore méditerranéenne, les arbres du parc de Sant Vicens gardaient leurs feuilles, même le caroubier ; le décor végétal qui l'entourait restait donc le même. Craignait-elle le froid, tout relatif là encore ? Pas spécialement. André l'avait vue s'échapper au milieu des rosiers avec son petit manteau en flanelle grise à col et martingale écossais. Pourtant, même si le ciel était bleu, il lui arrivait de rester chez elle. Pas dans le jardin mais carrément dans la maison, avait précisé Jeannine avec qui il partageait ses observations de temps en temps. Méfiante au début – André savait qu'il n'avait pas un caractère facile et était parfois d'un abord abrupt –, l'infirmière avait fini par apprécier sa pugnacité et la rigueur de ses analyses. Une aide extérieure n'était pas à dédaigner. En revanche, elle était la seule à savoir ce qui se passait à l'intérieur, et elle lui avait donné la clef de cet enfermement volontaire : la petite craignait beaucoup le vent, le vacarme des bourrasques de tramontane qui giflaient les frondaisons lui faisait peur, le sifflement de la bise sous les portes la terrifiait. Jeannine racontait qu'elle se bouchait les oreilles de ses deux mains ouvertes, le visage convulsé. Pauvre Vivi ! Le Roussillon était un pays de vent. C'est lui qui balayait les nuages dans l'azur du ciel. Certains disaient en riant qu'il rendait fou. Ce qui était sûr, c'est qu'il torturait la petite. La nurse avait donné la clef, Suzanne la solution : elle lui avait tricoté un bandeau dans une jolie laine rouge. C'était un modèle pour skieur qu'elle avait trouvé dans *Modes et Travaux*, avec des motifs jacquard blancs en forme de cristaux de neige. Il était plus large sur les côtés pour bien recouvrir les oreilles. Astucieuse, Suzanne avait doublé cette partie et glissé dans la « poche » ainsi créée des rondelles de liège qu'elle était allée commander à un vendeur de bonbonnes et bouchons sur le marché de la place Cassanyes. Le bois était isolant, il étouffait les bruits, c'était malin.

Poser le bandeau autour de la tête de Vivi n'avait pas été une mince affaire. Elle se débattait comme un beau diable, secouant ses cheveux blonds à chaque fois que Jeannine essayait de le lui enfiler. Finalement, avec douceur et patience, elle y était parvenue… et ça avait été magique ! La fillette s'était figée, les yeux écarquillés. Elle s'était calmée instantanément. Christiane Meunier en avait eu les larmes aux yeux. Et André aussi. Un peu. Outre l'émotion partagée par tous ceux qui avaient assisté à la scène, il était impressionné par l'ingéniosité de sa femme. Elle était décidément pleine de ressources !

Fuyant le vent et les nuages, Vivi avait donc peu « fugué » de fin octobre à début avril ; c'est ce qui avait faussé ses notes. Il lui avait fallu attendre le printemps pour se rendre compte que l'heure à laquelle elle quittait le parc pour rentrer reculait à chaque fois de quelques minutes. Sur une feuille vierge, il avait fiévreusement recopié, mois par mois, tous les horaires qu'il avait relevés depuis qu'il avait commencé à remplir ses cahiers, et ça lui avait, enfin, sauté aux yeux : plus les jours raccourcissaient, plus elle partait tôt, et plus ils rallongeaient, plus longtemps elle restait. Une idée avait germé dans l'esprit d'André, et cet après-midi-là, il voulait en avoir le cœur net. Quand il suivit Vivi dans le parc, il ne se contenta pas de rester à distance, debout derrière un arbre comme d'habitude : il s'approcha. Pas directement vers elle mais sur le côté, en conservant une distance rassurante. Et il s'assit par terre… en espérant être capable de se relever. Si on lui avait dit qu'il se vautrerait un jour de lui-même dans la poussière ! Mais il voulait être à la même hauteur que la petite, voir la même chose qu'elle, sous le même angle, ça lui avait plutôt bien réussi sur le carré de pelouse des Meunier. La petite se balançait d'avant en arrière comme de coutume. Sa main droite tenait un bâton, une branchette qu'elle venait sans doute de ramasser. De loin, il ne l'avait pas remarqué. Et ce n'était pas la seule chose. Une silhouette se pencha à travers une arcade du premier étage. De son poste d'observation habituel, André ne voyait pas cette partie du bâtiment, peut-être l'homme avait-il l'habitude de vérifier ainsi si la petite était là, pour faire passer le mot et qu'on la laisse tranquille, qui sait ? Le « guetteur » parut étonné de découvrir, en plus de la fillette, un vieux retraité rhumatisant posé tel un gros crapaud dans son allée ! Il esquissa un salut avant de disparaître derrière les colonnettes en pierre du Gard. Voilà, officiellement, André Escande était classé dans la catégorie des gens dérangés. Et il devait bien l'être un peu pour passer ainsi près d'une heure, le regard fixé sur des étoiles de toutes les couleurs, des petits soleils avec un visage, des flèches rouges et des flammes. Non, mais je vous demande un peu ! L'astre du jour, le vrai, commençait à décliner et les ombres des arbres sur la façade à grandir. Des ombres étirées, effilées, menaçantes. Quand les pointes des premières effleurèrent le globe bleu et vert, Vivi cessa son manège, se leva et repartit vers le fond du parc. André lui emboîta le pas avec un peu de retard, pas facile de se remettre sur pied à son âge ! Mais il avait beau maugréer contre ses genoux trop raides et les kilos en trop qui l'alourdissaient encore, il avait le sourire aux lèvres : « l'enquête Vivi » venait de faire un bond en avant. Il avait résolu une nouvelle énigme, mais il en restait bien d'autres… et d'abord, qu'est-ce que la petite voyait de si intéressant dans cette fresque ?

Sa bonne humeur s'évanouit dès qu'il mit le pied dans la roseraie. Elle était déserte et la maison aussi. Il en ressentait le vide d'ici. Et il n'avait pas envie de rentrer. Depuis toujours il croyait aimer la solitude. Il était bien d'accord avec Jean-Paul Sartre : l'enfer, c'était les autres. Et bien peu « d'autres » trouvaient grâce à ses yeux. Moins il en voyait, mieux il se portait. Travailler dans son bureau avec ses livres pour seule compagnie lui avait longtemps paru la meilleure façon de passer ses journées, il en avait rêvé pendant toute sa période d'activité au collège. Sauf qu'il se mentait. Quand il était dans sa grotte, quelqu'un d'autre était là. Discrètement, sans bruit, sans éclats. Sa « solitude » était accompagnée. Tous les jours depuis son mariage. Il était tellement habitué à cette présence derrière la porte, cette petite musique faite de frôlements, de pas étouffés, de refrains murmurés, qu'il n'y prenait plus garde. Mais quand le solo en sourdine se taisait soudain, le vrai silence s'installait et André Escande découvrait qu'il n'aimait pas ça.

Éliette avait malencontreusement chuté dans l'escalier de son immeuble et s'était cassé la jambe. Évidemment son mari était absent, toujours ce métier de courtier en vin qui l'amenait à parcourir toute la France, et Suzanne, prévenue par un voisin, avait aussitôt jeté quelques affaires dans une valise pour aller s'occuper de sa filleule en attendant son retour.

— Il n'y en a que pour quelques jours, avait-elle promis. Elle est clouée dans un fauteuil avec son plâtre. Il faut s'occuper des enfants, les emmener à l'école, faire les courses et à manger, nettoyer l'appartement, bref tout ce que la pauvre Éliette est dans l'incapacité de faire en ce moment.

Il avait protesté :

— Pourquoi n'est-ce pas sa mère qui s'en charge ?

Il était de mauvaise foi et il le savait.

— Ma sœur a été opérée il n'y a pas dix jours, lui avait rappelé Suzanne sans s'impatienter. Elle vient juste de sortir de l'hôpital et doit garder elle-même le lit. Je suis disponible, en bonne forme, il est normal que j'aille aider ma nièce.

Devant sa mine contrariée, elle avait ajouté :

— Allons, vous pouvez vous débrouiller tout seul pour si peu de temps, mon ami. Le frigidaire est plein et il y a des restes de bœuf bourguignon et de *freginat* de Baixas[1] qu'il suffit de réchauffer. J'ai fait passer une pleine cafetière, vous n'aurez qu'à aller acheter le pain tous les matins en promenant Cerbère. Je serai revenue avant même que vous ne vous soyez aperçu de mon absence !

Elle se voulait convaincante, apaisante. En souriant elle lui avait tendu sa valise bouclée et il l'avait mise docilement dans le coffre de la 203. Il l'avait même portée jusqu'au troisième étage où vivaient Éliette et sa famille et déposée sur le lit que Suzanne partagerait avec sa filleule. En redescendant seul l'escalier, il s'était senti exclu, inutile, rejeté. Un sentiment qui l'avait mis profondément mal à l'aise. Il était un homme, que diable, pas un petit garçon perdu sans sa maman ! La sienne était d'ailleurs morte quand il était jeune et n'avait pas encore passé son bachot. Avait-il vacillé, perdu pied ? Jamais. Alors pourquoi ce trouble, pis, cette faiblesse ? Il était rentré en colère contre elle, contre lui. Heureusement,

1 Plat typique catalan : viande de bœuf ou d'agneau sautée, servie avec une sauce aux tomates liée à l'aïoli.

il avait « l'enquête Vivi » pour occuper son esprit. Et il avait été brillant, il pouvait le dire… mais ne pas pouvoir partager sa trouvaille avec sa femme, à qui le sort de la petite tenait tant à cœur, gâchait sa joie.

L'escalier en onyx s'élançait en une courbe gracieuse vers la galerie du premier étage. Cambrée à l'avant de sa barque, Vénus ébouriffait ses longs cheveux blonds de ses doigts fuselés au-dessus de la tête d'André Escande qui ne lui jeta pas un regard. Il détestait cette accumulation de riches ornementations tarabiscotées, de colonnes en marbre rouge de style dit « pompéien », de mythes et d'allégories peints sur tous les murs par un artiste célèbre en son temps, tout ce décor surchargé voulu par un homme politique local pour en mettre plein la vue à ses invités. Il détestait l'Art nouveau. Définitivement. Cet amoncellement lui donnait l'impression d'étouffer. Les visiteurs et nouveaux adhérents de la bibliothèque qui découvraient l'hôtel Pams poussaient des Oh ! et des Ah ! d'admiration, surtout quand ils débouchaient dans le jardin du premier étage. André Escande, lui, gardait les yeux à terre pour éviter de s'énerver. Quand il était jeune agrégé, un de ses collègues, vieux professeur blanchi sous le harnais et tout près de la retraite, lui avait raconté avoir connu le bâtiment lorsqu'il était l'hôtel de l'industrie du papier à cigarette, associant la maison familiale de la famille Bardou au premier atelier de fabrication du papier JOB. Plus sobre, fonctionnel. Qu'est-ce qu'André aurait aimé le voir à cette époque-là, avant que Pierre Bardou-Job n'en fasse cadeau au mari de sa fille Jeanne pour ses réceptions politiques et que Jules Pams, député puis sénateur, futur ministre de l'Agriculture et même candidat à l'élection présidentielle de 1913, battu par Poincaré, n'en transforme complètement la décoration, faisant appel à un des peintres français les plus en vogue alors, « parce que tout le monde ne peut pas se payer un Gervais ! ».

Le bibliothécaire, responsable de la grande salle dont le balcon, qui courait sur toute la longueur de la façade, donnait sur la rue Émile-Zola, connaissait bien André Escande. Il le salua et sortit de sous son bureau deux revues scientifiques qu'il avait commandées à la demande de l'ancien professeur de mathématiques. Celui-ci venait souvent depuis quelques années, presque plus que durant toute sa carrière : d'abord pour ses recherches sur la Bible, et ces derniers mois pour lire tout ce qui avait été écrit sur ce mal mystérieux que médecins, psychiatres et psychanalystes commençaient tout juste à appréhender, avec des théories souvent divergentes, et appelaient « autisme ».

Les revues sous le bras, André Escande alla s'asseoir à sa table favorite, la plus éloignée de la grande cheminée de marbre gris encadrée par les inexorables colonnes pompéiennes rouges. Il avait d'abord voulu savoir d'où venait ce terme et ce qu'il recouvrait. Il avait alors fait la « connaissance » d'Eugen Bleuler et de sa clinique psychiatrique du Burghölzli, à Zurich. En 1911, pour nommer ce trouble qu'il définissait comme « un détachement de la réalité accompagné d'une prépondérance de la vie intérieure », il avait raccourci le mot « autoérotisme » avancé par l'inévitable Freud. Estimant que le sexe n'avait rien à voir là-dedans, il avait enlevé « l'éros » pour ne garder que « l'autisme ». Mais pour lui, c'était une manifestation de la schizophrénie. Puis

André avait découvert le pédopsychiatre américain Leo Kanner, qui avait établi qu'il s'agissait d'un dysfonctionnement infantile distinct, un syndrome associant des troubles de la communication, des comportements sociaux et des fonctions cognitives. André notait soigneusement chacun des termes relevés dans ses cahiers « Enquête Vivi » ; il savait qu'ils recouvraient tous une réalité spécifique, et comme il ne les maîtrisait pas encore – ce n'était pas son domaine –, il ne voulait pas faire de contresens et bâtir un raisonnement erroné dessus. C'est là qu'il était tombé sur le concept de « mère-réfrigérateur » qui avait horrifié Suzanne. Il devait reconnaître que même lui avait été choqué par le terme. Kanner disait avoir remarqué un manque de chaleur affective chez les parents d'enfants autistes, surtout la mère. Il écrivait que la solitude de ces enfants commençait dès le début de leur vie, qu'ils étaient « laissés dans un réfrigérateur qui ne dégivre pas » et se réfugiaient dans un repli sur soi qui leur semblait plus confortable. L'image était forte et l'hypothèse intéressante, voire séduisante, mais André ne reconnaissait pas Christiane Meunier dans cette mère-là. Il comprenait mieux pourquoi elle avait été tant bouleversée d'être ainsi accusée.

Jacques Lacan pointait aussi un doigt accusateur vers la mère. L'absence de regard entre elle et son bébé focalisait son attention. Le psychiatre et psychanalyste français était fasciné par le cas du petit Dick, documenté par la psychanalyste austro-britannique Melanie Klein, une freudienne orthodoxe. Mais quand André avait lu sa théorie selon laquelle l'obsession du gamin pour les poignées de porte symbolisait une pénétration sexuelle de sa génitrice, il avait abandonné. Tous des obsédés, ces psychanalystes !

Il s'était rabattu sur l'Autrichien Hans Asperger et ses autistes de « haut niveau ». Celui-ci mentionnait pourtant que leur langage n'était pas altéré, or à cinq ans à présent, Vivi ne parlait pas. Juste des cris quand quelque chose perturbait son petit monde ou ne lui convenait pas, comme certains aliments qu'elle refusait obstinément de manger et recrachait.

Heureusement, ces toutes dernières années, un courant antipsychanalytique commençait à se dessiner aux États-Unis, comme en témoignaient les dernières publications ouvertes sur la table devant lui.

La tonalité générale tournait néanmoins toujours autour d'une « malédiction familiale ». On cherchait la tare qui se serait répercutée sur l'enfant : le grand-père alcoolique, la grand-tante folle et internée… Ou plus simplement un accouchement difficile où la mère avait souffert le martyre, failli mourir et souhaité peut-être à ce moment-là n'avoir jamais été enceinte. Cette douleur et ce « rejet » auraient laissé des séquelles, pourquoi pas ? De ce point de vue, d'après ce que lui avait dit Suzanne, tout s'était bien passé pour Christiane Meunier dont la délivrance, certes inconfortable, s'était déroulée comme on pouvait s'y attendre pour un premier né. Restait à recenser d'éventuels antécédents familiaux, il faudrait qu'il demande… Mais les médecins devaient déjà avoir posé la question.

André feuilleta son cahier, parcourant ses notes du regard. La liste des symptômes répertoriés, à tort ou à raison, était longue. L'autisme couvrait un spectre large, avec des degrés très divers, mais plusieurs d'entre eux correspondaient indubitablement au comportement qu'il avait pu observer lui-même chez Vivi : ses agissements répétitifs, le besoin de routine pour pallier la peur de l'imprévu, les problèmes d'équilibre, le regard qui évite, les sons qui agressent, une hypersensibilité sélective, l'absence de langage, même si Lacan était persuadé que ce n'était pas une incapacité mais un refus de parler, une façon différente d'appréhender le monde et de s'y insérer… Et les publications étaient unanimes : les troubles persistaient toute la vie. N'y avait-il donc aucun espoir pour la petite ?

Il ôta ses lunettes et referma son cahier avec un gros soupir qui fit lever la tête du bibliothécaire, surpris. Il n'était pas dans les habitudes du respectable monsieur Escande de troubler le silence imposé en ces lieux.

Cerbère filait entre les buissons de genêts et d'ajoncs en fleurs en jappant joyeusement. Au début de leur « relation », quand ils se découvraient mutuellement, André le gardait constamment en laisse. Mais avec le temps étaient venues la confiance et même la complicité. En le choisissant, Suzanne avait vu juste, comme d'habitude. Donc, quand leur promenade les amenait jusqu'à la colline de l'autre côté de la route d'Elne, il lâchait désormais le boxer pour qu'il s'ébatte librement, en sachant qu'il reviendrait au premier appel, comme toujours. Le ciel était bleu, le soleil resplendissant et Vivi irait sans doute faire son tour à Sant Vicens cet après-midi ; André avait besoin de mettre de l'ordre dans ses idées, de décider de la conduite à suivre pour que son enquête continue à avancer. Il s'assiérait exactement sur la même ligne qu'elle, pas trop près pour ne pas l'effrayer, pas trop loin pour bien voir ce qu'elle faisait. Parce que, contrairement à ce qu'il pensait jusqu'ici, elle n'était pas inactive, perdue dans sa contemplation. Il ne faisait pas référence à son balancement mais au petit bâton qu'elle tenait. Elle ne le regardait pas, pas une seconde ses yeux ne quittaient la fresque, parfois même, elle les encadrait de ses deux mains en coupe, comme pour mieux se concentrer sur un détail, mais le reste du temps, quand ses bras étaient ballants, elle creusait dans la poussière avec la branchette. Il fallait qu'il regarde ça de plus près.

Deux longues oreilles qui détalent entre les buissons. Un aboiement excité. Cerbère s'était lancé à la poursuite d'un lièvre. Sa chasse risquait de l'emmener loin, trop pour ses jambes de retraité, André le rappela. Le boxer s'arrêta docilement, mais le regard déçu qu'il lança à son patron aurait fait fondre un cœur de pierre. On sentait qu'il espérait un contrordre, un « allez, va » qui lui donnerait l'autorisation attendue, mais André le siffla et le rattacha. Ils approchaient du chantier. On voyait d'ici les bras tendus des grues et on entendait le bruit des pelles mécaniques qui creusaient des tranchées. La municipalité avait entrepris une vaste opération sociale de construction de logements à prix bas, tout un quartier sur une colline au sud de la ville dessiné par l'architecte Pierre Ferrand. André en avait admiré la maquette à la foire-exposition : des bâtiments blancs avec des loggias, coiffés de tuiles, le long de ramblas bordées de palmiers. Ces dernières semaines, il avait vu les bulldozers les tracer. Le programme avait été lancé pour répondre à l'accroissement de la population, vingt-deux pour cent en huit ans. Il s'adressait aux Perpignanais, bien sûr, mais aussi aux rapatriés d'Afrique du Nord qui commençaient à affluer.

Les premiers étaient arrivés des mois avant les accords d'Évian. Certains « pieds-noirs », comme on les appelait, avaient senti le vent tourner et anticipé l'inévitable : en mars 1962, ils étaient déjà un millier à être revenus en métropole dans les Pyrénées-Orientales. En ordre dispersé, chacun de son côté. Après le cessez-le-feu, ceux qui étaient encore là-bas s'étaient retrouvés seuls, abandonnés, face à la violence, aux attentats, sans plus être protégés par l'armée française. Convaincus que l'indépendance n'était plus qu'une question de temps, ils avaient entrepris de quitter l'Algérie en masse. C'est ainsi que le 27 mai dernier, Port-Vendres avait vu arriver un chalutier, le *Manuel Campillo*, en provenance de Beni Saf, à quatre-vingt-dix kilomètres au sud-ouest d'Oran. À son bord, trente personnes dont dix enfants. Ces pêcheurs travaillaient déjà pour les conserveries d'anchois de Collioure ; quand la situation était devenue intenable, ils avaient tout naturellement embarqué leurs familles sur leur instrument de travail et traversé la mer jusqu'à leurs employeurs. Il y avait gros à parier que d'autres suivraient, venant d'Arzew, Mostaganem, Oran... Mais il n'y avait pas que les pêcheurs. Quelques heures seulement après le *Manuel Campillo*, le paquebot *Al Mansour* débarquait neuf cents rapatriés. La photo avait fait la Une de *L'Indépendant*. Sur le quai les attendaient les officiels dont le préfet Dubois, Paul Alduy, le député-maire de Perpignan, et bien sûr Henri Conte, le maire de Port-Vendres, et derrière lui toute la population de la bourgade portuaire. Les passagers du paquebot avaient débarqué en chantant *La Marseillaise* et le *Chant des Africains*. La traversée avait été éprouvante : dix-huit personnes âgées, arrivées inanimées, avaient été descendues sur des brancards et prises en charge par les secours. D'autres paquebots habitués à faire la navette entre la côte Vermeille et l'Algérie, comme l'*El Djezaïr* ou *Le Canigou*, poursuivaient la noria. On en annonçait des milliers. Mais où loger ces exilés qui avaient tout laissé là-bas ? À Port-Vendres même, on avait à la hâte érigé des tentes et des bungalows. Une mesure de première urgence en attendant la construction d'une cinquantaine de logements sur le terrain municipal de Val de Pines, on l'espérait avant l'hiver. Mais c'était vers le chef-lieu que tous les yeux se tournaient. À Perpignan, le conseil municipal avait voté à l'unanimité un crédit de 20 000 francs en urgence, notamment pour les enfants et les vieillards. En prévision de la rentrée scolaire de septembre, des bourses d'études municipales de 100 francs avaient été attribuées à plusieurs enfants pieds-noirs inscrits dans le secondaire dont les familles étaient dans le besoin. La mairie demandait en outre à l'État d'anticiper en créant des classes supplémentaires. Mais évidemment, le logement était le problème numéro un. Les hasards du calendrier avaient heureusement bien fait les choses : deux ans auparavant, Paul Alduy avait lancé ce grand projet immobilier visant à loger les enfants du baby-boom. Ce nouveau quartier, appelé Moulin-à-Vent, devait comprendre deux mille cinq cents logements, des commerces et des équipements scolaires, culturels et sportifs. Les rapatriés y trouveraient un cadre agréable qui ne serait d'ailleurs pas sans leur rappeler celui qu'ils avaient été obligés de laisser sur l'autre rive de la Méditerranée. André n'avait pas d'opinion là-dessus. En 1939, lors de la Retirada, il avait vu arriver les républicains espagnols fuyant l'avancée des troupes franquistes, il avait eu quelques-uns de leurs fils en classe. Pas beaucoup. Certains instituteurs renâclaient à les faire passer en sixième sous prétexte que « pour devenir maçon, il n'y avait pas besoin de faire des études ». Leur intégration n'avait pas été facile. André se souvenait de la réaction outrée de Roger Desbarrats en entendant fuser un « Espagnols de merde » dans la cour du vieux bahut. Les coupables avaient été collés dans la foulée. Il espérait que les pieds-noirs recevraient meilleur accueil mais n'en aurait pas juré.

Tiens, il y avait un attroupement devant les baraquements provisoires construits pour abriter les bureaux et ranger les outils. Du beau monde apparemment, un service d'ordre canalisait les voitures qui venaient se ranger sur un terrain dégagé avant le chemin de la Passio-Vella. André aurait dû s'en souvenir, c'était écrit ce matin dans le journal : aujourd'hui, c'était la cérémonie de la pose de la première pierre. Curieux de voir ça, il se rapprocha, Cerbère tenu étroitement en laisse. Il était cravaté et en costume, comme à son habitude – ce n'est pas parce qu'il commençait à faire chaud qu'il fallait se relâcher –, et personne ne fit attention à lui. Il se faufila au milieu des invités. Au loin, les cloches de la cathédrale, des églises Saint-Jacques, Saint-Mathieu et Notre-Dame-de-la-Réal, sonnèrent en chœur : il était onze heures. Le plan du futur quartier avait été punaisé sur un panneau en contreplaqué. L'architecte Ferrand prit la parole pour le commenter. André crut reconnaître Robert Meunier au sein de son équipe massée sur le côté, mais ne chercha pas à aller vérifier pour ne pas se faire remarquer. Le laïus terminé, on tendit une truelle à Paul Alduy. En habitué de l'exercice, monsieur le député-maire fixa une belle pierre de granit portant la date du jour, 12/6/1962, à l'endroit qui lui était indiqué, à l'angle d'un muret, le tout sous les yeux du préfet Dubois, ceux de l'évêque monseigneur Bellec, et les applaudissements des nombreux élus présents auxquels André joignit les siens. Il devait jouer son « rôle » jusqu'au bout ! Les journalistes se précipitèrent. Inévitablement, la question du logement des pieds-noirs vint sur le tapis. Paul Alduy avait préparé sa réponse :

— Je voudrais que les rapatriés retrouvent ici la petite patrie qu'ils ont perdue là-bas, formula-t-il avec assurance, qu'ils sachent que la terre catalane est très accueillante et que le Moulin-à-Vent essayera de l'être plus encore.

Puis tous les invités s'engouffrèrent dans un des baraquements pour le vin d'honneur. André aurait pu les suivre mais il estima en avoir vu assez et repartit vers Saint-Gaudérique ; en chien bien élevé qu'il était une fois en laisse, Cerbère n'avait pas bougé une oreille. Les premiers coquelicots fleurissaient au revers des talus. Des taches rouges étaient apparues quelques jours plus tôt en bordure du parc de Sant Vicens, pas dans leur roseraie, Suzanne revenue enfin à la maison y veillait, mais Firmin Bauby adorait ces touches de couleur qui naissaient spontanément et venaient aviver le tableau végétal qu'il avait patiemment composé dans son parc. Quand Vivi les avait découvertes sur sa route, toujours la même, elle avait marqué un temps d'arrêt. André avait eu peur qu'elle ne rebrousse chemin, perturbée dans ses repères, terrorisée, mais elle s'était contentée d'éviter la touffe folâtre des fleurs annonciatrices de l'été, en prenant soin de ne pas marcher dessus – du moins c'est l'impression qu'il avait eue –, et avait continué avec ses tours et détours habituels jusqu'à son poste d'observation sous le caroubier. Il avait noté : les coquelicots ne la gênent pas.

15

Elle ne creusait pas, elle traçait des lignes. Deux, qui ne se touchaient pas. Une presque horizontale, l'autre oblique. Était-ce important ? Elle n'avait pas regardé une seule fois ce que faisait sa main. Ça ressemblait à un geste machinal… sauf que, comme pour tout, elle le répétait encore et encore.

Cette fois, il s'était placé de façon à voir son côté droit, que le balancement lui avait caché jusqu'ici. Quand l'ombre des arbres avait commencé à attaquer la planète verte et bleue tel un monstre vorace, Vivi s'était levée mais André était resté. Elle était passée à quelques pas sans paraître le remarquer ; elle n'avait pas fait plus de cas de lui que s'il avait été une de ces grosses jarres en terre cuite qui décoraient le parc. C'en était presque vexant ! Après son départ, il s'était redressé – en s'appuyant sur le tronc le plus proche, c'était plus sûr – et, dévoré de curiosité, s'était penché sur les sillons laissés par la branchette que tenait la fillette.

Il ne savait qu'en penser. Cela ne voulait sans doute rien dire, mais avec elle, savait-on jamais ? Il sortit son cahier de la poche de sa veste pour recopier scrupuleusement les deux traits. Une petite voix dans sa tête lui répétait qu'un détail en apparence insignifiant pouvait s'avérer d'une importance capitale.

— Ainsi, vous vous êtes improvisé son garde du corps...

Cette voix-là n'était pas intérieure. Bien réelle, elle résonnait derrière lui. André se retourna. Pantalon beige clair, chemise bleu ciel, cheveux un peu longs soigneusement peignés en arrière. Le « poissonnier ».

— Monsieur Escande, n'est-ce pas ? Je suis ravi de faire enfin votre connaissance.

S'il avait su le mal qu'André pensait de lui et de sa bande, il l'aurait sans doute moins été ! Quoique le regard perspicace posé sur lui parût difficile à duper. C'était la première fois que l'ancien professeur de mathématiques le voyait de si près. Il ne l'imaginait pas aussi petit, il le dominait d'une bonne quinzaine de centimètres. Mais il en fallait sans doute plus pour donner des complexes à Firmin Bauby. La main tendue était franche et amène, très à l'aise. André la serra, surpris et un peu contrarié de le trouver sympathique.

— Le manège de Vivi est fascinant, n'est-ce pas ? commenta le maître des lieux.

Il indiqua du menton l'endroit où la petite avait l'habitude de s'installer, sous le caroubier.

— Et même fasciné, compléta machinalement André avant d'ajouter, intrigué : mais comment connaissez-vous son prénom ?

Sybille lui avait vanté l'esprit logique de son mari, elle n'avait pas exagéré. Mais il en fallait plus pour le désarçonner ! D'autres s'y étaient essayés, ils s'y étaient cassé les dents, foi de Firmin Bauby !

— Une de mes amies qui connaît bien les Meunier m'a tout raconté, répondit-il sans mentir. Le quartier est comme une famille, voyez-vous !

L'envie de révéler que l'amie en question n'était autre que l'épouse d'André Escande elle-même le démangeait, mais il sentait que c'était encore trop tôt. Il fallait laisser du temps au temps.

— La petite est un peu devenue la mascotte de Sant Vicens, expliqua-t-il. Il était important de savoir comment se comporter pour ne pas l'effaroucher. Prendre quelques renseignements était indispensable. C'est ainsi que nous avons décidé de nous « effacer » pendant qu'elle est là. Même mes neveux y prennent bien garde quand ils viennent me voir. Paul a maintenant dix-huit ans, c'est un adulte, mais son cadet Michel n'en a que treize et des fourmis dans les jambes le jeudi !

La démarche ne pouvait que séduire le très cartésien professeur de mathématiques. En effet, celui-ci acquiesçait gravement. C'était gagné !

— Mais je suis curieux, voyez-vous, enchaîna-t-il. Je vous aperçois à chaque fois griffonner dans votre cahier... Accepteriez-vous de partager avec moi vos conclusions ? Elles pourraient nous servir.

Là aussi, il avait visé juste : André Escande ne se fit pas prier. Parcourant ses notes, il déroula le fil de son enquête, mois après mois. Il montra même les photos qu'il avait prises : en particulier celle des flèches vues du jardin des Meunier et celle des ombres sur la fresque qui faisaient fuir Vivi. Firmin Bauby était impressionné : en bon scientifique, son voisin n'avait rien laissé passer. Et il lui apportait le contrechamp de ce que lui-même avait pu observer : le regard de la petite.

— Et bien sûr, la question qui nous taraude tous, vous autant que nous, je suppose : que peut-elle bien voir dans cette fresque ? Sûrement pas la symbolique des quatre éléments qu'a voulu représenter Jean… Jean Lurçat, je veux dire. Il n'est même pas dit qu'elle perçoive les mêmes couleurs que nous !

André Escande eut l'air étonné : l'idée ne l'avait visiblement pas effleuré. Et pourtant…

— J'ai interrogé un psychiatre de ma connaissance pour essayer de comprendre ce… trouble autistique, je crois que c'est le terme. Selon lui, il semblerait que si nous, nous voyons l'ensemble avant de nous concentrer sur les détails, les autistes, eux, voient les détails d'abord et ont du mal à les assembler. Imaginez un puzzle : nous voyons l'image globale, ils voient les petites pièces en carton les unes à côté des autres, mais sans lien…

Cette image semblait donner à réfléchir à son interlocuteur.

— De ce fait, pour eux, Ingres, c'est de l'art abstrait et les tableaux cubistes de Picasso ont un sens, résuma-t-il, songeur.

Firmin Bauby n'était pas sûr que son ami Pablo apprécierait le parallèle ! Il laissa échapper un petit rire :

— Pour certains d'entre nous aussi, et nous ne sommes pas autistes pour autant, s'amusa-t-il. Mais je vois ce que vous voulez dire. Qui sait ?

Il se retourna vers la fresque.

— Et elle, demanda-t-il, elle vous dit quoi ?

Un joyeux coup de klaxon dispensa André Escande de répondre. Ah, pile à l'heure !

— Excusez-moi, mon cher, mais vu que le début d'après-midi est réservé à notre mascotte, je donne les rendez-vous plus tard…

Un homme aux cheveux bruns approchait en faisant bonjour de la main. En chemise blanche et pantalon noir, il portait un grand cahier de partitions sous le bras.

Derrière lui, d'autres voitures se garaient les unes après les autres à l'entrée du chemin Saint-Gilles.

— Vous connaissez Georges Barre, bien sûr…

Le visage d'André Escande restait de marbre. Non, apparemment il ne le connaissait pas. Était-ce possible ? Tout le Pays catalan avait un jour dansé sur les airs joués par l'orchestre de l'ami Georges. Il avait animé pendant tant d'années les bals du département. Mais il est vrai que, si on en croyait Sybille, le prof de maths était allergique à ces plaisirs futiles.

— Il a délaissé ses musiciens, abandonné les valses et les paso-doble pour la bonne cause : chanter en catalan, compléta Firmin Bauby. Et il a accepté le double rôle de soliste et de directeur artistique dans la chorale à qui mon frère Philippe et son épouse ont donné le nom du mas et de l'atelier : le Fanal de Sant Vicens.

André Escande hochait poliment la tête, de toute évidence il ne savait absolument pas de quoi son hôte parlait. On entendait des portières claquer, des salutations, des appels, des rires. Les choristes affluaient. Georges Barre, un grand sourire éclairant son visage, avait ouvert les bras pour lui donner l'accolade, Firmin Bauby la lui rendit avec entrain.

Quel dommage que Suzanne ne soit pas là avec lui. À écouter la radio quasiment tous les jours dans sa lingerie, elle aurait sans doute su qui étaient tous ces gens. André, lui, se sentait un peu perdu. Hors de son monde comme un poisson hors de son bocal. Il se contentait de saluer de la tête, mal à l'aise, raide, muet, avec une énorme envie de se retrouver seul dans son bureau. Mais la courtoisie élémentaire, et ses rhumatismes, lui interdisaient de s'enfuir à toutes jambes. Une camionnette venait de se garer à son tour. On en sortait des appareils, des câbles. Une voiture de *L'Indépendant*, aussi. Le mas était littéralement envahi. Georges Barre était particulièrement prolixe en ce bel après-midi de juillet. Il roulait les r et ses phrases coulaient tel un torrent enjoué et enthousiaste. André avait travaillé pour se débarrasser de ce roulement méridional qu'il n'estimait pas assez sérieux pour enseigner, surtout les mathématiques, mais dans la bouche du chanteur il prenait une musicalité charmante. À partir des bribes de conversations attrapées au vol, il comprit qu'un enregistrement était prévu dans la cave qui servait de salle d'exposition. Le son y était paraît-il extraordinaire. Et le cadre tout autant, avec ces pièces de céramique aux couleurs chatoyantes exposées dans des foudres centenaires. Cela ferait de belles photos pour le journal.

— Vous nous accompagnez, cher voisin ? proposa aimablement Firmin Bauby. Nous allons passer un bon moment, vous ne le regretterez pas !

Mais André déclina, soulagé de voir choristes, techniciens et photographe s'engouffrer puis disparaître dans le bâtiment en *cairó*. En quelques secondes, il se retrouva à nouveau seul au pied de la fresque. Les flèches rouges pointaient vers lui comme pour exiger une réponse à la question que lui avait posée celui qu'il n'oserait plus désormais appeler le « poissonnier » : et à vous, que vous dit-elle ? Que voyez-vous ? Il n'y a pas si longtemps, il s'en serait débarrassé d'un « rien » rogue et d'un haussement d'épaules, mais aujourd'hui, et puisque personne n'était là pour l'entendre, il n'en était plus aussi sûr. À force de regarder ces carreaux de céramique par les yeux de Vivi, ou ce qu'il imaginait être ses yeux, la puissance des symboles l'avait happé, l'énergie qui s'en dégageait l'entraînait de plus en plus loin dans ce cosmos suggéré, cet infini où l'esprit se perdait. Il n'aurait su dire encore ce qu'il ne faisait pour l'instant que pressentir, mais quelque chose là-bas dans le fond commençait à s'agiter et quelque chose en lui y répondait. Contre toute raison. Et cela ne le gênait même pas.

Les voix mélodieuses des choristes du Fanal s'échappaient de la cave, s'enroulaient autour de lui avant de se perdre dans le parc. Leur musique semblait répondre à celle des sphères au-dessus de sa tête, mettre l'univers en mouvement. Une envie soudaine le saisit. Qui n'avait rien à voir avec la fresque de Lurçat, ni même avec Vivi. Une envie née spontanément de toute cette mystérieuse alchimie qu'il sentait à l'œuvre autour de lui.

Le myosotis, et puis la rose
Ce sont des fleurs qui disent que'qu' chose
Mais pour aimer les coquelicots
Et n'aimer qu'ça, faut être un idiot...

À travers le battant de la porte de la lingerie, il l'entendait fredonner pour accompagner la radio. C'était son domaine réservé, son cocon ; on l'y sentait joyeuse, heureuse. S'était-il déjà posé auparavant cette question pourtant essentielle : comment se sentait-elle dans la vie qu'ils menaient ? Qu'il lui faisait mener, soyons honnête. Il avait tenu pour acquis que cette existence confortable, sans souci du lendemain, bien réglée et paisible satisfaisait les aspirations fondamentales de Suzanne. Et si, par hasard, il lui avait demandé si c'était le cas, elle aurait sans doute répondu « mais bien sûr, mon ami, du moment que vous êtes heureux je le suis », la tête penchée sur le côté, avec son doux sourire. Pour le rassurer. Mais qu'en était-il vraiment ? Il jubilait d'autant plus de la belle surprise qu'il s'apprêtait à lui faire. Et contrairement à ses habitudes égoïstes, c'était à elle qu'il avait pensé d'abord.

Après avoir quitté le parc de Sant Vicens mélodieusement peuplé et retrouvé la sage roseraie de son épouse, il avait raflé le trousseau de clefs sur la console de l'entrée et sorti la 203 du garage. C'était bien la première fois qu'il descendait ainsi dans le centre-ville sur une impulsion et non en raison d'une nécessité impérieuse dûment programmée. Il s'était garé près du marché de gros, siège d'une intense activité le matin mais quasiment désert à cette heure de la journée. À pied, il était à deux pas des Nouvelles Galeries, qu'en bon vieux Perpignanais il persistait à appeler le Grand Bazar Claverie, sur le quai de la Basse, en face du Castillet.

La vendeuse aux cheveux bruns crêpés avait eu l'air étonnée de voir ce vieux monsieur respectable s'adresser à elle, sa clientèle était plutôt composée d'adolescents.

— C'est pour offrir ? avait-elle demandé avec son sourire le plus commercial.

Comme il acquiesçait, elle avait paru se rasséréner. Inutile de lui préciser que la destinataire du cadeau n'avait que cinq ans de moins que lui ! Il se sentait tout guilleret, d'humeur légère, et s'était laissé guider par la jeune femme. Il avait évité cependant l'écossais aux tons criards, le succès du moment, lui assurait-elle, pour un gris plus neutre et même élégant. Pour le complément, André avait cherché lui-même dans les bacs et fait son choix. Il était retourné à la voiture les bras chargés, ravi de ses emplettes. Il espérait que Suzanne serait tout aussi enthousiaste.

Et sous le corsage blanc
Là où battait son cœur
Le soleil, gentiment,
Faisait vivre une fleur
Comme un petit coquelicot, mon âme,
Comme un petit coquelicot

La main un peu tremblante, il toqua à la porte de la lingerie.

Elle s'interrompit net, les sourcils froncés, l'aiguille à broder piquée dans le tissu jaune paille. Jamais son mari ne montait au premier étage, il lui était tacitement réservé. Que se passait-il ? Mouloudji continuait à chanter seul sa tendre rencontre dans un champ de blé. Elle posa son ouvrage, éteignit la radio et alla ouvrir. André se tenait sur le seuil. Il semblait sur des charbons ardents.

— Qu'y a-t-il, mon ami ? s'enquit-elle, un peu inquiète.

Il ne semblait pas dans son état normal. Mais en très bonne forme, ce qui était l'essentiel. Avec des mines de conspirateur, il lui fit signe de le suivre au rez-de-chaussée. Ma foi, s'il n'y avait que ça pour lui faire plaisir… Il la précéda dans le couloir puis le salon et se campa devant le buffet bas en merisier où étaient rangés le beau service de porcelaine qu'on leur avait offert pour leur mariage, les verres en cristal et l'argenterie qui dormaient là, intacts, sans la moindre ébréchure puisque les Escande ne recevaient jamais. Comme elle l'interrogeait du regard, il fit un pas de côté avec un grand geste du bras tel un prestidigitateur dévoilant sa partenaire jaillissant de la boîte où il était censé l'avoir coupée en deux. Il laissa ainsi apparaître un superbe électrophone portatif Teppaz, le modèle Oscar, si elle en croyait les publicités imprimées dans la presse. André avait ouvert la jolie petite valise aux coins arrondis pour qu'on voie bien le plateau tournant et le bras, ainsi que les deux molettes pour le réglage du volume sonore et de la vitesse de rotation, 45, 33 et 78 tours. Le haut-parleur circulaire était inséré dans le couvercle redressé. De chaque côté de l'appareil, il avait disposé une pile de disques vinyles dans leurs pochettes aux couleurs vives.

— À gauche, les miens, annonça-t-il en lui montrant l'intégrale des suites pour violoncelle seul de Bach par Pau Casals, un enregistrement légendaire. Je me suis fait ce petit plaisir, mais l'important, ce sont ceux de gauche, les vôtres, ma chère. Je vous ai pris une petite collection de microsillons ... J'espère que je ne me suis pas trompé!

Sous son regard anxieux, Suzanne découvrit, estomaquée, un florilège des chansons à succès de ces dernières années : deux 33 tours, les *Chansons et Complaintes* de Mouloudji, sans le « Coquelicot » mais avec « Un jour, tu verras », « La Complainte de la butte » et « Mon pot le gitan », et un second rassemblant les plus récents refrains de Charles Trenet, dont « Le Jardin extraordinaire », « Le Vieux Piano de la plage », « Nationale 7 », « À la porte du garage » ainsi que « Mes jeunes années » et « La Jolie sardane » inspirés, de son adolescence catalane, ce qui rappela à « Sybille » sa rencontre impromptue avec le fou chantant venu saluer Jean Lurçat en coup de vent. Et puis une kyrielle de 45 tours : « Syracuse » de Henri Salvador, « Il faut savoir » de Charles Aznavour,

« L'histoire d'un amour » de Gloria Lasso, « Ma môme » de Jean Ferrat, « Deux enfants au soleil » de Isabelle Aubret, « Les comédiens » de les Compagnons de la chanson, « Et maintenant » de Gilbert Bécaud, « Non, je ne regrette rien » de Edith Piaf…

— Et je ne pouvais évidemment pas passer à côté de celui-ci, commenta André en lui tendant les « Roses blanches de Corfou » de Nana Mouskouri. Un titre sur mesure pour vous et votre beau jardin.

Suzanne en avait perdu la parole. Il guettait une réaction, espérait un mot, mais elle restait pétrifiée, n'en croyant pas ses yeux. En plus de quarante ans de mariage, il ne lui avait jamais offert que des cadeaux utiles. Il n'avait pas de mots assez durs ou méprisants pour ceux qui arrivaient les bras chargés de fleurs, de bijoux, de chocolats ou de places de spectacle. En voilà de l'argent jeté par les fenêtres ! Alors voir soudain son époux lui offrir… de la musique, plus qu'inattendu, c'était carrément miraculeux.

Elle se retourna enfin vers lui, les yeux pleins de larmes, et eut la surprise de constater qu'il était aussi ému qu'elle. Ils restèrent un instant face à face, juste quelques secondes mais une éternité eu égard à ce qu'ils n'avaient jamais partagé.

— Mon ami, c'est merveilleux, finit-elle par articuler. Je vous remercie du fond du cœur, c'est très délicat de votre part…

Il esquissa un geste vers elle mais ne le termina pas. Il avait beaucoup progressé, on pouvait même parler d'un bond de géant en ce qui le concernait, mais il lui restait encore du chemin à parcourir.

Les jours « favorables », ceux de beau temps, sans trop de vent ni d'agitation à Sant Vicens, il guettait le passage de Vivi de derrière les cyprès. Quand elle franchissait la haie recouverte de lierre, il comptait trente secondes avant de lui emboîter le pas. Le temps de traverser la roseraie, quand il passait à son tour de l'autre côté, la petite arrivait déjà sous le caroubier. Elle tolérait sa présence, il faisait partie de son cadre familier et rassurant au même titre que le briard de Firmin Bauby, ce qui ne laissait pas d'étonner André, mais il préférait rester à distance respectueuse et lui laisser de l'avance. Seulement, ce jour-là, au sortir de l'ouverture dans le grillage, il faillit buter sur elle. Il s'arrêta juste à temps, la moitié du corps encore dans le passage. De derrière les feuilles, il ne la voyait pas bien mais, même de dos, on la sentait perturbée. Ses mains s'agitaient dans tous les sens à hauteur de son visage. Sur la pointe des pieds, elle oscillait au bord du petit talus où jusqu'ici les coquelicots dressaient leurs têtes fragiles et fripées, frissonnant à la moindre brise. Mais avec le mois d'août, les flammes écarlates de leurs corolles s'étaient éteintes, et leur disparition semblait beaucoup affecter Vivi. André ne savait que faire. Les minutes passaient. S'allongeaient. Elle était capable de rester plantée là pendant des heures. Et son désarroi allant grandissant, elle pourrait entrer en crise. Il hésitait à rebrousser chemin pour aller chercher du renfort auprès de Suzanne ou même de Christiane Meunier quand, du coin de l'œil, il aperçut Firmin Bauby sortir la tête, à l'angle de sa maison. Lui aussi devait calculer l'heure d'arrivée de la fillette et, ne la voyant pas surgir, il venait aux nouvelles. André se décida. Rasant le lierre, entre lauriers-roses, aloès et figuiers de barbarie, il fit un grand détour pour rejoindre le propriétaire des lieux.

— Que lui arrive-t-il ? demanda ce dernier sans préambule quand le professeur de mathématiques le rejoignit. Elle semble bloquée…

André lui expliqua en quelques mots la saison qui s'avançait, les coquelicots fanés et ce rouge qui manquait à la petite sur le chemin balisé de ses allers et retours répétitifs. Mais on ne pouvait pas contraindre la nature, n'est-ce pas ?

Bauby esquissa un demi-sourire :

— La contraindre non, mais l'imiter oui !

Demandant à son « cher voisin » de patienter un instant, il retourna chez lui presque en courant pour en ressortir avec deux sécateurs dans une main et un panier dans l'autre. Le André d'il y a seulement un an se serait dit que le « poissonnier » était décidément devenu fou, comme tant de ces pseudo-génies dont les délires passaient pour du talent, mais le André d'aujourd'hui avait appris à apprécier les trésors d'imagination que le maître de Sant Vicens était capable de déployer quand il s'agissait de venir en aide aux autres. Il le suivit donc sans poser de question jusqu'à la partie du parc consacrée aux roses. Contrairement à celles de Suzanne, il y en avait de toutes les couleurs, plus chatoyantes les unes que les autres. Firmin Bauby lui tendit un des sécateurs.

— Vite, coupons les rouges… Tenez, les baccaras là-bas. Prenez les fleurs les plus épanouies !

Et joignant le geste à la parole, il entreprit lui-même de faire moisson de corolles veloutées, du cramoisi au carmin. André saisissait l'idée qu'il avait en tête, c'était malin ! Il l'imita et bientôt le panier fut plein de « coquelicots » de substitution odorants.

— Bien, approuva Firmin Bauby en le lui tendant. Maintenant, c'est à votre tour de jouer, mon cher... Puisqu'elle vous admet dans son « cercle », approchez-vous un peu et lancez les fleurs sur le talus, en essayant de les répartir de façon aussi naturelle qu'harmonieuse !

André hésita. Il se sentait emprunté, maladroit, ces roses à la main. Chez lui, c'était le domaine de Suzanne, pas le sien. Mais Vivi continuait à osciller sur la pointe des pieds, prête à perdre l'équilibre, la bouche ouverte en agitant les mains. Laissant Bauby à l'abri d'un massif de lauriers, il s'avança et jeta les têtes coupées, une par une, devant la fillette. Un geste qui lui rappelait une allégorie du printemps qu'il avait vue un jour dans un livre, il ne savait plus lequel. Mais elle avait les traits d'une fraîche et blonde jeune fille dans une tunique à l'antique, pas d'un vieux barbon aux articulations douloureuses ! Il s'appliquait néanmoins, s'efforçant de faire tomber les fleurs du bon côté, de sorte que leurs corolles ouvertes soient bien visibles, bien rouges au milieu des herbes folles. Il eut la satisfaction de voir le manège perturbé de la fillette ralentir, s'apaiser. Elle ne lui accorda pas un regard, captivée par cette « floraison spontanée » qui lui rendait fort opportunément un de ses points de repère sans lesquels elle était perdue. Puis, toujours sur la pointe des pieds, elle pivota et reprit son chemin habituel, tortueux, erratique mais en apparence seulement, jusqu'au caroubier et à la fresque.

— Ça a marché, constata Firmin Bauby, soulagé, en sortant de sa cachette.

Le panier vide à la main, André était plus circonspect.

— Pour aujourd'hui. Mais les fleurs coupées vont se flétrir et il va falloir les remplacer, encore et encore. Vous n'allez quand même pas sacrifier toutes vos roses rouges !

Le maître de Sant Vicens eut un geste fataliste. Ma foi, s'il le fallait…

— Et quand la mauvaise saison va arriver, insista le professeur de mathématiques, et qu'il n'y aura plus de fleurs, comment allons-nous faire ?

— Vous avez raison, admit Bauby, songeur, les yeux fixés sur sa mascotte apaisée, il nous faut trouver une solution plus durable.

— Pour les mariages, le carnaval ou même le *llevan de taula*, quand les musiciens vont de porte à porte donner l'aubade, on confectionne des fleurs en papier. Je suis sûr que ma femme serait trop heureuse d'en fabriquer quelques-unes. Elle a des doigts de fée !

Mais Firmin Bauby n'était pas convaincu.

— Je n'en doute pas, et c'est une excellente solution, mais provisoire, en attendant mieux : à la première pluie, le papier crépon va se friper, se décolorer, bref les coquelicots se faner.

André devait bien admettre qu'il avait raison. La petite n'avait pas fini de faire des crises, hélas. Mais Bauby refusait de se laisser abattre : avec un peu d'imagination, on finirait bien par trouver un substitut convaincant qui ne craindrait ni les intempéries ni le temps qui passe…

Quatre jours plus tard, en franchissant le passage dans le lierre derrière Vivi, André découvrit, fichés dans le talus herbeux qu'on avait débarrassé des roses défraîchies, une quarantaine de plaques de céramique, des rectangles allongés en hauteur sur lesquels s'épanouissaient de magnifiques coquelicots stylisés mais parfaitement reconnaissables avec leurs pétales écarlates et leurs étamines noires. La « mascotte » avait filé devant sans même s'arrêter pour les regarder : son décor avait retrouvé sa cohérence.

16

Les Aspres étaient dignes de leur nom[1] : âpres, arides, rudes, rocailleuses, difficiles à cultiver. Mais c'était un terroir idéal pour la vigne et aussi les amandiers, dont les têtes échevelées résistaient aux rafales de la tramontane. La 203 cahotait en suivant la route sinueuse bordée de fenouil odorant. À chaque tour de roues, André avait l'impression de remonter le temps. Il reconnaissait chaque virage, chaque muret de pierres sèches, chaque haie de cyprès noirs, chaque térébinthe jaillissant entre deux rochers. Le paysage n'avait guère changé depuis la dernière fois où il l'avait traversé, jeune homme. Il s'était alors promis de ne jamais y revenir. Son diplôme en poche, il n'était plus le « pancu » obligé de rentrer au mas pour les vacances, quand l'internat fermait ses portes, et de prendre sa part des travaux agricoles. À présent, il avait le choix, et le sien était de s'en aller vers la ville, l'enseignement, la science, le progrès. Sans retour. Comme on peut avoir de certitudes en ses vertes années ! Elles étaient beaucoup moins inébranlables à l'automne de la vie. Quelle était la citation que Vieil, son collègue de philo, lui avait rapportée un jour ? « Si jeunesse savait, si vieillesse pouvait. » Il l'attribuait à un imprimeur et

1 En catalan, « terres arides ».

humaniste du XVIe siècle, un certain Henri Estienne. À l'époque, André croyait savoir, et aujourd'hui il aurait bien voulu pouvoir revenir sur ses pas et dans le temps.

Il était dans son bureau, lunettes sur le nez, penché sur son cahier, quand Suzanne avait toqué au battant. Désormais, il laissait la porte ouverte, ainsi il voyait son épouse aller et venir dans le couloir, vaquer à ses occupations, et pouvait même échanger quelques mots avec elle quand elle était affairée dans la cuisine. Comment avait-il pu s'en priver si longtemps ?

Il s'acharnait depuis plus d'une demi-heure à essayer de rassembler sur une page blanche les relevés des petits traits creusés par Vivi avec son bâton pour leur donner une forme cohérente. C'était son obsession depuis quelques jours. À chaque fois que la fillette quittait ce qu'il appelait son « poste de fascination », André se précipitait pour les dessiner sur son cahier. Les lignes tracées n'étaient jamais les mêmes : l'inclinaison, le sens, la longueur étaient différents, mais il y en avait toujours deux. L'infirmière Jeannine à qui il les avait montrés affirmait que ces « griffonnages » étaient mécaniques, machinaux, et qu'ils n'avaient aucun sens, mais il était convaincu du contraire. Il n'aurait su dire pourquoi. Évidemment, cela allait à l'encontre de la démarche rigoureuse, cartésienne, qu'il avait toujours prônée : tirer des conclusions à la lumière des éléments recueillis et non l'inverse. Quand on lui parlait d'intuition, il ricanait dédaigneusement. Sornettes… et pourquoi pas une boule de cristal tant qu'on y était ! Pourtant il s'obstinait. Il était sûr que ces traits représentaient quelque chose. Il s'efforçait de les agencer de diverses façons. Sans succès. Il venait d'expédier une nouvelle feuille rageusement froissée en boule dans la corbeille à papier, quand on avait sonné à la porte d'entrée. Qui pouvait venir à cette heure matinale ? C'était trop tôt pour le passage du facteur. Suzanne était allée ouvrir. Une voix grave, d'homme sans doute. Celle, plus aiguë, plus étouffée, de sa femme lui répondant avant de fermer le battant. Ses pas sur le carrelage du couloir. Et son index qui toquait au chambranle.

— Qui était-ce ? avait-il demandé en levant la tête de ses croquis.

Sa mine défaite l'avait alerté. Elle était livide mais réussissait à garder son calme. Au bout de ses doigts pendait un bout de papier bleu.

— Un télégramme ? s'était-il inquiété, alarmé.

Recevoir un pneumatique était rarement synonyme de bonnes nouvelles. Elle le lui avait tendu en murmurant :

— C'est votre père…

André s'était emparé du petit bleu. Il était signé de son frère cadet, Albert.

« Père au plus mal – STOP – Viens vite. »

Il fonçait, pied au plancher, les mains crispées sur le volant. Suzanne ne disait pas un mot, trop occupée à se cramponner d'une main à son siège tandis que de l'autre elle agrippait son sac à main pour l'empêcher de se renverser. Ils avaient passé Trouillas, traversé en trombe Fourques dont les rues étaient fort heureusement à peu près désertes en cette fin de matinée, et pris la route de Montauriol en remontant la rive droite du Réart.

André avait lu et relu le télégramme, incrédule, comme assommé. Suzanne, qui s'attachait à maintenir un semblant de lien avec la famille Escande par lettres interposées, l'avait pourtant mis en garde à plusieurs reprises : son père vieillissait, ses forces déclinaient, il serait content d'avoir la visite de son fils aîné… Mais celui-ci écartait la suggestion d'un haussement d'épaules en grommelant qu'il y penserait plus tard, qu'il avait bien le temps. Elle se disait qu'il n'y avait pire sourd que celui qui ne voulait pas entendre et qu'il cherchait juste une excuse pour se défiler. En constatant son désarroi devant la nouvelle annoncée par son frère Albert, elle avait soudain compris que, n'ayant pas revu son père depuis des décennies, son mari l'imaginait toujours tel qu'il était à l'époque, sans se rendre compte que le temps avait passé pour lui autant que pour son fils. Et comme André approchait des soixante-dix ans…

— Il va avoir quatre-vingt-onze ans, avait-elle énoncé d'une voix douce en lui reprenant le télégramme des mains. Un âge plus que respectable et que beaucoup aimeraient atteindre. Il aura eu une longue vie, pas toujours facile mais belle malgré tout… et son heure est venue.

André avait levé vers elle des yeux noyés, partagés entre tristesse et reconnaissance. Le pire viendrait quand il se rendrait compte que la dernière porte était en train de se fermer et qu'il ne pourrait jamais rattraper le temps qu'il avait laissé s'enfuir par son obstination à renier son passé et ses origines. Là, ce serait trop tard. Définitivement. Mais il restait peut-être encore une chance, quelques jours, au moins quelques heures, pour que tout ne soit pas perdu. Elle avait passé son bras sous le sien.

— Venez, mon ami ! Si nous partons tout de suite, vous pourrez lui dire au revoir…

Elle l'avait accompagné jusqu'à leur chambre, déposé sur le lit le costume et la cravate noirs que la société estimait indispensables en ces circonstances. Il s'était laissé guider sans desserrer les dents. Cinq minutes de plus pour se changer elle-même et il avait sorti la voiture du garage. Les premiers platanes de la route de Thuir l'avaient sorti de sa catatonie et il s'était lancé dans une course contre la montre effrénée, toujours sans un mot.

Les pneus crissèrent quand il tourna brusquement à droite dans le chemin de terre cahoteux qui menait au mas. La 203 tangua violemment et Suzanne ferma les yeux, craignant qu'elle ne verse, mais la voiture parvint vaillamment à retomber sur ses quatre roues. Elle franchit sur sa lancée la porte cochère familière entre la cave viticole et l'étable où, tenant compagnie aux deux cochons dans leur soue, logeaient le *ruc*[1] aux grandes oreilles et les deux percherons ; pour l'heure, ils devaient être à la vigne à tirer les charrettes chargées de comportes débordant de grappes dorées que la *colla* à l'œuvre depuis l'aube déversait par paniers. C'était étrange comme, en revenant dans ces lieux, les souvenirs remontaient en foule et les choses reprenaient leur place. À vivre en ville depuis autant d'années, c'était à l'approche de la rentrée des classes qu'il pensait en ce mois de septembre, vieux réflexe professionnel, mais à la campagne, dans la plaine du Roussillon, sur la côte Vermeille, dans les Corbières, et ici dans les Aspres, tout le monde était mobilisé pour les *veremes*[2]. Le calendrier scolaire les prenait en compte, mais combien de fils de vignerons avait-il vu rejoindre

---

1 Âne typiquement catalan au pied sûr, au pelage ras noir sauf autour de la bouche, des yeux et sur le ventre où il est blanc.

2 Les vendanges.

leurs camarades en cours avec quelques jours de retard parce que les vendanges avaient duré plus que prévu ?

L'entrée du bolide dans la cour fit donc seulement fuir quelques poules et interrompit un homme d'une trentaine d'années occupé à remplir des seaux à la pompe. Plutôt grand, carré d'épaules, brun avec un profil de médaille antique, il se dirigea vers eux, le regard interrogateur.

— Oncle André ? demanda-t-il.

Il déroula les manches de sa chemise pour en reboutonner les poignets afin de se rendre présentable.

Suzanne s'extirpa de la voiture, quelque peu secouée. Tout en réajustant son manteau d'été noir, rebrodé de perles de jais à l'encolure, qui avait quelque peu souffert de la conduite « sportive » de son mari, elle observa ce dernier du coin de l'œil. Il restait planté là, la main agrippant la portière ouverte de la 203 comme s'il se tenait prêt à repartir aussi vite. Il n'avait visiblement pas la moindre idée de l'identité de celui qui le hélait ainsi. Pour éviter toute présentation formelle, gênante au sein d'une même famille, elle décida de prendre les devants :

— Julien, le fils d'Albert, s'extasia-t-elle en allant vers lui, les bras ouverts. Quelle ressemblance, c'est inouï ! Bon sang ne saurait mentir : un Escande cent pour cent pur sucre !

Le sourire qui lui répondit lui confirma qu'elle avait vu juste.

Écrivant régulièrement à sa belle-famille, elle en avait suivi les vicissitudes mais aussi les joies et en particulier les naissances successives. À l'insu de son mari qui aurait trouvé la dépense inutile pour des gens qu'il ne voyait plus, elle s'était débrouillée pour envoyer les cadeaux de circonstance pour les baptêmes, les communions et les mariages. Elle signait de leurs deux prénoms la carte jointe en se demandant à chaque fois si les Escande étaient dupes de sa petite imposture. Les lettres en retour n'en laissaient rien paraître, les remerciements les englobant tous les deux. Mais elle avait la satisfaction de maintenir un semblant de lien, même ténu, même un peu artificiel. Les heures douloureuses à venir seraient autrement plus difficiles, elle le savait. Malgré l'émotion, inévitable, elle allait devoir faire preuve de trésors de diplomatie, trouver le moyen d'intervenir discrètement mais à bon escient pour que son époux renoue tout naturellement avec les siens.

Et d'abord prendre le jeune Julien dans ses bras et, sans le lâcher, tirer son « oncle André », à qui il ressemblait tant, par la manche pour qu'il se joigne à l'accolade. Encore sous le choc, du moins elle le supposait, il se laissa faire sans protester.

Julien. Albert avait donné à son fils le prénom de leur père. Suzanne avait dû le lui dire quand le gamin était né, elle le faisait toujours, mais il n'y avait pas prêté attention. Pire, c'était comme si ses oreilles avaient refusé d'entendre. Bien sûr, tout ce qui concernait les enfants l'indifférait à l'époque, mais il y avait sans doute plus derrière cette « surdité » quand il s'agissait des rejetons de son frère. Une contradiction flagrante que son esprit rationnel ne pouvait accepter. Un déchirement qu'il refusait d'admettre. André était l'aîné, c'était à lui d'abord de perpétuer la lignée. En décidant d'emblée, et de sa seule autorité, de ne pas s'encombrer d'une descendance turbulente qui aurait par trop perturbé son quotidien, il en avait privé non seulement sa femme qui ne serait jamais mère mais aussi sa famille. Lui qui avait passé sa vie à transmettre le savoir aux enfants des autres avait été incapable de transmettre son nom. Pour la première fois de sa vie, pourtant déjà longue, il ne se percevait pas comme un individu isolé qui détenait en lui son alpha et son oméga, mais comme le simple maillon d'une chaîne déroulée depuis la nuit des temps. Et un maillon brisé. Inutile. Heureusement, son cadet avait pris le relais, pallié sa défection. Mais pendant quelques secondes, le regard fixé sur le profil de son neveu si semblable à celui qu'il voyait tous les matins dans le miroir quand il se rasait, André rêva de pouvoir remonter le temps pour avoir un fils qu'il appellerait Julien.

Leur arrivée sur les chapeaux de roue n'était pas passée inaperçue. La porte de la maison s'ouvrit et une frêle silhouette aux cheveux blancs, tout de noir vêtue, apparut. Antonia. Il faillit ne pas la reconnaître. Où était la jeune fille de quinze ans solide et tranquille, d'humeur égale, aux yeux comme deux lacs que pas un souffle de vent n'aurait su troubler, venue un beau matin du village voisin de Terrats, son petit balluchon à la main, pour s'occuper du ménage et prendre soin des enfants sur lesquels leur mère, souffrante, alitée, ne pouvait plus veiller ? Quand celle-ci était morte, emportée par « une longue maladie » comme on disait en ce temps-là sans plus de précision, tout le monde s'était félicité de ce choix judicieux qui avait empêché la famille de partir à vau-l'eau. Bien trop souvent, les veufs, incapables de faire face, se remariaient à la va-vite pour donner une « seconde mère » à leur progéniture et devenaient ainsi une proie facile pour les intrigantes en tout genre, plus intéressées par leur argent que par les malheureux orphelins. Antonia n'avait pas changé, elle avait poursuivi sa tâche avec le même dévouement et la même discrétion. André était en seconde quand, à son retour au mas pour les vacances d'été, son père avait annoncé qu'elle était désormais sa compagne. Après six ans de veuvage, personne n'y avait trouvé à redire et surtout pas André. Il avait simplement pensé que c'était la meilleure solution : on ne faisait pas marcher un mas tout seul. Et comme lui-même se destinait à une tout autre carrière et ne serait donc pas là pour seconder son père, cet arrangement semblait des plus raisonnables. Un « arrangement », c'est ainsi qu'il l'avait compris. Il n'y avait pas eu de remariage, ni d'enfants d'ailleurs, sa mère, Céleste, resterait à jamais la seule madame Julien Escande, et c'était bien ainsi. En découvrant aujourd'hui l'eau qui débordait des lacs des yeux de la vieille femme debout devant lui et les rides qui trahissaient sa tristesse aux coins de sa bouche, il mesurait combien il avait eu tort de réduire ce compagnonnage à des considérations pratiques. Pour Julien, Suzanne avait dû s'entremettre, mais c'est spontanément, de lui-même, qu'il se pencha vers Antonia pour l'entourer de ses bras, en prenant bien garde de ne pas serrer trop pour ne pas la casser tant elle paraissait fragile. Sa façon à lui, maladroite comme à chaque fois qu'il voulait exprimer ses sentiments, de lui demander pardon pour son aveuglement.

La maison était silencieuse. Quelque part au fond, dans l'angle de la salle à manger, si elle n'avait pas changé de place, le battement de cœur de la grande horloge comtoise décomptait les dernières minutes, les dernières secondes en ce monde du maître des lieux. Ça sentait la javel, l'encaustique et le fricot des vendangeurs qui cuisait à petit bouillon sur le fourneau en fonte.

— Le curé et le docteur sont avec lui, souffla la vieille dame en les précédant dans le couloir.

Elle ouvrit une porte sur sa droite, celle de la pièce que Julien Escande appelait son « bureau ». Il s'y enfermait des soirées entières pour faire ses comptes et personne ne devait l'y déranger. Le jeune André en avait conclu à l'époque que son père n'était pas très doué pour le calcul et qu'il lui fallait beaucoup se concentrer pour venir à bout de son pensum.

— Si vous voulez bien patienter là, poursuivit Antonia, je dois retourner en cuisine : Julien *el jove*[1] doit partir avec le *burro* apporter leur repas aux vendangeurs qui doivent être affamés… et prévenir votre frère de votre arrivée.

Elle l'avait toujours vouvoyé, même quand il n'était qu'un petit garçon, n'était-il pas le fils du maître, l'héritier du domaine ? Lui la tutoyait à l'époque, comme une domestique ; elle ne s'en était jamais formalisée mais il s'en voulait aujourd'hui de cette condescendance de petit coq égocentré.

— Je vais vous aider, s'empressa Suzanne, toujours serviable, nous ne serons pas trop de deux pour soulever le *tupí*[2].

André, désireux de se racheter, s'empressa de proposer son aide, mais sa femme le repoussa avec douceur mais fermeté :

---

1 « Jeune » en catalan.

2 « Marmite. »

— Restez ici, cela vous fera du bien.

Et elle referma la porte derrière elle. Il demeura seul dans ce « bureau » où il n'avait jamais mis les pieds… et qu'il n'imaginait absolument pas ainsi. Il s'était figuré une pièce austère, juste une table et une chaise, des papiers rangés dans des dossiers, peut-être un relevé des parcelles appartenant à la famille punaisé sur un mur nu. En fait, celui-ci disparaissait derrière une bibliothèque remplie d'ouvrages divers, des éditions bon marché mais aussi plus luxueuses. André sortit délicatement un livre broché : *Le Ventre de Paris* de Zola. Et, rangés à côté, quatre autres volumes des Rougon-Macquart : *L'Assommoir, La Bête humaine, Germinal* et *La Terre*. Il les feuilleta : visiblement, ils avaient été lus et même relus. Qui eût cru que son père était un lecteur assidu ? Que lorsqu'il s'enfermait, c'était moins pour additionner des chiffres que pour rester en tête à tête avec les chefs-d'œuvre de la littérature ? Qu'ils avaient tous deux ce point en commun, même si André préférait les essais philosophiques et scientifiques ? Abasourdi, il parcourut les titres de l'index, étagère après étagère. Les plus grands auteurs voisinaient avec des inconnus, du moins de lui. Il y avait aussi des publications en catalan. Il en prit une : *Roses i xiprers*, un recueil de poèmes de Josep-Sebastià Pons. Il y avait une dédicace sur la page de garde : *A meu amic Julià*, « à mon ami Julien ». Ils se connaissaient donc ? À côté, on voyait que l'encre était plus récente, son père avait tracé une croix et une date : 25 janvier 1962. *L'Indépendant* avait en effet annoncé en début d'année le décès à Ille-sur-Têt, le village où il était né soixante-seize ans plus tôt, de celui qui était considéré comme le poète le plus important de la Catalogne du

Nord et qui était aussi, entre autres, un proche d'Aristide Maillol. Les hommages avaient été nombreux. Dire que Julien Escande l'avait côtoyé, mieux, qu'il était un de ses proches ! Plus André avançait dans l'exploration de la bibliothèque et plus il se disait qu'il ne connaissait pas son père. Il avait toujours vu en lui un paysan, dur au mal, travailleur acharné, fin connaisseur de la vigne et du vin, aimant rire et boire à l'occasion mais taiseux le reste du temps, bref un terrien, un vrai. Un représentant de cette aristocratie des mains laborieuses et dignes qu'il respectait infiniment mais avec laquelle il ne se sentait aucune affinité, lui l'intellectuel. Il était consterné. Par sa faute, ils s'étaient manqués. Il se détourna de la bibliothèque, caressa de la main le cuir fatigué du fauteuil placé près de la fenêtre donnant sur l'arrière, sur un champ d'amandiers argentés. Une lampe suppléait la lumière du jour quand le soir tombait. Un petit banc était posé devant le siège et André pouvait imaginer Julien Escande confortablement installé, les pieds surélevés pour reposer ses jambes lasses du travail de la journée, en train de savourer sa lecture du moment. Mû par une impulsion soudaine, André s'assit à sa place, essayant de sentir sa présence… Sur le mur d'en face, un sous-verre était accroché. Ce qui était dedans lui rappelait quelque chose ; il se releva pour regarder de plus près. C'était une coupure de presse, celle qui relatait la cérémonie de remise de ses Palmes académiques, douze ans auparavant. Sur la photo qui accompagnait l'article, on le voyait lui, André, raide et compassé, Suzanne, chapeautée et gantée, à ses côtés. Il n'avait pas envoyé d'invitation au mas. Non qu'il eût honte des siens mais ça ne lui était simplement pas venu à l'idée : Fourques et le lycée, c'étaient deux mondes différents qui, croyait-il alors, ne se rejoignaient jamais. Il sentit ses joues brûler de honte.

— Il est tellement fier de toi, tu sais…

Il n'avait pas entendu son frère pousser la porte et entrer. Albert avait quatre ans de moins que lui mais il accusait lui aussi le poids des ans et des soucis. Son crâne commençait sérieusement à se dégarnir. Autrefois il avait une tignasse pleine d'épis rebelles qui avaient cassé plus d'une dent au peigne.

— Tout ce que tu faisais était bien, il t'a trouvé toutes les excuses du monde… même quand tu nous as oubliés.

André ouvrit la bouche pour protester, on ne parle pas de la sorte à son aîné, on lui doit le respect, mais il y renonça. Son frère avait raison, il avait voulu les effacer de sa vie. Et la rancœur qu'il percevait dans la voix d'Albert était justifiée. Éternel second, celui-ci avait grandi dans l'ombre de l'absent, pris la place laissée vacante « par défaut »… c'était difficile à encaisser.

— Et là, le père se meurt et tu rappliques pour exiger ta part !

Il avait le regard noir et le front buté, et dans sa révolte qui tenait autant de la colère que de la souffrance, André revoyait l'enfant qui le suivait partout, voulait tout faire comme lui et tapait du pied quand son aîné lui disait de rentrer à la maison parce qu'il était « trop petit ». Il n'avait même pas le cœur de s'offusquer d'être ainsi traité d'odieux rapace, juste envie de consoler son frère, de lui dire que maintenant il était « grand » et qu'il pouvait faire ce qu'il voulait, sans se référer à qui que ce soit. Il posa sa main sur son épaule fâchée :

— Le mas est à toi. Tu y as travaillé toute ta vie, la mienne est ailleurs. Il te revient de droit.

Albert ne réagit pas, comme s'il ne parvenait pas à croire ce que ses oreilles venaient d'entendre.

— Le moment venu, insista André, nous établirons les papiers et je signerai la donation.

Son cadet commençait à comprendre qu'il était sérieux.

— Tu es sûr ? s'inquiéta-t-il, embarrassé.

André opina gravement du chef.

— Certain. Je ne te demande qu'une chose : de garder Antonia ici jusqu'à la fin de ses jours...

Albert eut un haut-le-corps. Se moquait-il de lui ?

— Comme si j'allais la jeter dehors... Je pourrais me vexer !

Ils étaient aussi bourrus et chatouilleux l'un que l'autre quand on paraissait mettre en doute leur droiture. De vrais *germans*[1]. Appuyée contre le chambranle de la porte, Suzanne les regardait, attendrie, hésiter entre s'affronter, bois contre bois ainsi que deux vieux douze-cors, orgueil blessé contre dignité outragée, ou se tomber dans les bras. André l'aperçut du coin de l'œil et lui jeta un regard circonspect. S'il se demandait comment elle accepterait sa décision d'abandonner sa part d'héritage, il la connaissait bien mal. Elle n'avait jamais été vénale ni même intéressée de sa vie. Ce qu'ils avaient à Saint-Gaudérique lui suffisait amplement. Non seulement elle ne lui en voudrait pas, mais elle était fière de lui. Une fierté qui devait transparaître dans le sourire d'approbation qu'elle lui adressa, car l'expression de son mari se rasséréna immédiatement. Il tendit la main à son frère. Une main qui demandait pardon et une chance

1 « Frères » en catalan.

d'effacer les malentendus du passé. Suzanne retint son souffle. Albert eut une seconde d'hésitation, juste une. Il la saisit et la serra longuement.

Un bruit de pas dans le couloir, un murmure de voix, le tintement de la clochette et du seau d'eau bénite, le curé et son enfant de chœur s'en allaient après avoir donné l'extrême-onction. On pouvait à présent entrer dans la chambre du mourant.

On avait tiré les volets pour casser la lumière trop vive du dehors. Un unique rayon de soleil filtrait par l'entrebâillement et venait éclairer les doigts parcheminés posés sur la courtepointe blanche. Des doigts dont la peau tannée, les estafilades et les cicatrices, les cals de corne à la base, racontaient une vie de labeur au champ, à la vigne. Des doigts fatigués, usés, mais fiers. Des doigts qui avaient aussi tourné des pages, annoté un poème. Des doigts déliés et sensibles. André posa les siens dessus et sentit l'émotion le submerger. Le cierge qu'Antonia avait allumé sur la table de chevet pour la venue du prêtre creusait des ombres sur le visage taillé à la serpe. Des traits anguleux mais réguliers, un nez important mais parfaitement droit. Ce profil si typiquement Escande. Il avait perdu tous ses cheveux, autrefois si épais qu'il avait pris l'habitude d'enfoncer sur sa tête une casquette de vieux velours pour les discipliner. Mais les poils qu'il n'avait plus sur le crâne avaient repoussé dans ses narines et ses oreilles. André les reconnaissait, il avait les mêmes. Et Albert aussi, il venait de s'en rendre compte. Trois *padrins*[1] qui auraient pu passer tous leurs après-midi ensemble à commenter en se

1 « Pépés. »

gaussant la vie du village, assis sur le « banc des sénateurs » à l'ombre d'un platane, mais avaient vécu chacun de son côté, enfermés dans leur orgueil et leurs blessures comme dans une tour, protégés de toute nouvelle déception… mais aussi de ce qui rendait la vie plus belle quand on le partageait. Jusqu'à cette minute. Peut-être la dernière. Mais une minute, c'était encore du temps.

La confession avait épuisé Julien Escande. Ses paupières fripées étaient closes. Sa poitrine se soulevait à peine et il fallait tendre l'oreille pour percevoir encore son souffle ténu et irrégulier dans la chambre pourtant silencieuse.

André accentua sa pression sur la main et se pencha vers la tempe dégarnie du vieil homme :

– *Pare, som jo l'Andreu, el vostre fill*[1].

Il avait repris instinctivement le catalan de son enfance, avant qu'il ne le rejette en même temps que sa famille et ses racines paysannes. Il eut la sensation fugace que les doigts noueux se crispaient pour répondre aux siens. La gorge serrée, il ajouta :

— Vos deux fils sont là. Avec vous.

---

1 « Père, c'est moi André, votre fils. »

17

C'était donc ça.

Des semaines qu'il essayait toutes les combinaisons possibles pour mettre bout à bout ces fichus traits. Des dizaines et des dizaines. Il devait faire vite : avec les pluies d'automne, diluviennes après un été très sec, Vivi avait cessé de fuguer. Heureusement, le soleil était revenu. Il promettait un bel été de la Saint-Martin mais celui-ci ne durerait pas, il fallait profiter des quelques jours à venir. André avait eu l'impression de tourner en rond. Il en était arrivé à se dire qu'il s'acharnait pour rien, que ces lignes n'avaient aucune signification. Il avait du mal à l'admettre mais c'était peut-être du hasard pur. Et comme souvent, c'était au moment où il avait décidé d'arrêter de chercher, de jeter l'éponge et renoncer, que la solution lui était soudain apparue. Et s'il s'agissait de fragments d'un même et unique motif ? Il s'était rendu à la librairie du lycée, près du grand bâtiment en briques rouges qui avait définitivement remplacé le vieux bahut de la rue Porte-de-l'Assaut, où il était sûr de trouver les fournitures dont il avait besoin : du papier-calque et un flacon d'encre. Pas violette comme celle qu'il avait l'habitude d'utiliser, mais noire. La plus noire qu'il avait pu trouver. De retour dans son bureau, il avait chaussé ses lunettes et minutieusement reporté chaque paire de traits sur une feuille, séparément. Puis il avait superposé tous les morceaux de papier-calque à travers lesquels les lignes apparaissaient par transparence. Au début, il n'avait rien vu. Juste des traits qui s'entrecroisaient comme un jeu de mikado. Il avait commencé à faire pivoter les feuilles les unes par rapport aux autres, mais elles glissaient. Il avait cherché du regard comment les fixer, ouvert le tiroir où étaient soigneusement rangés papier à lettres et enveloppes, buvards, gommes et crayons, trombones et attaches parisiennes, rapporteur et équerre… et un compas. Tant pis pour le sous-main en cuir ! D'un geste résolu, il avait transpercé en leur centre exact les pages parfaitement empilées. C'était l'avantage d'avoir enseigné la géométrie pendant autant d'années, il n'avait même pas besoin de croiser les diagonales pour le trouver. Puis il fit tourner les feuilles autour de ce pivot improvisé. L'une, puis l'autre. Dans le sens des aiguilles d'une montre, puis dans le sens inverse. Et petit à petit, des lignes s'étaient rejointes, des angles s'étaient formés, le dessin avait commencé à émerger. Bien sûr. Il aurait dû y penser plus tôt !

Il eut envie d'imiter le grand Archimède et de crier « Eurêka ». Tout à son excitation, il sortit de son bureau pour faire part à Suzanne de sa découverte. Couché sur le tapis devant la gazinière, Cerbère leva vers son patron des yeux inquiets. Le jardin était mouillé et il avait reçu l'autorisation de rester dans la maison, mais sait-on jamais… C'est alors qu'André se souvint que son épouse était partie en bus rendre visite à sa sœur qui peinait à se remettre de son opération ; son beau-frère devait la ramener plus tard en voiture du quartier de Saint-Assiscle où ils habitaient, derrière la gare. Il y a peu encore, il aurait protesté qu'elle se dévouait trop à sa famille, que ce n'était pas à elle de voler à chaque fois au secours des siens. Ça n'aurait servi à rien d'ailleurs, Suzanne ne se serait pas laissée convaincre de rester. Mais il s'était abstenu : depuis la mort de son père et ses retrouvailles avec Albert et sa famille, sans oublier Antonia, il avait mesuré ce à côté de quoi il était passé pendant tout ce temps à cause de sa vision étriquée de la vie et son entêtement absurde. Et s'il avait pu renouer *in extremis* les liens qu'il avait laissés se distendre jusqu'à l'abandon, il en était conscient, il le devait à sa femme : ces liens, elle les avait repris à son compte et patiemment entretenus à distance afin qu'ils ne dépérissent pas tout à fait et que la rupture ne soit pas définitive. Grâce lui en soient rendue, il lui en serait éternellement redevable ! André ne pouvait donc décemment pas lui reprocher de s'inquiéter pour sa sœur cadette dont la santé n'était pas aussi florissante que la sienne. Mais à qui alors faire part du résultat de ses laborieuses mais astucieuses manipulations, avec qui partager sa joie et sa fierté ? Des mois à examiner le problème sous tous les angles, à échafauder des hypothèses, à se heurter à une impasse, à lutter contre le découragement, à s'obstiner… Oui, il avait de quoi être fier. Il n'aurait jamais la patience d'attendre le retour de Suzanne ! Une idée folle jaillit soudain dans son esprit. C'est du moins ainsi qu'il l'aurait qualifiée encore récemment. Le maître de Sant Vicens s'était montré intéressé par son « enquête Vivi » et très impliqué lors de l'épisode des roses-coquelicots, il serait ravi de connaître le résultat auquel son vieux grincheux de voisin avait abouti. Allons, c'était décidé, il irait sonner à la porte de Firmin Bauby !

Pas question d'entrer dans le parc par la brèche dans la clôture : le lierre était encore tout emperlé de pluie et la terre boueuse, de quoi se crotter jusqu'aux sourcils. S'il affectait un style désinvolte et décontracté, très étudié en fait, Bauby était toujours tiré à quatre épingles, bien loin de la négligence qu'André pensait être l'apanage des artistes. Il ne voulait pas se sentir en infériorité en ayant honte de sa mise. Il alla la rectifier, costume et coiffure, devant le miroir au-dessus de la console dans l'entrée. Avec l'humidité de ces derniers jours, sa hanche le faisait souffrir. Il prit la canne rangée dans le porte-parapluie, non seulement il pourrait s'appuyer dessus mais en plus elle lui donnerait un air distingué. Voilà qui était mieux. Mais il ne pouvait pas emporter son bureau avec lui : il arracha précautionneusement le compas du cuir du sous-main, en prenant bien garde de conserver les feuilles de papier-calque dans la même position, et le replanta dans la couverture du cahier où il notait toutes ses observations. Le bricolage pouvait sembler curieux à un œil extérieur, mais il était efficace. Prenant les clefs, il sortit de la maison sous l'œil navré du boxer qui s'était réveillé, sa courte queue frétillante, dès qu'il avait vu son patron prendre la canne. La promenade n'était pas pour lui.

André Escande pénétra donc pour la première fois dans le parc par le chemin Saint-Gilles. Une colonne, vestige de l'ancienne porte Saint-Martin disparue lors de la destruction des remparts de Perpignan avant la guerre, en marquait l'entrée. Il laissa à sa gauche le portail aux piliers surmontés par des lions de pierre qui gardaient la cour du vieux mas, longea la façade illuminée par la fresque de Lurçat en évitant de trop boiter, on a sa dignité. Le jour où Bauby l'avait surpris en train de relever les traces laissées dans la terre par le bâton de la fillette, il avait surgi dans son dos, de l'angle du bâtiment blanc adossé à la cave. De même lorsque Vivi avait fait une crise de panique en découvrant que les coquelicots avaient fané. André hésita quelques secondes : il n'était jamais allé plus loin. Mais après tout, le maître des lieux ne lui avait-il pas demandé de partager avec lui ses conclusions ? Il raffermit sa prise pour empêcher son empilage de glisser et, d'une canne conquérante, contourna donc l'angle fatidique. Ce côté-là semblait être en fait la juxtaposition de deux corps de bâtiment : les ouvertures du premier, porte, fenêtres et même la terrasse, étaient encadrées d'un parement de pierre, tandis que, passée la tour carrée coiffée de tuiles rousses, le second se donnait des airs d'Italie avec ses fenêtres protégées par des grilles ouvragées en fer forgé et sa gracieuse colonnade du premier étage. André préférait les lignes nettes et les angles droits, comme celles des édifices Art déco que Raoul Castan avait construits en ville. Son idéal, c'était la maison-atelier que l'architecte avait dessinée pour le peintre Louis Bausil. Mais il devait reconnaître que la demeure de Firmin Bauby ne manquait pas de charme, surtout dans l'écrin de ce jardin au tracé plein de fantaisie, certes, mais aussi très élaboré.

— Vous cherchez quelqu'un, monsieur Escande ?

La voix, reconnaissable entre toutes avec ces voyelles ouvertes et traînantes en fin de mots, lui fit lever les yeux. Une tête de farfadet malicieux, penchée par-dessus la rambarde sous les arcades en pierres du Gard, l'interpellait.

— Vous, répondit simplement André. J'ai quelque chose à vous montrer !

Il brandissait son assemblage de fortune comme un trophée.

Décidément, ce vieux bonhomme était plein de surprises. Que tenait-il donc dans les mains ? Ça avait l'air important, il paraissait très excité. Du moins dans la mesure où il pouvait l'être. Le professeur de mathématiques à la retraite n'était pas un grand expansif, mais ses yeux pétillaient et son geste d'offrande exprimait un élan d'enthousiasme qui ne lui était pas habituel. Sa fébrilité devait être contagieuse : quoiqu'ignorant toujours quelle en était la cause, Firmin Bauby sentit l'effervescence le gagner.

— Ne bougez pas, je descends vous ouvrir !

Il quitta la terrasse pavée de tomettes rouges en écailles de poisson, parsemées des délicats écussons en céramique de Geneviève Duboul représentant des oiseaux et des végétaux stylisés, traversa sa chambre et se pencha par l'entrebâillement de la porte de la salle de bains. Le jeune homme qui partageait sa vie en ce moment se prélassait dans la baignoire, veillé par les oiseaux bleu nuit de Camberoque. Ravissant spectacle.

— Je vais accueillir un visiteur en bas, prévint-il. Quand vous sortirez de votre cocon de mousse, très cher, évitez de vous promener partout dans le plus simple appareil comme à votre habitude. Personnellement, rien ne me plaît davantage, mais notre hôte est plus à cheval sur la morale et les convenances, et je ne voudrais pas être responsable d'une crise cardiaque, voyez-vous…

Il décida de prendre pour un accord le marmonnement ennuyé qui lui répondit. Laissant Narcisse à ses rêveries aquatiques, il dégringola l'escalier pour sortir à la rencontre de son voisin.

— Quelle bonne surprise, le salua-t-il avec son affabilité coutumière. Vous connaissez déjà le parc, mais je suis ravi de vous recevoir enfin chez moi ! Ce n'est pas faute de vous y avoir invité…

Il agitait un index malicieux sous le nez d'André Escande qui parut un peu embarrassé mais resta stoïque. Firmin aimait particulièrement taquiner les gens un peu trop guindés et coincés. Avec bonhomie, bien sûr, rien de méchant. Il gardait ses piques pour ceux qui avaient du répondant et appréciaient ce jeu de massacre autant que lui ! Ce n'était pas le cas du vieux professeur, il n'insista donc pas.

— Je suis impatient de découvrir ce que vous m'avez apporté, enchaîna-t-il, tout sourire. Suivez-moi dans la salle à manger, vous allez m'expliquer tout ça !

Il le précéda dans l'entrée, jetant d'abord un coup d'œil vers l'escalier aux contremarches en céramique – sait-on jamais, s'il prenait au beau baigneur la fantaisie de passer outre ses instructions –, fit passer son visiteur dans la salle d'exposition, déserte à cette heure, ouvrit la porte au droit du beau coffre de mariage à secret, héritage familial, et suivit le petit couloir jusqu'à la grande salle, non sans rendre au passage son sourire à l'angelot du XVIIIe siècle qui lui tendait ses menottes potelées, peint au milieu des fleurs sur l'armoire pansue. Juste pour le plaisir, il prit quelques mètres d'avance afin d'avoir le temps de se retourner et de savourer la réaction de son hôte découvrant la grande salle. Il adorait voir les yeux s'écarquiller de surprise et d'émerveillement devant son œuvre. Il eut plus de difficulté à lire dans ceux d'André

Escande, où la perplexité le disputait à la méfiance, voire la réprobation. Il aurait dû deviner que les esclaves nubiens en pagne doré supportant chacun un candélabre à six branches n'auraient pas ses faveurs ! Tournant le dos aux deux spectaculaires torchères d'époque Napoléon III qui encadraient la grande cheminée de pierre, Firmin Bauby attira l'attention de son visiteur sur le buffet surmonté d'une *capelleta* :

— J'ai un faible pour ce meuble qui vient du château de Sournia où ma mère a grandi…

Mais André Escande semblait moins intéressé par la petite chapelle portative, que les ermites transportaient de mas en mas pour la présenter à l'adoration des fidèles, que par la statue de terre cuite qui trônait dans la niche tendue de satin blanc : *Le Berger* de Gustave Violet, en *barretina*[1] et sabots, assis sur un rocher.

— De facture plus classique, commenta Firmin Bauby, mais si émouvant dans sa simplicité. Il me rappelle l'immense artiste, pas encore assez connu à mon goût, qui m'a initié à la mystérieuse et exaltante alchimie de la céramique. Si Sant Vicens existe aujourd'hui, c'est grâce à lui, voyez-vous !

Il eut la satisfaction de voir son hôte admiratif et impressionné. Il était temps. Tout n'était donc pas perdu, l'art finissait toujours par trouver son chemin jusqu'à l'âme.

— Et si maintenant vous me montriez ce que vous transportez depuis tout à l'heure comme le Saint Sacrement ? Posez-le sur la table…

---

1 Bonnet masculin catalan.

André Escande obtempéra. Firmin observa sans comprendre le compas planté dans une liasse de papier-calque. À la limite, ce pouvait être une installation à la Duchamp : *Exaspération du professeur de mathématiques.* Il réprima un sourire : comme si son voisin savait quoi que ce soit de l'inventeur des ready-mades !

— Expliquez-moi, demanda-t-il en reprenant son sérieux.

Son visiteur ne se fit pas prier : il était venu pour ça. Et, appuyé sur sa canne, de raconter les traits relevés dans le cahier, son incapacité à leur trouver un sens, ses cent essais infructueux, son découragement et l'idée qui lui était soudain venue…

— Et en les superposant, le dessin est apparu par transparence.

Intrigué, Firmin Bauby inclina le cahier transpercé vers lui pour mieux voir.

— Incroyable, murmura-t-il.

C'était stupéfiant. Il n'en revenait pas. Comment une enfant autiste avait-elle pu ainsi, sans regarder ce que faisait sa main, reproduire ce motif ? En relevant la tête, il perçut le même éblouissement incrédule dans le regard d'André Escande. Celui qu'avait dû ressentir Bernadette Soubirous en voyant apparaître la « belle dame ». On reconnaissait parfaitement les silhouettes éclatées, imbriquées les unes dans les autres comme des poupées russes.

— L'étoile de Lurçat. C'est fou !

Voir Firmin Bauby, habitué à assister aux manifestations les plus folles, aussi ébahi que lui, confortait André dans l'enthousiasme qu'il avait ressenti. Non, il ne s'emballait pas en voyant enfin aboutir des mois de recherches vaines. Non, l'usure et la frustration ne lui avaient pas fait perdre son sens critique.

Bauby avait ouvert une porte pour appeler :

— Très cher, si vous avez enfin fini vos ablutions, pouvez-vous enfiler un peignoir et me descendre mon appareil photo, s'il vous plaît ?

Se retournant vers André, il commenta :

— Mon ami Jean doit absolument voir ça. Il sera sans nul doute flatté et intéressé. Mais il est absent ces jours-ci, je pourrai lui montrer le cliché à son retour… sinon il ne me croira pas !

Un jeune homme aux cheveux mouillés et au visage boudeur apparut sur le seuil, l'appareil demandé à la main. Il ne devait pas être frileux : il portait juste une serviette de toilette nouée autour des reins. Comme les statues-candélabres. Bauby avait un penchant certain pour les éphèbes peu vêtus.

Les photos prises, le maître de Sant Vicens se tourna vers André :

— Vous avez fait un sacré boulot, mon cher ! J'apprécie les gens opiniâtres, ceux qui n'abandonnent pas quel que soit le travail ou le temps que cela prend…

L'ancien professeur de mathématiques se sentait un peu gêné devant tant de compliments.

— Et pour vous montrer que, moi non plus, je ne suis pas du genre à renoncer, poursuivit son hôte, je réitère mon invitation : venez déjeuner demain avec Sybille, vous me feriez un grand honneur.

André, qui ramassait son fragile échafaudage, s'interrompit net.

— Qui ?

Bauby se méprit sur sa réaction :

— Pardonnez-moi, je ne voulais pas être incorrect en appelant votre épouse par son prénom, se reprit-il, embarrassé.

Machinalement, André fit signe que cela n'avait pas d'importance.

— Vous savez, elle fait pratiquement partie de la *colla*, tenta de se justifier son hôte. C'est une femme délicieuse que nous aimons tous beaucoup…

Tiens donc. C'était décidément une journée à révélations.

— Et donc je serais ravi de vous avoir, madame Escande et vous, à ma table pour déguster mon plat favori : un cuissot de chevreuil, sauce grand veneur, accompagné d'un Pape Clément de derrière les fagots dont vous me direz des nouvelles. J'espère que vous aimez les vins de Bordeaux ?

Reprenant ses esprits, André assura qu'il y goûterait avec plaisir, remercia pour la visite et s'en fut, son bricolage sous le bras. Il avait beaucoup de choses à digérer.

Et plus encore qu'il ne l'imaginait.

Il s'éloignait vers l'entrée du parc, plongé dans ses pensées, quand le bruit d'une branche tombant à terre le fit se retourner. Le jardinier élaguait un arbre abîmé par les pluies diluviennes de la semaine précédente. Remettant pied à terre, celui-ci appuya son échelle contre le mur à la fresque, le temps de ramasser le bois coupé. Les barreaux les plus hauts atteignaient le bord de la planète verte et bleue en céramique. L'échelle de Jacob. Soudain, André eut l'impression que les pièces manquantes du puzzle s'emboîtaient, les unes après les autres. Toutes les pièces. Non seulement celles de son existence, de son monde, mais aussi celles de l'univers tout entier. Cette force créatrice évoquée par Lurçat, la puissance cosmique qui faisait naître les galaxies, ordonnait les astres, ces étoiles tout en vibrations que dessinait Vivi, mettait les planètes en orbite, lançait ses flèches dans toutes les directions pour que la vie éclose, qu'était-ce sinon Dieu ? Pas le vieillard barbu perdu dans les nuages peint au plafond des églises pour l'édification des foules crédules, mais l'origine de tout, le Grand Œuvre céleste, l'étincelle primitive, le big bang. Il le sentait pulser dans le tourbillon de couleurs au-dessus de l'échelle. Dire qu'il avait fallu la fascination mutique d'une fillette autiste pour dessiller ses yeux, lui faire voir ce que son cerveau cartésien, sceptique, rigide, se refusait seulement à envisager. Presque soixante-dix ans avec des œillères, corseté dans ses certitudes rassurantes par peur du vertige de l'inconnu, des questions sans réponse, du gouffre de l'éternité, de la Vérité si crue, si aveuglante qu'il fallait l'aborder de côté, par la marge, sous peine de s'y perdre. Et à présent elle était là devant lui, représentée par un artiste visionnaire sur le mur d'un mas, l'essence même de tout, telle une épiphanie.

Il était debout au milieu de la lingerie, face à l'assiette décorée d'un bouquet estival, détaillant avec admiration les épis de blé, le bleuet et les coquelicots, encore et toujours les coquelicots, quand la porte d'entrée s'ouvrit au rez-de-chaussée et son épouse, étonnée de ne pas le voir dans son bureau, l'appela.

À son retour de Sant Vicens, André était monté directement au premier étage. Sur un nuage, il ne sentait même pas ses articulations ankylosées. La dernière fois où il avait toqué à cette porte, c'était pour faire à sa femme la surprise de l'électrophone Teppaz. Il se souvenait qu'un détail avait alors attiré son attention, mais, tout à son excitation, pressé d'entraîner sa femme au salon, il n'avait pas cherché plus loin. Un objet ? Il avait beau se creuser la tête, rien ne lui venait, et pourtant une petite voix intérieure lui répétait que cela avait un rapport avec leur voisin original et la céramique. La pièce étant vide, il n'avait pas frappé au battant avant d'ouvrir, mais sur le seuil il avait hésité : jamais il ne l'avait franchi jusqu'ici, le percevant obscurément comme une frontière cruciale, sensible. Et quand il s'était enfin résolu à entrer, il avait eu l'impression de pénétrer l'intimité de sa femme, de violer son domaine réservé, son refuge, presque un sanctuaire. Il se sentait à la fois coupable de cette intrusion et honteux de l'avoir, par son intransigeance, sa routine obsessionnelle, sa volonté de tout faire passer par le prisme exclusif de la raison, obligée à se créer cette bulle douillette, ce refuge où elle pouvait être elle-même sans craindre les critiques de son vieux bougon de mari. « Frivole », « inutile », « mièvre », « ridicule », « inconséquente », il n'avait pas eu de mots assez durs et méprisants pour qualifier chacune de ses demandes ou initiatives pour rendre leur intérieur plus chaleureux ou leur vie un peu plus gaie, plus agréable. Il entendait encore le ton cassant, sans appel, qu'il employait alors. En y repensant aujourd'hui, il se faisait horreur : il s'était comporté vis-à-vis de son épouse comme le plus borné, le plus sévère des pions du collège. Et elle n'avait jamais protesté. Elle s'était contentée de s'aménager ce petit havre de paix… qui s'était apparemment étendu au voisinage. André avait allumé le poste de radio en sourdine, afin de reconstituer l'ambiance où elle se sentait bien. Charles Trenet, encore lui, susurrait :

— *Nous sommes allongés*
Sur l'herbe de l'été…

Bercé par la mélodie, il avait jeté un coup d'œil sur les travaux d'aiguille en cours, deux vers au point de croix où il était question d'un « céramiste au four » et d'un « boulanger du ciel » autour desquels étaient brodées des étoiles triples ou quadruples, bleues, rouges, jaunes, à la façon de Lurçat. Il essayait de se souvenir : était-ce cet ouvrage que son épouse tenait dans les mains, ce jour-là ? C'est alors que ses yeux étaient tombés sur l'assiette en céramique sur son présentoir. Et sur la signature. Il se sentait encore plus stupide.

— Mon ami, vous êtes là ?

Sans lâcher des yeux l'œuvre champêtre, il répondit :

— En haut, dans votre lingerie… Venez donc m'y rejoindre !

Un silence. Elle ne s'y attendait évidemment pas et devait se poser des questions. Des pas dans l'escalier. Elle montait néanmoins. Il se retourna quand elle atteignit le palier. Le bout du couloir. Elle apparut dans l'encadrement de la porte, souriante comme à son habitude, mais il la connaissait assez pour sentir qu'elle était tendue. Elle penchait la tête sur le côté tel un petit moineau. Elle avait gardé le teint frais de ses vingt ans. L'âge l'avait peu marquée, juste de charmantes petites pattes d'oie au coin des yeux et aux commissures des lèvres. Et ses yeux verts, très doux, étaient toujours aussi beaux. Comment avait-il pu ne pas s'en rendre compte pendant autant d'années ?

— Signé Sybille, commenta-t-il en montrant la céramique. Bauby a raison : vous pourriez faire partie de sa *colla* !

Elle sentit ses joues s'embraser. Elle devait être aussi rouge que les coquelicots peints sur son assiette, c'est sûr. Comme la fois où sa grand-mère l'avait surprise la main dans la bonbonnière en cristal pleine de berlingots multicolores achetés à la foire de la Saint-Martin. Cet instant précis où on ne peut plus nier ni inventer une quelconque excuse, juste se sentir morveuse, *vergonyosa*[1], disait la *padrina*. Là, face à André qui exhibait son « chef-d'œuvre », elle était partagée entre la consternation et le soulagement. Elle n'avait jamais su mentir, et même si c'était par omission, cacher à son mari ce monde parallèle qui lui apportait tant de plaisir lui pesait par moments. Ce monde auquel elle allait hélas devoir renoncer et qui lui manquait déjà. Tout comme le nouvel André, celui que son intérêt pour Vivi avait rendu plus humain, plus compréhensif, et même, elle osait le dire, plus sensible et attentionné. Il n'en était pas à ouvrir son cœur, mais il fallait voir d'où il partait : il avait beaucoup de retard à rattraper, et l'homme de raison, toujours dans le contrôle, qu'elle connaissait depuis leur mariage, ne se rendait pas aussi facilement. Découvrir la trahison de son épouse allait forcément le faire se replier sur lui-même et reprendre ses vieux réflexes. Elle s'en voulait rien que pour cela. Pour ce frémissement qui l'avait tant fait espérer et qu'elle venait elle-même d'éteindre. La vie n'était pas aussi simple qu'on voulait bien le dire ! Inconsciemment, elle rentra la tête dans les épaules, s'attendant à subir les foudres d'André Escande.

Pas du tout.

1 « Honteuse. »

— Ma chère Suz… commença-t-il avant de se reprendre aussitôt, ma chère Sybille, je vous dois tant d'excuses que je ne sais par où commencer.

Si elle s'attendait…

— Par mon égoïsme et mon entêtement, je vous ai privée de tellement de choses, à commencer par le bonheur d'être mère. Je ne peux même pas vous demander pardon, je suis impardonnable. Comment avez-vous pu me supporter tout ce temps ?

Le souffle coupé, elle ne répondit pas. On aurait pu la faire tomber d'une chiquenaude. À tâtons, elle chercha le chambranle de la porte pour s'y accrocher. André la vit vaciller. Il se précipita, inquiet de la voir soudain aussi pâle. Elle le rassura d'un sourire, toujours agrippée au montant, alors il saisit sa main libre et la porta à ses lèvres.

— Suzanne a été une sainte pendant tant d'années, reprit-il en se redressant, la voix enrouée par l'émotion. Sybille accepterait-elle de n'être désormais que ma femme chérie ?

Dans le silence, la voix de Charles Trenet chantait :

— *Et dis-moi qu'il n'est pas de plus charmant bonheur*
Que ces yeux dans le ciel
Que ce ciel dans tes yeux
Que ta main qui joue avec ma main…

18

Le carillon fixé à l'angle du bâtiment sonna la demie de quinze heures au-dessus de leurs têtes. Elles étaient arrivées en avance : le programme de cette journée historique, que *L'Indépendant* du jour avait publié à la minute près, avait été quelque peu bousculé mais la calèche ne serait pas là avant au moins une heure et quart. Il fallait bien ça : tout Perpignan semblait pris de folie et il y avait foule sur le parcours. Éliette avait réussi à garer sa Coccinelle rouge flambant neuve du côté de la place des Poilus et elles avaient rejoint bras dessus, bras dessous la rue Louis-Blanc à pied en passant par le marché de la République et sa grande halle Baltard, puis la Loge et sa *Vénus* de Maillol.

— Ne reste pas debout, marraine, tu vas te fatiguer. Je t'ai apporté un siège.

On ne faisait pas plus attentionnée que sa filleule. Elle avait apporté un tabouret pliant de camping qu'elle installa à l'ombre le long de la vitrine de chez Ducommun. C'était Sybille qui avait choisi l'endroit. Elle était une fidèle de cette bijouterie : dans la famille, on y avait ses habitudes, les grenats chez Laviose, les médailles de baptême et les alliances chez Ducommun. Et l'histoire de sa création était si romanesque, elle ne s'en lassait pas. Imaginez : c'était en 1839, le général commandant la garnison de la ville, Esprit de Castellane, avait fait tomber sa montre à gousset en montant à cheval. Or, cette montre, il y tenait : c'était un cadeau de sa femme, Cordélia, dont il était très amoureux. Mais aucun artisan perpignanais n'osa se risquer à la réparer : la montre possédait un tout nouveau type de mouvement qu'ils connaissaient mal, c'était trop risqué. En revanche, glissèrent-ils au général, un de leurs confrères à Toulouse connaissait bien ces montres modernes. Esprit de Castellane ordonna aussitôt qu'on le fasse venir. L'horloger toulousain ne pouvant s'absenter, il envoya son meilleur ouvrier par la première diligence : un Suisse faisant son tour de France de compagnon, Pierre Joseph Henri Ducommun. Sa réputation n'était pas usurpée : il répara la précieuse montre en un tour de main. Le général, qui tenait à le garder sous la main, ordonna alors à ses officiers et sous-officiers de lui apporter toutes leurs montres, pendules, horloges à réparer... C'est ainsi que le jeune Ducommun s'était installé à l'entrée de la ville, juste après la porte Notre-Dame, où ses descendants exerçaient toujours, le carillon de leur boutique rythmant la vie du centre-ville.

— Tu es bien installée ?

Sybille abandonna ses rêveries « fleur bleue » pour remercier Éliette. Elle était fière de la femme que sa filleule était devenue. Henri s'apprêtait à faire son entrée en sixième au lycée Arago, Jocelyne en CE2 à l'école élémentaire Romain-Rolland, et Éliette avait décidé de se remettre à travailler. Elle avait trouvé un poste de vendeuse à mi-temps dans une parfumerie, en attendant mieux. Jeune femme moderne et dynamique, elle avait aussi passé son permis de conduire. Et quand, le 13 juillet dernier, le Parlement avait adopté la loi autorisant notamment les femmes à ouvrir un compte bancaire seules, sans avoir besoin de l'autorisation de leur mari, elle avait sans doute été une des premières Perpignanaises à le faire. Elle était aussitôt venue lui montrer son premier carnet de chèques. Sybille était heureuse de voir sa nièce et toutes celles de sa génération s'émanciper. Pour elle-même, cela venait un peu trop tard, mais la jeunesse avait un bel avenir devant elle.

Au fur et à mesure que l'heure avançait, de plus en plus de monde se massait au pied du Castillet, l'ancienne porte Nord de Perpignan. Depuis une semaine, le journal le martelait : ce 27 août 1965 était « le jour de l'apothéose », « une journée historique où soufflera un esprit surnaturel », « à marquer d'une pierre blanche dans l'histoire de l'art ». L'ambiance était bon enfant. Les voisins se saluaient, « ah, vous êtes là vous aussi ? », de parfaits inconnus échangeaient leurs impressions, on venait seul ou en famille, on sortait les chapeaux, les ombrelles et les éventails, le soleil tapait fort, certains bureaux avaient libéré leurs employés plus tôt en ce vendredi après-midi, chacun voulait pouvoir dire « j'y étais ». Sauf André.

En fait, il aurait bien voulu voir lui aussi, juste par curiosité, pour constater par lui-même « l'engouement moutonnier » de la foule et s'en moquer ensuite – certaines choses ne changeaient pas –, mais sa hanche le faisait souffrir à présent, et même avec sa canne, il ne pouvait plus marcher aussi longtemps. Les promenades avec Cerbère s'étaient faites plus courtes. À son âge, il valait mieux qu'il se réserve pour la soirée. Cependant, depuis ce matin, il suivait assidûment le déroulement des événements sur Inter Midi. La radio les retransmettait en direct grâce à une équipe dotée de micros HF. Sybille ignorait absolument ce que c'était, André avait bien essayé de le lui expliquer, mais elle n'avait rien compris à ses histoires d'émetteur et de haute fréquence ; en tout cas ça semblait efficace, on avait l'impression d'y être. Assis tous les deux dans la lingerie, ils n'avaient rien perdu de « la marche à l'étoile du maître de Port Lligat », comme avait titré poétiquement *L'Indépendant*.

Venant de sa thébaïde de Cadaquès dans une Ford Galaxie, il fallait bien ça, Salvador Dali avait passé la frontière au Perthus à dix heures. Trois quarts d'heure plus tard, il arrivait à Céret, ville qu'il qualifiait lui-même de « super-rossignolesque par excellence ». Le maître affirmait que le jour de sa naissance, un de ces oiseaux chantait sous la fenêtre de sa chambre. Et quand, suivant une de ses nouvelles lubies illuminées, il s'était mis dans la tête de « renaître », il avait tout naturellement choisi la Mecque du cubisme où les rossignols étaient nombreux à cause, selon lui, des vergers de cerises et « des mouches du Boulou ». La mouche, encore un de ses animaux fétiches. André avait du mal à garder son sérieux quand il s'agissait des obsessions daliniennes et Sybille devait bien reconnaître qu'il n'avait pas tort, mais elles faisaient partie du génie de « celui qui restera dans l'histoire de la peinture, au même titre que Michel-Ange et Raphaël, l'un des plus grands chantres de la comédie humaine », dixit la presse.

C'est donc avec amusement et parfois un peu d'incrédulité, scandalisée pour André, qu'ils avaient suivi la transformation de « la chrysalide en papillon ». Le héros du jour et sa suite, son épouse et muse Gala, ainsi que son secrétaire, le capitaine Moore, avaient été accueillis par le maire de la petite sous-préfecture, Michel Sageloly. Accompagné de son homologue de Figueras, la ville natale du « divin », celui-ci avait pris place avec eux dans la calèche, escortée par les sapeurs-pompiers, précédée d'un cortège pittoresque de mulets harnachés de pompons rouges, montés par des jeunes filles en costume catalan et suivis par les enfants des écoles déguisés en papillons devant la fanfare. Les danseurs du Foment de la Sardane et la *cobla*[1] fermaient la marche. Les rues étaient décorées de banderoles et d'arceaux de verdure. Tout Céret avait joué le jeu : un rhinocéros, autre symbole de la pensée dalinienne, avait été installé sur un terre-plein, sous les arcades du chemin de ronde des anciens remparts. En observant la photographie de la statue, André avait fait ironiquement remarquer qu'on aurait plutôt dit un phacochère ou un babiroussa ; Sybille ne voyait pas bien la différence, mais elle le croyait sur parole ! Après les discours, le maire avait conduit Dali à la maison du syndicat d'initiative sous les fondations duquel on avait récemment trouvé un souterrain… que le journal n'hésitait pas à qualifier d'oubliettes, pour rester dans le ton surréaliste de cette journée. Il avait fallu attendre qu'ils en ressortent pour connaître le détail de ce qui s'était passé : un squelette

1 Orchestre typique catalan composé principalement d'instruments à vent.

créé par deux artistes locaux y avait été dressé au milieu de gigantesques papillons. *L'Indépendant* avait annoncé « une mise en scène dont Hollywood serait jalouse ». C'était pour le moins exagéré mais le maître avait ouvert la « cage thoracique » et un enfant, représentant sa réincarnation, en était sorti. Le journaliste avait précisé qu'il s'agissait d'une petite fille, ce qui avait fait ricaner André. Sybille, elle, avait grimacé en entendant qu'on avait fait boire à la petite « ressuscitée » céretane une ou deux gouttes du sang d'un rossignol sacrifié pour l'occasion. Puis tout le monde s'était rendu aux arènes où les invités étaient conviés à un banquet servi au milieu de la piste, sous les yeux du public assis dans les tribunes.

— Regarder les autres manger, vous parlez d'un spectacle ! avait commenté son mari, acide. Et pourquoi pas les applaudir quand ils iront aux toilettes ?

Imperturbable, le reporter annonçait le menu : jambon, melon, gambas, côtelettes d'agneau, pommes frites, fruits, vins blanc et rouge. André avait éteint le poste et s'était levé :

— Et nous, que mangeons-nous ?

Il avait gardé son solide appétit. Preuve de bonne santé, disait le docteur Benavall.

— Nous sommes vendredi, donc il y a du poisson. La dorade est au chaud dans le four !

Deux policiers arpentaient la rue en demandant avec bonhomie aux badauds de remonter sur le trottoir. Il ne faudrait pas qu'un enfant passe sous les roues de la calèche ! Et puis une rumeur circulait : un commando d'étudiants aurait prévu de kidnapper Dali durant son passe-ville. Blague de potaches, sans doute, mais mieux valait ouvrir l'œil, et le bon ! De l'autre côté de la place, devant la porte Notre-Dame, le patron du café de la Poste houspillait les sans-gêne qui grimpaient sur les tables de sa terrasse.

— Il y a presque plus de monde que pour la procession de la Sanch, s'exclama Éliette.

Entendre sa nièce par alliance comparer « tout ce cirque », comme il l'appelait, au traditionnel cortège de pénitents encagoulés du Vendredi saint, aurait beaucoup plu à André, toujours particulièrement caustique à l'égard de l'Église. Sybille étouffa un petit rire derrière sa main ouverte.

— Tu as l'article avec le plan et les horaires ? s'enquit-elle. Ils en sont où, normalement ?

Sa filleule sortit de son sac à main une coupure de journal froissée. Elle était partie de chez elle en courant : sa voisine avait gentiment accepté d'aller chercher Jocelyne à l'école et de la garder jusqu'à son retour, mais madame Dunyach était terriblement bavarde et elle avait eu le plus grand mal à s'échapper. Henri rentrerait tout seul en bus, comme d'habitude, il était grand maintenant. Éliette déplia le bout de papier :

— Alors voyons, tu m'as dit que, d'après la radio, ils ont pris le train spécial qui les amène de Céret à quatorze heures trente, soit avec une demi-heure d'avance sur ce qui était prévu, réfléchit-elle tout en le lissant du plat de la main sur la vitrine de la bijouterie. Donc, en corrigeant les horaires annoncés…

Le journal avait décrit le dispositif prévu : tandis que leurs accompagnateurs voyageraient sur des banquettes normales, Dali et Gala seraient installés dans un wagon à bestiaux, dans deux grands fauteuils posés sur un tapis en fourrure d'ocelot et tournés face au côté droit de la voie. La porte resterait ouverte, ainsi le public pourrait les saluer et les applaudir à chaque gare ou passage à niveau. À l'approche de Perpignan, au dépôt Chefdebien, le locotracteur diesel serait remplacé par une machine à vapeur décorée à l'avant de deux drapeaux catalans croisés. *L'Indépendant* avait interrogé son chauffeur, un certain Yvan Souchon, pour savoir s'il était ému de conduire un génie. Sa réponse avait fait s'étrangler André qui buvait son café : « Que l'on me demande de transporter des cornichons, des pommes de terre ou Salvador Dali, moi je suis avant tout un employé qui accomplit son boulot. » Il s'était esclaffé : « Voilà un homme sensé ! »

À quinze heures cinquante et un, le train avait donc fait son entrée sous la verrière de la gare, quai 2, voie 2, où l'attendait le docteur Pagès, le père de l'antigravitation. Dali recherchait l'immortalité et espérait qu'en congelant son corps au moment de sa mort, on pourrait le ramener à la vie plus tard. Dans cet objectif, il rencontrait des personnalités scientifiques partout où il le pouvait. Il considérait le docteur Pagès comme un des novateurs les plus intéressants de l'époque, et celui-ci le voyait, évidemment, comme un génie. La rencontre ne pouvait avoir lieu que dans ce lieu à la fois prosaïque et magique où le maître affirmait avoir vécu une « extase cosmogonique » lors de laquelle il aurait eu « une vision exacte de l'univers » et de sa structure qui serait, « toutes proportions gardées, semblable à la gare de Perpignan ». Il en avait fait un tableau grand comme un mur. Et il avait inscrit sur le carton d'invitation, qu'il avait lui-même dessiné pour ce jour mémorable :

« Tout l'univers converge à la gare de Perpignan. » Ce délire très dalinien était du pain béni pour la capitale du Pays catalan. L'office du tourisme n'en espérait pas tant !

— À cette heure-ci, calculait Sybille, le grand homme doit avoir terminé son discours devant l'essaim des reporters et photographes envoyés pour couvrir l'événement. Et bien sûr les quatre cent cinquante privilégiés admis dans le saint des saints. Que doit-il faire ensuite ?

Éliette pouffa de rire.

— Il y a écrit : « Dali va s'offrir à l'adoration de la foule » !

Ah, ces journalistes, quand il s'agissait d'enflammer leurs lecteurs, ils ne lésinaient pas sur l'hyperbole !

— La calèche ne devrait pas tarder à s'ébranler pour descendre l'avenue de la Gare, poursuivit-elle en se penchant sur le plan publié dans *L'Indépendant.* Tout droit jusqu'à la place de Catalogne, puis ils vont longer les Dames de France, tourner à droite sur la place Bardou-Job, traverser le pont sur la Basse, contourner la place Arago, prendre la rue Alsace-Lorraine jusqu'à la Loge et hop, ils devraient être là vers seize heures quarante-cinq.

Hop, c'était beaucoup dire. Vu le monde sur le parcours, les admirateurs, les chasseurs d'autographes, ils n'allaient pas avancer très vite ! Éliette avait eu une riche idée en apportant ce pliant.

— Dis-moi, marraine, on aurait pu se poster plus haut sur l'itinéraire, on aurait moins attendu…

Sybille afficha un air mystérieux.

— Mais ici, expliqua-t-elle, la calèche doit s'arrêter et nous pourrons mieux les voir. Surtout toi, je ne voulais pas que tu rates ça… Ah, tu entends les applaudissements ? Ils arrivent !

Sous les vivats apparut d'abord une DS sur laquelle était juché un cameraman de l'ORTF. Il filmait à travers le toit décapoté, à reculons, on appelait ça un « travelling », pour avoir Dali à gauche et Gala à droite, de face à l'image. La télévision avait dépêché une équipe de trente personnes et huit caméras, pas moins, dirigée par François Barnole, l'enfant du pays, et Jean Villa. Leur reportage serait diffusé le mardi suivant dans une émission spéciale. Les chanceux qui possédaient un poste pourraient revivre « ce grand jour surréaliste » à vingt heures trente sur leur petit écran. Sybille s'était levée de son pliant dès les premiers « Da-li, Da-li » scandés par la foule : on l'aurait bousculée, et en plus elle n'aurait rien vu. Elle restait cependant prudemment adossée à la façade. Juste à côté d'elle, Henri et Robert Ducommun étaient sortis de leur bijouterie, encadrant une ravissante jeune fille au chignon piqué de papillons en tissu et vêtue d'un collant académique noir qui ne laissait rien ignorer de sa gracieuse anatomie. Sur le coussin sang et or qu'elle tenait entre les mains, LA bague en grenat en forme de mouche, sortie des mains de Georges Lavall, étincelait au soleil. L'insecte était un autre des grands symboles chers à Dali, qui était fasciné par ses yeux à facettes. Il essayait de reproduire cette vision particulière dans certaines de ses œuvres. Les Ducommun avaient donc choisi ce diptère comme sujet. Mais pas n'importe lequel : ils s'étaient rendus à Port Lligat pour en prélever un sur le visage du maître préalablement enduit de confiture !

La calèche tirée par un cheval blanc et conduite par un agriculteur en blouse bleue de charretier, *barretina* rouge sur la tête, approchait au son des instruments de la *cobla* qui la suivait, installée sur le plateau d'un camion. On apercevait de dos la casquette du capitaine Moore, le secrétaire du génial artiste, tenant dans ses bras l'ocelot de son patron. Le félin tacheté, apparemment très affectueux, avait beaucoup de succès auprès des enfants. En face, le maître lui-même, la moustache cirée conquérante au-dessus d'un jabot de dentelle. Il portait son uniforme blanc immaculé à boutons dorés d'« amiral de la flotte méditerranéenne » et sa main ne quittait pas celle de son épouse, assise bien droite, les yeux cachés derrière des lunettes noires. La calèche s'arrêta à l'endroit prévu. La jeune fille en collant s'approcha avec son coussin à offrande. Dali prit la bague et la passa, courtois, au doigt de Gala, puis il se pencha pour déposer un chaste baiser sur le front couronné de papillons, sous les acclamations du public. Sur ce, le cocher donna au cheval le signal d'avancer et la calèche s'ébranla en direction de la porte Notre-Dame, toujours précédée par la voiture de l'ORTF et suivie par le camion de la *cobla*. La scène n'avait duré que quelques minutes. De là, le cortège décrirait une large boucle par les boulevards Wilson et Bourrat, en longeant la promenade des Platanes et le square, pour remonter vers Sant Vicens où devait s'achever son tour de ville triomphal.

— Vite, marraine, il faut retourner à ma Coccinelle. Je dois te ramener au plus vite si tu ne veux pas rater l'apothéose !

André Escande trépignait dans l'entrée. Dix fois déjà qu'il vérifiait sa cravate, recoiffait ses cheveux, qui se faisaient rares désormais, devant le miroir au-dessus de la console. Dieu qu'il ressemblait à son père. De plus en plus. Mais que faisait donc Sybille ? Ils allaient rater l'arrivée triomphale !

Un coup de frein. Une voiture qui s'arrête devant la maison. Ah, enfin ! Il ouvrit la porte au moment où son épouse finissait de remonter l'allée à petits pas pressés.

— Dépêchez-vous, ma chérie, nous allons être en retard !

Elle s'arrêta sur le seuil, la main sur la poitrine, le souffle court.

— Le quartier est noir de monde, c'est fou, s'exclama-t-elle en secouant la tête, incrédule. Heureusement, Éliette est passée par le boulevard Kennedy ; derrière la calèche, un véritable bouchon s'était formé !

Mais André avait d'autres préoccupations que le point sur la circulation en ville.

— N'empêche, elle ne doit plus être loin de Sant Vicens et nous ne sommes pas prêts... enfin, vous n'êtes pas prête ! Mais pourquoi diantre avez-vous tenu à aller sur place ? À la radio, je vous assure, on suivait très bien !

Elle lui tapota la joue d'un geste tendre et apaisant.

— Je vous ai déjà expliqué que je voulais vivre l'événement au milieu de la foule. La sentir vibrer, exulter, communier... Vous ne trouvez pas cela extraordinaire ? L'art qui sort des galeries et des musées pour descendre dans la rue, aller à la rencontre des gens. Et ceux-ci qui se l'approprient et participent avec ferveur et bonne humeur. Comme tous les mois de décembre, lorsqu'ils viennent admirer la crèche de Conrad Paris à Sant

Vicens. Avant de rejoindre l'élite ce soir, les privilégiés invités à fêter le maître, et je remercie Firmin Bauby de nous permettre d'en faire partie, je voulais ressentir cet engouement populaire !

L'index tapotant le verre de sa montre-bracelet, André s'apprêtait à lui rappeler qu'ils n'avaient plus le temps pour de telles considérations, elle coupa court à ses protestations :

— Donnez-moi deux minutes pour passer ma robe et me recoiffer un coup de peigne, juste deux minutes…

Elle filait déjà vers leur chambre. Étouffant un soupir, André prit sa canne dans le porte-parapluie. Elle n'avait pas de pommeau en or et n'était pas réputée avoir appartenu à Victor Hugo, comme celle que Salvador Dali exhibait depuis ce matin, mais avec elle il avait fière allure. Il s'admirait dans la glace quand Sybille refit son apparition. Sa robe bleu marine était d'une coupe simple mais très chic. Elle avait posé sur ses épaules une écharpe de tulle de la même couleur, semée de papillons multicolores qu'elle avait elle-même brodés, un par un : rose, vert d'eau, ciel, orangé. Elle tenait à la main une pochette assortie qu'elle glissa adroitement dans la poche de poitrine de la veste de son mari. Il se laissa faire avec un sourire indulgent : se mettre au diapason de cette journée « dalirante » faisait tellement plaisir à sa femme. Et il aimait la voir aussi joyeuse et excitée. Une vraie gamine.

Des acclamations leur parvinrent par la baie vitrée du salon ouverte sur la terrasse.

— Ah, cette fois, le maître est là, constata-t-il, fataliste. Nous allons rater son entrée.

Elle eut une petite moue dépitée.

— C'est ma faute, mon ami, à vouloir ne rien manquer et être partout à la fois, j'ai fait la course contre le temps et je l'ai perdue. J'ai été trop optimiste. Le temps de faire le tour jusqu'à l'entrée du parc, de franchir les rangs serrés des badauds, notre sésame à la main, la cérémonie sera commencée…

Elle avait l'air si déçue. Il n'avait pas envie de lui faire des reproches, juste de trouver le moyen de lui redonner le sourire.

— Sauf si nous prenons un raccourci, proposa-t-il en lui tendant la main pour l'inviter à le suivre. Nous n'avons qu'à passer par la brèche dans la clôture, par le passage de Vivi !

Applaudissant à tout rompre de part et d'autre du chemin Saint-Gilles, les invités faisaient la haie d'honneur au couple Dali qui acceptait cet hommage comme un dû. Sybille et André, surtout André, avaient été obligés de se contorsionner un peu pour traverser le lierre, mais ils s'en étaient sortis sans dommage pour leurs vêtements et avaient pu se glisser *in extremis* parmi les autres, non sans échanger des regards complices, jubilant intérieurement comme des élèves ayant fait l'école buissonnière. Firmin Bauby les aperçut de loin et les salua d'un signe. Il était partout à la fois. Il s'affairait, se multipliait, allait et venait, faisant le baisemain, donnant l'accolade tout en guettant du coin de l'œil l'ultime détail qui lui aurait échappé et qu'il faudrait régler sur le fil.

— Regardez comme Dali est heureux ! Jamais un peuple entier réuni ne l'a accueilli de la façon dont il l'est aujourd'hui, s'extasiait leur voisin, aux anges.

Bauby et le directeur de l'office du tourisme escortèrent le maître, qui ne lâchait pas la main de son épouse, vers le portail aux lions et la cour pavoisée aux couleurs sang et or dans laquelle attendaient une *cobla* et des groupes folkloriques en tenue. Rien n'avait été épargné pour la mise en scène de la soirée. Deux trônes recouverts de velours rouge avaient été installés sur une estrade garnie d'un tapis chamarré, dressée devant les anciennes écuries et les orangers amers dissimulés par une tenture. Pour mettre la dernière touche à ce décor surréaliste, comme il se devait, la cage en osier abritant l'oiseau en céramique, œuvre de leur hôte, avait été suspendue à un support en rotin, et un bouquet de choux-fleurs enrubanné garnissait une corbeille. Les Escande se mêlèrent aux invités qui s'engouffraient à leur tour dans la cour tandis que Dali et Gala s'installaient en majesté, leur ocelot se roulant à leurs pieds.

On approcha un micro pour recueillir la parole « cosmique » de l'artiste qui se lança dans un discours métaphysique absolument incompréhensible pour le commun des mortels. Du moins de l'avis d'André. Il observait à la dérobée le visage de leurs voisins qui approuvaient doctement du chef. Suivaient-ils vraiment les méandres de la pensée dalinienne ou faisaient-ils semblant pour ne pas perdre la face ? Malgré lui, il se sentait un peu intimidé. Sybille en revanche semblait à l'aise comme un petit poisson dans l'eau. Un poisson avec des papillons en guise d'écailles. Les conversations à voix basse bruissaient autour d'eux :

— À ce qu'on nous a dit, le long des trente-cinq kilomètres du parcours en train, ça a été la ruée sur les talus, dans les vignes et tous les chemins parallèles aux voies. On leur a lancé des fleurs.

— Et une seule tomate... On aurait pu craindre bien pire. C'est un triomphe!

— En arrivant en gare d'Elne où un millier de personnes l'attendaient, le maître a eu une envie pressante. Il a fait arrêter le train pour aller aux toilettes. En repartant, il a immortalisé son passage en dessinant au crayon un papillon sur la porte des W.-C. Gageons qu'on mettra vite ce battant de bois dalinien à l'abri de ses admirateurs!

Pendant ce temps, la cérémonie se poursuivait. Des jeunes filles en collant académique s'avançaient telles des vestales, portant un brasero de cuivre dans lequel brûlait de l'encens. Elles le déposèrent aux pieds du roi et de la reine de la fête avant de s'installer, sensuellement alanguies, sur les marches de l'estrade. Puis ce fut l'heure des cadeaux: une pendule en céramique représentant un papillon, évidemment, œuvre d'Henri de Georges. Une voix de femme s'éleva:

— Cette journée est une complète réussite, même le soleil est au rendez-vous.

Le maître répondit lui-même avec superbe:

— Dali a demandé du beau temps, il a eu du beau temps, il ne pouvait en être autrement.

Sa cour de nymphes et d'éphèbes était au bord de la pâmoison.

— Il parle de lui à la troisième personne? souffla André, interloqué, à l'oreille de sa femme qui eut le plus grand mal à ne pas éclater de rire.

— Il a de nombreux talents... notamment celui de faire parler de lui!

Ils n'avaient pas vu Odette Bauby, toujours aussi élégante, se glisser auprès d'eux.

— Et bien sûr de transformer cette renommée en argent, ajouta-t-elle non sans cynisme.

André apprécia sa lucidité. Elle connaissait bien le bonhomme derrière le monstre sacré qu'André Breton, le chef de file des surréalistes, surnommait avec malice « Avida Dollars » : son mari Denys était un habitué de Port Lligat.

De sa petite voix aigrelette, le *flaviol*[1] de la *cobla* avait donné le signal et les danseurs de l'Esbart, bras levés et pieds légers, entamaient une danse traditionnelle catalane. Firmin Bauby, qui circulait de groupe en groupe pour s'assurer que tout se passait au mieux, vint discrètement rejoindre sa belle-sœur.

— C'est une très belle soirée, le félicita Sybille, la célébration idéale. Vous connaissez Salvador Dali depuis longtemps ?

Il ne se fit pas prier pour raconter :

— Je l'ai véritablement rencontré pour la première fois il y a six ans, lors d'une exposition dédiée à Sant Vicens place Vendôme à Paris. Nous nous sommes promenés en devisant dans la rue de la Paix. Nous avons été très vite entourés d'une nuée d'admirateurs. Dali m'expliquait ses théories métaphysiques, et il a attendu d'arriver devant l'Opéra pour les saluer et signer des autographes…

Il souriait encore à cette évocation en se détournant pour serrer la main d'un autre invité qui l'interpellait et échanger quelques mots avec lui.

1 Petite flûte à bec.

— Pourquoi dit-il rencontrer « véritablement » ? releva André *sotto voce*.

Odette se pencha à son oreille.

— En fait, ils ont fréquenté le même collège. À quatorze ans, Firmin avait déjà commencé ses frasques et mon beau-père a voulu l'éloigner : il l'a expédié de l'autre côté de la frontière, à Figueras, dans un établissement fondé par des maristes français, Saint-Joseph. C'était juste avant la Grande Guerre. Le jeune Salvador Domingo Felipe Jacinto Dalí i Domènech y était aussi élève mais il avait cinq ans de moins, donc ils se sont juste croisés. Imaginez s'ils avaient eu le même âge : ça aurait fait des étincelles… dans tous les sens du terme !

Comme si l'écho de ce qui aurait pu être était parvenu jusqu'à lui, Bauby se retourna vers eux, tout sourire :

— J'espère qu'il trouvera à Sant Vicens l'inspiration nécessaire pour de nouveaux chefs-d'œuvre !

La musique, le brouhaha, les fumées d'encens, la chaleur, tout ce monde qui se pressait dans un lieu clos même s'il était à ciel ouvert… André se sentait un peu oppressé. Il lui fallait de l'air, de l'espace, du silence, ou du moins des sons plus étouffés. Il avait fait beaucoup de progrès ces dernières années, non seulement pour accepter mais pour prendre plaisir à côtoyer les autres, cependant, même s'il l'avait beaucoup repoussée, il y avait encore une limite à ce qu'il pouvait supporter. Quand l'entourage devenait trop envahissant, il s'éloignait, s'isolait le temps de reprendre son souffle et de ne plus se sentir agressé. Avec la bénédiction de Sybille, qui bavardait avec des gens qu'elle ne connaissait pas une heure avant – mais comment faisait-elle ? –, il sortit de la cour où les danses catalanes se poursuivaient en attendant que le lunch soit servi à la lueur des flambeaux, pour respirer dans le parc. Le calme, bien que relatif, fit aussitôt se relâcher la tension qui commençait à bourdonner à ses tempes. Ses pas le portèrent tout naturellement vers la Création cosmique divine qui éclatait en couleurs vives sur la façade voisine. Il la comprenait bien mieux, jusqu'au plus profond de son être, que le charabia illuminé de Dali. Songeur, il repensait à la dernière phrase de Firmin Bauby : si dans sa fresque, Jean Lurçat avait voulu représenter l'alchimie des éléments fondamentaux à l'œuvre pour créer la céramique, le véritable alchimiste, c'était lui, le maître de Sant Vicens. Il avait réuni ici tous les « ingrédients » nécessaires à cette création : les bâtiments, les installations, le matériel, les techniciens et bien sûr les artistes qu'il accueillait en résidence... grâce à l'argent gagné dans ses poissonneries. Mécène-alchimiste, c'est ainsi qu'André le surnommerait désormais.

Malgré sa canne, sa hanche le faisait souffrir. Rester ainsi à piétiner ne réussissait pas à ses vieux os. Ah, si seulement on pouvait inventer des pièces détachées comme pour les voitures, il suffirait de changer l'articulation défectueuse ou trop usée ! Un jour peut-être... André alla s'adosser au caroubier devant lequel Vivi s'asseyait lors de ses fugues. Son « poste de fascination ». Elle avait huit ans désormais et avait été placée dans un établissement spécialisé où elle faisait des progrès, disaient ses parents, à son rythme, mystérieux, qu'elle était la seule à connaître. Elle ne revenait à Saint-Gaudérique que pour les vacances scolaires, qu'André cochait scrupuleusement sur le calendrier, car la petite, qui ne l'était plus tant, reprenait alors ses expéditions à travers la roseraie, la brèche dans le lierre, le parterre de coquelicots du céramiste René Calvet et le parc, comme si elle n'était jamais partie, faisant les mêmes tours et détours sur la pointe des pieds, gracieuse équilibriste sur un fil invisible, mignonne fée blonde qui enchantait les après-midi de beau temps du vieux professeur de mathématiques.

Tandis qu'il invoquait sa silhouette elfique, un froissement de feuilles et un raclement de semelles glissant sur l'écorce lui firent lever la tête. Deux jambes de faon apparurent, pendant de la branche sur laquelle leur propriétaire s'était juchée. Il les avait tellement vues filer devant lui, il les aurait reconnues entre mille. Qu'est-ce qui l'avait attirée en ces lieux certes familiers, lui appartenant presque, mais à une heure où d'ordinaire elle était rentrée depuis longtemps à la maison, chassée par les ombres belliqueuses et menaçantes, et surtout avec autant de monde aux alentours, ce monde qu'elle fuyait encore plus que lui ? La musique ? L'aura du maître du surréalisme ? N'avait-il pas expliqué tout à l'heure avoir traversé cette journée « les antennes braquées sur l'univers » ? Avait-elle les mêmes ? André savait qu'il n'aurait jamais la réponse : Vivi faisait partie de cette part secrète de l'univers qu'il fallait juste accueillir avec gratitude sans chercher à comprendre. Elle était la pierre philosophale qui, par sa seule présence, avait ôté les œillères de ses yeux, changé son esprit, cartésien jusqu'à en être étroit et rigide, remis son cœur figé en marche et ouvert son âme.

Les jambes se tortillèrent, quelques feuilles tombèrent sur son crâne dégarni. Le regard fixé sur la fresque qui les avait réunis, il retint son souffle. Qu'est-ce qui l'incitait à quitter soudain sa cachette ? Un bruit mat, léger. Vivi se laissa tomber à terre et vint s'asseoir à côté de lui. À seulement quelques centimètres. Il n'osait pas la regarder ni reprendre sa respiration de peur de la faire fuir, de dissiper cet instant magique, de le faire éclater telle une bulle de savon. Il sentit une petite main tiède prendre la sienne et glisser dedans un rectangle de céramique qu'il identifia aussitôt au toucher : un des « coquelicots » plantés pour remplacer les vrais, trop éphémères. Juste pour elle.

Une voix juvénile qu'il n'avait jamais entendue accompagna l'offrande d'un mot :

— Étoile…

POSTFACE

Firmin Bauby a quitté ce monde qu'il avait contribué à embellir le 1er novembre 1981, à l'âge de quatre-vingt-deux ans. Mais l'alchimie de Sant Vicens continue à opérer : Claire, sa petite-nièce, secondée par ses parents Paul et Marie-Angèle, en assure désormais la direction et reçoit toujours des artistes en résidence. Et bien sûr, on peut toujours admirer la magnifique fresque en céramique de Jean Lurçat sur la façade !

REMERCIEMENTS

Si la céramique est une alchimie, l'écriture en est une aussi et la transmutation des idées en roman nécessite plusieurs étapes, évolutions, transformations et aussi beaucoup d'aide.

Un immense merci à Claire Bauby et à ses parents, Paul et Marie-Angèle, qui m'ont ouvert les portes de Sant Vicens, toutes leurs archives ainsi que leurs cœurs. Et qui m'ont aussi initiée à la céramique pour que je connaisse par moi-même les sensations que l'on éprouve à créer. Une vraie découverte et un privilège.

Merci à Hermeline Malherbe, Céline Robin et Chantal Michel du Conseil départemental qui m'ont permis de visiter la maison de Firmin Bauby, une merveille.

Merci à Éric Forcada pour son livre *Sant Vicens, foyer de la céramique d'art en Catalogne* (Mare Nostrum, 2016), à Jean-Marie Rosenstein pour son ouvrage *Histoire du Lycée Arago, du vieux bahut au nouveau lycée* (Terra Nostra, 2008) et à Jean-Noël Grando pour *100 ans de cinéma dans les Pyrénées-Orientales* (Mare Nostrum, 2010).

« Vivi » et ses coquelicots n'auraient pas pu naître sous ma plume sans le témoignage de mon amie Florence Lopez et de sa fille, notre incroyable Julie qui se bat pour faire bouger les lignes et nous épate tous les jours, et le concours du Dr Charles Alezrah, psychiatre, qui m'a éclairée sur les troubles du spectre autistique. Un grand merci !

J'ai pu reconstituer le Perpignan des années 50 et 60 en épluchant les articles de *L'Indépendant* de l'époque. Merci à toute l'équipe des archives municipales de Perpignan, toujours aussi serviable.

Et pour finir, une pensée pour mon fils Hadrien qui prend son envol. Bien des chemins s'ouvrent devant toi, le meilleur est à venir ! Je t'aime.

Collection

TERRITOIRES

Jean Anglade
Une vie en rouge et bleu
Le Dernier de la paroisse
Le Choix d'Auguste
Le Sculpteur de nuages
Les Cousins Belloc
Le Grand Dérangement

Sylvie Anne
Le Gantier de Jourgnac
La Maison du feuillardier

Sylvie Baron
Un été à Rochegonde
Les Ruchers de la colère
L'Auberge du pont de Tréboul
L'Héritière des Fajoux
Rendez-vous à Belinay
Terminus Garabit
Un coin de parapluie
Une Miss pas comme les autres
Des noces en or
À l'ombre d'Agatha

Jean-François Bazin
Les Raisins bleus
Le Clos des Monts-Luisants
Le Vin de Bonne-Espérance
Les Compagnons du grand flot
Le Maître de la lumière
Le Dernier Tonnelier

Sarah Bell
Le Chant des reines

Henriette Bernier
Le Baron des champs

Jean-Baptiste Bester
L'Homme de la Clarée
Plus près des anges
Les Amants de Sainte-Catherine
Meurtre au pont du Diable

Françoise Bourdon
Le Moulin des Sources
Le Mas des Tilleuls
La Grange de Rochebrune
Retour au pays bleu
Le Fils maudit
Les Sentiers de l'exil
Les roses sont éternelles
Le Maître du Castellar
Le Secret de Belle Épine
Pour oublier la nuit

Édouard Brasey
Les Lavandières de Brocéliande
Les Pardons de Locronan
La Sirène d'Ouessant
L'Affaire Cabre d'or
Le Domaine des oliviers
Les Fils du patriarche

Patrick Breuzé
Les Remèdes de nos campagnes
La Valse des nuages
L'Étoile immobile
Mon fils va venir me chercher
La Montagne pour refuge

Versant secret
Les Buveurs de ciel

Nathalie de BROC
La Vallée des ambitions
La Robe pourpre

Michel CAFFIER
Corne de brume
La Paille et l'Osier
Les Étincelles de l'espoir

Anne COURTILLÉ
La Tentation d'Isabeau
Le Gaucher du diable
Les Damoiselles de Clermont

Annie DEGROOTE
Les Racines du temps
D'infinies promesses

Jérôme DELIRY
Une rivière trop tranquille
L'Héritage de Terrefondrée
La Maraude

Raphaël DELPARD
L'Enfant sans étoile
Pour l'amour de ma terre
L'enfant qui parlait avec les nuages
Le Courage de Louise

Alain DUBOS
La Mémoire du vent
La Corne de Dieu
Le Dernier Combat du Dr Cassagne

Élise FISCHER
Les Noces de Marie-Victoire
Je jouerai encore pour nous
Villa Sourire
L'Étrange Destin de Marie
Le Jardin de Pétronille
Aux Deux Hirondelles
Les Femmes des terres salées
La Promesse du sel
Le Vin de Pâques
Marionnettes d'amour
Là où renaît l'espoir
Tous au théâtre

Emmanuelle FRIEDMANN
Le Rêveur des Halles
La Dynastie des Chevallier
L'Orphelinat
La Faute des autres

Alain GANDY
Les Cousins de Saintonge

Gérard GEORGES
Une terre pour demain
Le Destin des Renardias
Le Bal des conscrits
Mademoiselle Clarisse
Anatole, fils de personne
La Mésangère

Georges-Patrick GLEIZE
La Fille de la fabrique
Pas plus tard que l'aurore
Le Serment des oliviers
Le Vent de la jeunesse
Quelques pas dans la neige
Les Noisetiers du bout du monde
Le Crépuscule des Justes
Même les pierres ont une histoire

La Montagne des autres
Coupe rase

Yves HUGHES
Et meurent les marionnettes

Yves JACOB
Sous l'ombre des pommiers
Le Silence de Justine

Corinne JAVELAUD
L'OMBRE DE ROSE-MAY
Les Petits-Papiers de Marie-Lou
L'Odyssée de Clarence

Guillemette de la BORIE
La Dernière Héritière
Le Portrait disparu

Hélène LEGRAIS
L'Ermitage du soleil
Les Héros perdus de Gabrielle
Les Ailes de la tramontane
La Guerre des cousins Buscail
Les montagnes chantaient la liberté
Ceux du Château, ceux du Moulin
Trois gouttes de sang grenat
Les Anges de Beau-Rivage
Le Bal des poupées
Le Front dans l'azur
Nous étions trois
Le Cabanon à l'étoile
L'Alchimiste de Sant-Vicens

Philippe LEMAIRE
Rue de la Côte-Chaude
L'Enfant des silences
L'Oiseau de passage
La Mélancolie du renard

Alfred LENGLET
Du poison dans les veines
Jeux mortels en hiver
Temps de haine
Cœurs de glace

Éric Le NABOUR
Retour à Tinténiac
La Louve de Lorient
À l'ombre de nos larmes
La Frondeuse
Cécile et les Beaujour
Comme une aube fragile

Jean-Paul MALAVAL
L'Or des Borderies
Soleil d'octobre
Les Noces de soie
La Villa des térébinthes
Rendez-vous à Fontbelair
La Folie des Bassompierre
Chronique des Strenquel
La Bastide aux chagrins
Les Sœurs Querelle
Les Larmes de la pinède
La Belle Étrangère
Adélaïde au bord de la falaise
Les Gens de Combeval
La Souveraine en son domaine
Un si joli mariage
Rue de la Fontaine-Bleue
Un cœur solitaire dans une maison trop grande
Un été sous les tilleuls
La Vallée des eaux amères
L'Héritière des sables fauves

Antonin MALROUX
La Promesse des lilas
La Cascade des loups
La Pierre marquée
L'Homme aux ciseaux d'argent
Les prés refleuriront
Fenêtre sur village
Marie des Adrets
L'Espoir de belles aurores
Le Pain de paille
Le Cœur de mon père
Le Charpentier du paradis
Un soleil pour chaque jour

Jean-Luc MOUSSET
L'Enfant des labours
Le Secret de Neige

Sophie MUFFAT-MÉRIDOL
L'Homme au bouquet

Brigite PIEDFERT
Deux grains de sucre, un soupçon de secret

Frédéric PONS
Les Pèlerins du diable

Agathe PORTAIL
L'Année du gel
Piqûres de rappel
De la même veine

Nicole PROVENCE
Le Secret d'Aiglantine

Joël RAGUÉNES
La Maîtresse de Ker-Huella
La Dame de Roz Avel
La Sirène du port
Les Trois Saisons de la vie
L'Or du lin
Les Vies de Jeanne
Pêcheurs du bout du monde
Les Derniers Seigneurs de la mer
La Salamandre de Trévarez

Florence ROCHE
La Terre des Falgères
L'École du lac
La Réfugiée du domaine

Élisabeth SEGARD
Une certaine idée du paradis
Un futur presque parfait

Geneviève SENGER
La Maison Vogel
L'Enfant de la Cerisaie
La Dynastie des Weber
Les Jumeaux du val d'amour
La Promesse de Rose
Les Bellanger
La Dame des Genêts
L'Or de Salomé
La Terre originelle
Le Bonheur est au fond des vallées

Jean SICCARDI
La Source de saint Germain
Le Maître du diamant noir
L'Ivresse des anges
L'Auberge du gué
Gaston des vignes
La Chapelle des Templiers

Bernard SIMONAY
L'Or du Solognot
Le Marais des ombres
Meurtres d'outre-tombe

Jean-Michel THIBAUX
L'Olivier du diable
Le Maître des bastides
Le Rappel du tambour

Katia VALÈRE
Après la nuit vient l'aube

Brigitte VAREL
Le Secret des pierres

Louis-Olivier VITTÉ
La Guérisseuse de Peyreforte
Là où coule une rivière
Le Secret de Tire-Lune
La Statue engloutie
La Dame des vignes hautes
La Femme qui voulait voir la mer
Petit Jean

Colette VLÉRICK
L'Enfant sur le pont
Un air de liberté
La Nacre des abers
Dans la lumière de Pont-Aven
Rêves d'indiennes

Photocomposition Belle Page

Achevé d'imprimé en octobre 2022
par l'imprimerie CPI Bussière
18200 Saint-Amand-Montrond
pour le compte des Éditions Calmann-Lévy
21, rue du Montparnasse 75006 Paris

PAPIER À BASE DE FIBRES CERTIFIÉES

CALMANN LEVY s'engage
pour l'environnement en réduisant
l'empreinte carbone de ses livres.
Celle de cet exemplaire est de :
900 g éq. CO_2
Rendez-vous sur
www.calmann-levy-durable.fr

N° d'éditeur : 3268244/01
N° d'imprimeur : 2067965
Dépôt légal : novembre 2022
Imprimé en France.